Armando Freyhofer
WIE WIR WAREN
Erzählungen aus Chile

Armando Freyhofer

WIE WIR WAREN

Erzählungen aus Chile

Aus dem chilenischen Spanisch
übersetzt von Barbara Stucki-Imhof

Überarbeitung und Lektorat: Wanda Lemanczyk
Herausgeber: Harald Meyer

Abweichungen der vorliegenden Übersetzung vom Originaltext wurden mit dem Autor abgestimmt.

Herstellung und Verlag:

BoD – Books on Demand, Norderstedt

ISBN 978-3-755757-76-4

Inhalt

Vorwort

Warum ich dieses Buch herausbringen wollte? Ganz einfach: Ich möchte, dass das heute so kaum mehr existierende Chile von damals nicht ganz verloren geht, ein Land, mein Land, das ich vor einem halben Jahrhundert verlassen habe und das ich im Nachhinein oft wie ein verlorenes Paradies empfand. Und das mich noch heute durcheinanderbringt. Von maßloser Freude, tiefen Enttäuschungen und großen Hoffnungen will ich erzählen.

Natürlich könnte ich hier den Standardsatz einflechten: Alle Personen sind frei erfunden, jegliche Ähnlichkeit ist rein zufällig. Die Wahrheit jedoch ist, dass ich all diese Menschen voller Güte an vielen Orten in Chile gefunden habe. Und auch auf zahlreiche andere bin ich in der ganzen Welt gestoßen. Sie sind also nicht frei erfunden. Ich habe sie getroffen, und als ich begann, diese Erzählungen niederzuschreiben, dienten sie mir als Vorlage. Zum Beispiel die Schwestern und Kusinen, schön wie der Sternenhimmel mit dem Mond. Oder all die Tanten und Onkel, der Großvater und die Großmutter, Mutter und Vater mit ihren besonderen Charakteren, stürmisch und doch von sonniger Klarheit.

Doch auch die Zerstörung unseres Planeten – bis heute der einzige, auf dem Leben herrscht –, auf dem unsere Natur ums Überleben kämpft, drängt und bestürzt mich genauso wie der Hunger in der Welt und die maßlose Arroganz der herrschenden Klasse, der Politiker, der Finanzjongleure oder der auf welche Art auch immer mächtig Gewordenen, die jegliche Bodenhaftung vermissen lassen.

All das ist keineswegs rein zufällig und erfunden, nein, es ist das Leben. Von mir stammt die Bewegung der Menschen in meinen Erzählungen, wie sie ihre Freude ausdrücken und ihren Schmerz. Es ist meine Verantwortung als Autor, ihnen ähnlich wie in einem Theaterstück Leben einzuhauchen, und ich hoffe, der Leser ist damit zufrieden. Vielleicht identifiziert er sich mit dem einen oder anderen ...

Ich möchte dieses Vorwort beenden, indem ich wiederhole: Die Protagonisten habe ich dem wahren Leben entnommen, aber ich stellte sie auf eine Bühne. Sagen wir es mit den Worten Jean Paul Sartres: "Die Komödie ist beendet." Wann aber endet ein Akt? Ich glaube, nicht einmal dann, wenn ein Leben zu Ende geht. Denn es wird immer weiter noch etwas geschehen.

Armando Freyhofer, Ellerbeck 2011

Sehnsucht

Lass mich dich noch einmal bewundern, mein Land,
deine weißblauen Berge sehen,
mich erinnern an deine rotbraunen Hügel,
deine Flüsse hören, ahnen,
wie sie in wilder, gottvoller Hast
einen Weg ins stolze Meer suchen.

Lass mich ein letztes Mal
deine grünen, weiten Täler riechen,
deine dürre Wüste spüren,
unter den furchterregenden Winden zittern,
deine heiße Sonne genießen.

Lass mich mich erinnern
an deine weichen, sanften Wolken,
die Kissen gleich
zum Träumen anregen.

Lass mich mit Respekt
deine tiefen Fjorde im Süden betrachten,
aus der Ferne den schweigenden
ewigen Schnee erblicken,
die Brise vom Sturm unterscheiden,
die ruhigen Sommernachmittage
von den kühlen Winternächten,

die grünen, frühlingshaften Tagesanbrüche
vom verlustreichen Herbst,
der mich schmerzt ...

Lass mich dich
betrachten, anschauen, greifen,
betasten, umarmen, trinken,
genießen und lieben,
denn du bist mein,
mein Land!

Erinnerst du dich?

Erinnerst du dich an jenen Bach,
der diesen Weg kreuzte,
und an die Ochsen, die durstig
ihren langen Marsch unterbrachen,
um eine Pause einzulegen?

Erinnerst du dich an diese Mittagssonne,
die meine Erde erwärmte,
und an diesen Wind, manchmal verhalten
und geräuschlos, der dein Antlitz küsste,
die Bäume wiegte,
vorsichtig den Kurs der Vögel umleitete,
die ruhig vorbeiflogen?

Erinnerst du dich an das sanfte Fließen des Wassers,
das bis ans Ende aller Tage nicht innehalten wird?
Erinnerst du dich, dass unter der Wärme der Sonne,
während der Pause im Marsch der Ochsen,
begleitet von sanftem Wind
am kristallklaren Bach
im Schatten der Bäume
du mein gewesen bist?

Ich erinnere mich noch an dich,
an deine Augen, dein Lächeln,
wie du an meiner Seite gegangen bist,
während wir gemeinsam die Zukunft planten.

Sie sind dort geblieben: der Weg,
den das stille Wasser gekreuzt hat,
und der Wind, der die Bäume wiegt
und den Flug der Vögel umleitet,
im Kommen und Gehen des Vergessens.

Du gehst nicht mehr an meiner Seite,
und ich bin allein in anderen Teilen der Welt,
weit weg, sehr, sehr weit
von diesen durstigen und erschöpften Ochsen
neben dem kristallklaren Bach.

1 Junge, beeil dich, der Zug wartet nicht!

Wie ich mich an das Haus meiner Kindheit erinnere, an dieses schon alte Gebäude mit seinen riesigen Lehmziegeln, die noch feucht, so sagte man, hergebracht und montiert worden waren; an jenen Ort, der sich eines Tages mit Leben füllen und in dem viele Menschen das Licht der Welt erblicken würden. Wie sehr erinnere ich mich an all das: an die Nachbarhäuser in diesem halb ländlichen, halb verlassenen Stadtviertel; an den Geruch, den ich so mochte an diesem Ort, wo es keine Spur von Smog gab. Ich hatte in jenen Jahren, als ich noch grün hinter den Ohren war, nicht viele Möglichkeiten, Vergleiche anzustellen, deshalb schildere ich hier meine ureigenen ersten Eindrücke. Und die der anderen? Au weia! Mit den Erfahrungen aus vielen vergangenen Jahren handelte es sich da eher um unzufriedene Bemerkungen, undankbar außerdem, und häufig endeten sie mit einem "Schlussendlich geht es uns nach all dem, was wir erlebt haben, ja nicht schlecht!". Das sagte zum Beispiel der Großvater immer, wenn er seine Frau trösten wollte, die mit ihm einen langen Weg, zunächst im Wohlstand und später im Zeichen der Katastrophe, zurückgelegt hatte.

Und so wurde es mir erzählt: Eines Tages kam der Großvater nach Hause in diese Villa in der Straße der

Republik, die ein Kellergeschoss hatte und dreistöckig und der ganze Stolz der Familie war. Er setzte sich – wie immer sehr ruhig, wie es eben seine Art war, und standesgemäß gut gekleidet – in das Wohnzimmer und bat seine Frau. "Margarita, ruf bitte die Kinder." Damit meinte er Söhne, Töchter, Brüder, Schwestern und wer sonst noch in diesem Haus lebte. Margarita erwartete keine Erklärungen und gab Malvina, einem der Dienstmädchen, den Auftrag, alle herbeizutrommeln, denn der Großvater würde im Wohnzimmer auf sie warten. Ein besonderer Ort, der nur für wichtige Gäste benutzt wurde, allenfalls auch für spezielle Feierlichkeiten, die mit einem außergewöhnlichen Ereignis verbunden waren. Die stumme Frage "Warum im Wohnzimmer?" erriet er sogleich. "Es handelt sich um eine wichtige Mitteilung", erklärte er, als alle versammelt waren.

Dann räusperte er sich und fuhr fort: "Die kürzlich ausgelöste Wirtschaftskrise hat auch uns überrollt, und wir haben alles, was wir besitzen, von heute auf morgen verloren. Es blieb mir keine Zeit für irgendwelche Transaktionen, um wenigstens etwas Geld retten zu können. Meine geliebte Familie, wir besitzen nichts mehr, nur noch dieses Haus, in dem wir weiterhin leben können, bis neue Entscheidungen gefällt werden." Bedächtig setzte er sich in einen Sessel, so, als ob er im Kongress etwas kundgegeben hätte, und während er seine Brille aus der Jackentasche holte, fügte er hinzu: "Ich habe nichts weiter mitzuteilen." Lächelnd begann er die Zeitung zu lesen. Alle waren sich einig, dass sein Verhalten angesichts dieser Situation unangebracht war.

Das bedeutete das Ende des Wohlstands für die Familien Blumental und Hundertfeuer. Nicht viel später mussten sie die Villa veräußern und kauften ein kleines Haus am Stadtrand, wo die verarmte Mittelschicht lebte und noch viel ärmere Menschen ums Überleben kämpften. In diesem Viertel kam ich zur Welt. In der Gegend, wo unser Haus stand, gab es sechs oder sieben ähnliche Häuser, im letzten, etwas abgelegenen Gässchen mit einer Zufahrt für die wenigen Autos, die hier verkehrten, und einem holprigen Gehsteig wohnten wir. Es schien, als ob alles, was normalerweise ein Stadtviertel ausmacht, vergessen worden sei, hier in dieser Ecke am Rande des Ortes, wo man nicht die Absicht hatte, sich entwickeln zu wollen. Die Häuser waren im Kolonialstil errichtet, ausgesprochen praktisch, und U-förmig umstanden sie ein riesiges Stück Land, der Besitz eines Bauern, der noch nicht enteignet worden war. Dort grasten je nach Jahreszeit Pferde und Kühe sowie der eine oder andere einsame Esel, gelangweilt in seinem Alleinsein. Von unserer Eingangstür aus konnte man zwar den Horizont nicht sehen, jedoch diesen herrlichen, unvergleichlichen Berg, auf dessen Gipfel das ganze Jahr hindurch der ewige weiße, jedoch am Morgen bläulich und am Abend rötlich schimmernde Schnee glitzerte. Mit dem Einbruch der Nacht und dem Licht des Mondes glänzte er silbrig.

Genau dort wurde ich geboren, genau dort wuchs ich heran, genau dort entwickelte ich mich. Ich ging so lange nicht fort von hier, bis unaufhaltsame Veränderungen meines Erwachsenwerdens mich zwangsläufig an andere Orte trieben. Ich erinnere mich an die vielen freudigen Augenblicke, und die traurigen möchte ich auch nicht vergessen. Mir ist, als ob Letztere sogar noch viel mehr zu mir gehören.

Mit uns lebte Malvina. Genauer gesagt: Sie arbeitete viele Jahre lang für uns. Mein Großvater sagte oft, sie sei das einzig wertvolle Inventar, das wir aus der Straße der Republik mitgenommen hätten. Er meinte dies ironisch, aber es barg auch ein Fünkchen Wahrheit. Die Blumentals und Hundertfeuers waren also in die Ramírezstraße am Stadtrand gezogen – mit all ihren kostbaren Möbeln, die andere Hundertfeuers einst aus Europa hatten kommen lassen. Malvina war wirklich nicht mit Gold aufzuwiegen. Aus reiner Solidarität beschloss sie, weiterhin im Dienst dieser arm gewordenen Reichen zu bleiben. Sie wusste, was der Herr wünschte: gebügelte und gestärkte Hemden. Die Anzüge frei von jedweder Art von Fleck. Die Socken stopfte sie gemeinsam mit meiner Großmutter und meiner Mutter unter endlosen Plaudereien, die diese langweilige Arbeit kurzweilig machten.

Malvina wusste auch um die Bedürfnisse der jüngeren Damen und Herren des Hauses, sie kannte deren Gewohnheiten und Marotten und war in der Lage, es allen recht zu machen. Sie war fast wie eine Mutter oder Großmutter in diesem Clan, der schnell kleiner wurde, weil einige heirateten und andere in die Städte verzogen oder gar auswanderten in fremde Länder — sehr zum Kummer von Mutter, Großmutter und Malvina, die darüber viele Tränen vergossen haben.

Aber die unersetzbare Malvina begann zu kränkeln. Ihre angeschlagene Gesundheit und besonders das Rheuma machten ihr zu schaffen. Ihren Aufgaben versuchte sie nach wie vor mit Eifer nachzukommen, doch nicht alles gelang wie früher. Keiner sagte ein Wort, denn wer wollte schon gegenüber diesem wunderbaren Menschen undankbar sein? Schließlich kapitulierte sie, akzeptierte die Situation und schlug energisch vor: "Wenn ich schon die Arbeit, die eigentlich die meine ist, mit jemandem zusammen erledigen muss, dann will ich Gebrauch machen von meinem Recht, mir meine Hilfe selbst aussuchen zu können." — "Haben Sie denn schon jemanden, Malvina?", fragte mein Großvater, der der Einzige war, der sich bei solchen Diskussionen auf Augenhöhe mit ihr austauschen konnte. "Ja, Don Alfonso. Ich kenne ein junges Mädchen, das sich sehr glücklich schätzen würde, nach meinen Anordnungen arbeiten zu dürfen." Und das war es auch schon.

Es wurden einige freie Tage eingeplant, und Malvina bereitete sich auf die für sie so große Reise vor. Sie zog ihre besten Kleider an, als ob sie zu einem Konzert gehen würde. Sie packte den Koffer und füllte ihn mit vielen kleinen Geschenken, die sie ihrer Familie und alten Freunden mitbringen wollte. "Ich muss einen guten Eindruck machen in Turacahuel. Denn sonst würde niemand verstehen, warum ich mein ganzes Leben lang hier verbracht habe. Dem Mädchen, das ich mitnehmen will, muss ich sehr imponieren mit dieser Familie und mit allem, was wir 'noch' haben." Sie schnitt eine Grimasse bei den Worten "'noch' haben". Für sie gehörte all das, was die Blumentals und Hundertfeuers besessen hatten, auch ihr, und auch sie zählte sich zu den Verlierern. Ich bin überzeugt davon, dass alle so dachten, meine Mutter, mein Vater, meine Großmutter und all die anderen, die schon längst fortgegangen waren.

Mein Vater und einer seiner Brüder begleiteten Malvina zum Bahnhof. Ein paar große Geldscheine wurden in ihre Börse gesteckt. Man kaufte ihr eine Hin- und Rückfahrkarte für die Erste Klasse. Man bat sie zu schwören, dass sie zurückkommen würde. "Wie könnten wir Blumentals und Hundertfeuers denn ohne sie leben?" Man flehte sie an, den genauen Zeitpunkt ihrer Rückkehr zu nennen. Die Reise selbst sollte sieben Stunden dauern. Man gab ihr Extrageld, damit sie die Reise der "Neuen" bezahlen konnte. Der Abschied war tränenreich. Malvina war die wichtigste Person für die Blumentals und die Hundertfeuers. Man umarmte sich noch einmal. Sie wurde bis zu ihrem Sitzplatz im Zug begleitet, damit man sich vergewissern konnte, dass sie es ja auch bequem habe. Man bat den Schaffner, ihr alle Wünsche zu erfüllen. Dessen unzufriedener Blick gab zu verstehen, dass ein großzügiges Trinkgeld angebracht sei, was ihm sogleich zugesteckt wurde. Man sagte sich noch einmal Auf Wiedersehen, dann setzte sich der Zug in Bewegung. Die beiden Brüder hofften auf eine baldige Rückkehr Malvinas und ihrer Nachfolgerin für diese so wichtige Arbeit, die sie seit vielen Jahren gewissenhaft erledigt hat. Sie schauten sich an und fragten sich, ob sie auch wirklich alles getan hatten, um den Bedürfnissen dieses unersetzlichen, unvergesslichen Menschen Malvina gerecht zu werden.

Aus den drei freien Tagen wurden zwei Wochen. Weder trafen Briefe ein noch sonst ein Lebenszeichen dieser Frau, die ja in diplomatischer Mission unterwegs war. Ich kann mich gut an die Situation damals erinnern und an die Fragen, die meine Familie sich täglich stellte. Malvina war für mich ein Familienmitglied, und ich konnte mir nicht vorstellen, dass es einen Unterschied geben könnte zwischen meiner Großmutter, meiner Mutter oder

Malvina. Mir fehlten ihre Liebkosungen, ihre hilfreichen Dienste beim Waschen, Abtrocknen und Anziehen und wie sie mich dann zum Esszimmer brachte, wo sich alle freuten, mich sauber und angezogen, als ob es Sonntag wäre, zu sehen.

Eines Tages jedoch erschien der Briefträger mit der ersehnten Botschaft:

"Sehr verehrte Familien Blumental und Hundertfeuer,

ich habe Sie alle sehr vermisst. Auch wenn diese kurzen Tage mit meiner Familie eine Kostbarkeit waren, an die ich mich nicht mehr habe erinnern können, werde ich am Mittwoch, den 10. der nächsten Woche, um 7.30 Uhr abends zurückkommen. Ich freue mich auf das Wiedersehen.

Hochachtungsvoll,
Ihre Malvina."

Am Mittwoch, den 10. Oktober standen genau um 7.30 Uhr mein Vater, meine Mutter, eine Tante und eine Nachbarin (so waren die Nachbarn damals) und natürlich auch ich am Bahnhof. Aus einem Waggon der Ersten Klasse stieg Malvina aus, gesund, glücklich und von allen geliebt. Sie umarmte meine Mutter, meinen Vater, die Nachbarin, die Tante, und dann schloss sie mich in ihre mütterlichen Arme, die ich so sehr vermisst hatte. Sie sagte: "Ich konnte dort nicht bleiben, nicht ohne noch einmal die Blumentals und Hundertfeuers, die Freude meiner Seele, zu sehen und diesen Jungen, der mein Leben ist!"

Wir machten uns auf den Weg zur Bushaltestelle. Die wirtschaftliche Situation meiner Familie war immer noch weit davon entfernt, als besser bezeichnet werden zu können. Malvina hatte uns viel zu erzählen, zum Beispiel von den langen und nicht enden wollenden Regenschauern, den regenfreien sonnigen Tagen, der reinen Luft usw. Endlich fragten wir sie: "Hast du kein Mädchen gefunden, das mit dir kommen wollte, um hier zu arbeiten?"

Sie schwieg eine Weile, dann antwortete sie: "Ich fand ein fünfzehnjähriges Mädchen, das kommen will und dessen Eltern mehr als einverstanden sind, dass es in eine anständige und respektvolle Familie wechselt. Sie wissen, dass es sich um einen Platz für immer, für das ganze Leben handelt." Sie stieß einen Seufzer aus, der uns spüren ließ, wie sehr sie an ihr eigenes Leben dachte und an das, was sie zurückgelassen hatte. Vater, Mutter, Freunde und ein ganzes Dorf, in dem sich alle kannten. Wir verstanden vielleicht zum ersten Mal, was dies bedeutete. Diese Menschen müssen ihre Gewohnheiten ziemlich ändern, und obwohl sie eher von niedriger sozialer Herkunft sind, haben sie oft eine wunderbare Herzlichkeit und sind gezwungen, sich an andere Sitten anzupassen; das geht sogar so weit, dass die Art zu sprechen eine ganz andere wird.

Malvinas Seufzer machte der Familie klar, wie gedankenlos es ist, jemanden einzuladen, um für uns zu arbeiten – als ob wir ein Paradies anzubieten hätten! Man ist sich gar nicht bewusst, dass diese Menschen ihr Leben und ihre Ideen für ein bisschen Sicherheit und Komfort aufgeben. Malvina erteilte damit den Blumentals und den Hundertfeuers eine Lektion zum Thema Sozialverhalten. Da diese Familie die Dienstboten jedoch immer korrekt behandelt hatte, würde dies nicht allzu radikale Veränderungen nach sich ziehen.

Malvina stellte uns auf die Probe. Zu Hause eingetroffen, kam sie erneut auf das Thema zurück: "Das Mädchen ist, wie man mir sagte, fünfzehn Jahre alt. Aber das weiß man auf dem Land nicht so genau. Lassen Sie mich erklären, wie wir sind." Manchmal erzählte Malvina von ihrer Heimat, ihrer Herkunft, die in keinem Buch beschrieben, aber harte Wirklichkeit waren. "Wir sind keine menschlichen Ungeheuer, aber wir haben eben unsere Grundsätze, an die sich die Familie hält." Ich stellte mir vor, wie Malvina dort, in Turacahuel das Zepter schwingt. Sogar so etwas hatte sie bei den Blumentals gelernt. Es blieben berechtigte Zweifel, ob ihre bescheidene Familie sie verstehen würde.

Erneut machte sie eine lange Pause. Man konnte die Stille

21

förmlich spüren, und ihre Zuhörer warteten geduldig, bis Malvina fortfuhr: "Es gibt ein 'Aber'. Das Mädchen ist schwanger und wird in einem Monat gebären." – "Und ich weiß, Malvina, dass Sie in ihrer großen Güte, der ich hier Beifall spende und die ich gutheiße, dem Mädchen gesagt haben, dass es hierher zu uns kommen solle." Begeistert klatschte der Großvater in die Hände, erhob sich von seinem Sessel und ging auf Malvina zu. Er nahm ihre Hand und küsste sie. Damit erteilte wiederum er uns eine Lektion zu den Themen Sozialverhalten, Verständnis und Toleranz, die ihre Spuren hinterließ in dieser Familie, die dabei war, in diesem Sinne ihr Leben zu gestalten.

Carmelita würde in drei Tagen um halb acht Uhr abends mit dem gleichen Zug wie Malvina eintreffen. Viele Gedanken und Sorgen erfüllten uns. Ich glaube, die Blumentals vergaßen, dass sie ein Mädchen erwarteten, das bei ihnen arbeiten sollte. Das Zimmer, in dem es schlafen würde, war das letzte auf der rechten Seite dieses U-förmigen Hauses; es hatte ein Fenster mit Blick auf diesen hohen Berg, der mir bis zum Ende meiner Tage im Gedächtnis bleiben würde. Die Tür führte in den Hinterhof. Gegenüber dieser Tür gab es eine Dusche, die keiner benutzte. Niemand fragte sich, welche Funktion sie wohl gehabt haben mag in der Geschichte der Menschen, die früher hier lebten. Das Wichtigste war, alles so schnell wie möglich in Ordnung zu bringen.

Es gab lange Diskussionen darüber, ob die Wände tapeziert oder besser gestrichen werden sollten mit einer Farbe, die dem Zahn der Zeit länger widerstehen würde als das Papier der Tapete. Der Lichtschalter war zu reparieren und eine alte Lampe, die an vergangene bessere Zeiten erinnerte, musste ausgewechselt werden. In einem anderen Zimmer stand ein rostiges altes Bett. Bestimmt war es einst Zeuge vieler wilder und unvergesslicher Liebesakte gewesen. Ein Bett, unbeachtet und vergessen, das nun für zu andere Zwecke als den ursprünglich vorgesehenen benutzt wurde. Der Rost hatte sich unbarmherzig vorgearbeitet. Auf der anderen Seite befand sich ein Kinderbettchen sowie ein Nachttisch mit Lampe. Ein Juteteppich wurde aus einem anderen der Dutzend unbenutzten Zimmer herbeigeholt und zunächst aufgehängt, bis man den Fußboden des Raumes, wo das Mädchen schlafen würde, mit harten, schönen Ziegeln ausgebessert hatte. Jemand erwähnte das Kinderbettchen, und der Gedanke wurde ohne Einwände sofort gutgeheißen. Ein Bettchen für den Jungen oder das Mädchen, bald würde man es wissen.

Bilder wurden keine an die Wände gehängt, weil man nichts Passendes fand in den vielen leeren Zimmern, die man erst jetzt entdeckt hatte und die einem Bewohner entgegendämmerten, der die Güte und das Mitleid haben möge, sie von den jahrzehntealten, inzwischen einen eigenen Kosmos bildenden Spinnweben und dem Staub zu befreien.

Malvina wusste von einem großen Spiegel, den sie kurzerhand in Carmelitas Zimmer hängte, und der darauf wartete, schon bald die schönen Formen des jungen, hübschen Mädchens zeigen zu dürfen. Weitere unnütze Gegenstände fanden einen neuen Platz an einem ebenso neuen Ort. Mit der Ankunft dieses Mädchens vom Lande würden andere Töne, freundliche und noch unbekannte, die man sich vorher nicht vorstellen konnte, angeschlagen werden.

All dies könnte man in dem ungeschriebenen Kapitel lesen, in dem die Protagonistin sich in das Leben anderer würde einfügen müssen für den hohen Preis, alles Eigene, die unbeschreibliche und individuelle Welt eines jeden Einzelnen, aufzugeben. Ein zuvor leer stehendes Zimmer, das nun in Ordnung gebracht worden war und das Schlafzimmer von Carmelita sein würde, bedeutete so viel, wie ein Kapitel zu beenden und ein neues aufzuschlagen – nämlich jenes von Malvina, Carmelita und den Blumentals und Hundertfeuers.

"Ein bisschen Sicherheit und Behaglichkeit" hatte ihr die freundliche alte Dame angeboten und ihr damit ihren eigenen Posten zugesichert – und das bis zu ihrem letzten Atemzug! Malvina hatte Carmelita ihr Ehrenwort gegeben. Und das bedeutete viel! Warum? Weil ein

Ehrenwort vor achtzig Jahren wertvoller war als Hunderte von Stempeln und Unterschriften, wie sie heute von Autoritäten, Regierungen oder welchen Organisationen auch immer geleistet werden.

Der Tag war gekommen, pünktlich brachte der Zug das Mädchen Carmelita. Selbstverständlich war es Malvina, die ihr die Blumentals und Hundertfeuers am Zentralbahnhof vorstellen würde. Es schien, als habe man genau an diesem Tag die lautesten Lokomotiven eingesetzt. Die Dampfschwaden, die sie ausstießen und die in den blauen Himmel aufstiegen und sich mit ihren Wolkenschwestern vereinten, waren spektakulär. Die Reisenden hasteten auf der Suche nach ihrem Zug, der wahrscheinlich schon im Anrollen war, den Bahnsteig entlang. Andere stiegen mit voluminösem Gepäck aus auf der Suche nach einer besseren Zukunft, weil das Schicksal es bisher nicht gut mit ihnen gemeint hatte.

Als der Zug sich näherte, sah man schon von Weitem, wie jemand winkte, voller Hoffnung, auf sich aufmerksam machen zu können. Eine Hoffnung, die vor allem von dieser sagenhaften Malvina mit ihren ernsten Versprechungen genährt worden war, und die auch die Eltern und Geschwister hatte überzeugen können, diesen gewaltigen Schritt zu tun – nicht zuletzt auch wegen dieser Blumentals und Hundertfeuers, die als Engel beschrieben wurden.

"Da kommt sie", seufzte Malvina erleichtert. Der Zug, müde von seiner langen Reise, beendete hier auf dem Abstellgleis seine Arbeit. Die Lokomotive schien ebenfalls heftig zu seufzen, sie dampfte und qualmte, als ob es ihre Pflicht sei, den blauen Himmel zu schmücken. Ein letztes Bremsen wies die Passagiere darauf hin, dass die Teilnahme an der Reise ihres Lebens zu Ende war, ein pompöser Abschluss unter Applaus des Publikums, das erwartungsvoll dem Ende der Veranstaltung entgegenfieberte. Die Maschine hatte ihre Pflicht, die Menschen sicher in diese Stadt zu bringen, erfüllt. Was weiter geschehen würde, hatte mit ihr nichts zu tun. "Was werden all die Leute hier machen?", lautete allgemein die große Frage, so, als ob man an einem Tisch säße, an dem gerade die Karten ausgegeben, aber noch nicht aufgedeckt worden waren.

Die Dampfwolken wurden kleiner und man inspizierte die Lokomotive, um sie für die Rückreise vorzubereiten. Eine solche war den meisten nicht vergönnt, hier endete die Reise, ein Zurück gab es in der Regel nicht. Es blieb nur eines: den Zug zu verlassen und vorwärtszugehen mit dem Ziel im Blick, eine andere Wahl gab es nicht.

Malvinas Entscheidung sowie das Einverständnis der Blumentals und Hundertfeuers, dieses junge Mädchen Carmelita, das wie geplant um halb acht Uhr abends aus dem Zug stieg, zu akzeptieren, waren nicht mehr als eine

Verkettung von Begebenheiten und guten Absichten. Carmelita wurde willkommen geheißen und in das bescheidene Haus in einem Armenviertel in dieser großen Stadt gebracht. Zu Hause wartete ungeduldig der Rest der Familie Blumental; man seufzte ebenfalls erleichtert auf, weil alles gut verlaufen war. Sie musterten das neue, ein wenig eingeschüchterte Dienstmädchen – kein Wunder in Anbetracht einer Familie, die von Malvina so vorteilhaft beschrieben worden war! – neugierig, fast indiskret, von Kopf bis Fuß. Alles wurde unter die Lupe genommen. Die Augen, vor allem die der Frauen, wanderten viele Male zu ihrem beachtlichen "Acht-Monats-Bauch".

Auf jeden Fall fiel die Begutachtung zu Gunsten des Mädchens aus. Hier wurde ja schließlich kein Pferd auf dem Jahrmarkt gekauft, vielmehr handelte es sich um ein junges Geschöpf, das seinem Leben eine neue Wendung geben wollte. Seine Größe war normal, die Figur gut entwickelt, das Haar und die Augen waren dunkelbraun. Das Mädchen sah aus, wie man es tausendfach bereits gesehen hatte. Seine Haut war dunkel mit einem rötlichen Schimmer, der die Herkunft verriet und ihm die beneidenswerte Anmut einer Statue gab, die in einem Museum für Ureinwohner stehen könnte. Niemand wagte zu sagen, Carmelita sei hübsch. Und wenn ich es, so jung wie ich war, festgestellt hätte? Wohl keiner hätte sich für meine Meinung interessiert. War eine solch eingehende

Begutachtung denn überhaupt schicklich? An der Situation hätte sich ja wohl nichts geändert, wenn das Mädchen hässlicher gewesen wäre.

Die Nacht brach herein, und Carmelita begann mit ihrer "Lehrzeit". Alle wollten ihr etwas erklären, während sie ihre Kleider auspackte und in einer im letzten Moment aufgetriebenen Kommode verstaute, ein Möbelstück mit Geschichte, ebenfalls aus Spanien herbeigeschafft und vorsichtig befreit von Insekten, die sich daran gewöhnt hatten, in den Schubladen zu wohnen. Bürsten und Säuren hatten sie verscheucht. Gegenüber dieser Kommode stand ein Kleiderschrank, ein Reisegefährte der Kommode auf dem langen Weg von Europa hierher. Er hatte zwei große Spiegel; diese spiegelten den anderen Spiegel an der Wand wider, und die Silhouetten brachen sich darin. So viele Möbel für das kleine Zimmer! Carmelita lächelte voller Freude, als sie das Kinderbettchen entdeckte. Ein gutherziges Mädchengesicht hatte sie.

Man konnte wirklich sagen, dass es keine Schwierigkeiten gab, abgesehen von der beunruhigend heftigen Rundung des Bauches. Ein nicht zu übersehender Fehltritt, der nicht mehr rückgängig zu machen und dennoch mit Vorfreude und Stolz verbunden war. Meine Mutter wollte, dass Carmelita zu Hause niederkam. Man rief einen Arzt, einen Spezialisten, der sie untersuchte, und zwar nicht in ihrem Zimmer, sondern im Salon. Er legte das Geburtsdatum fest – einundzwanzig Tage später! – und stellte den Kontakt zu einer Hebamme her.

Und genau so geschah es.

Ein schöner Frühlingstag brach an mit allem, was einen Frühlingstag ausmacht: angenehme Temperaturen, die Sonne strahlte, die Bäume reckten ihre Zweige, um ihre Freude kundzutun. Es gab nicht ein einziges Wölkchen am Himmel. Morgens um elf Uhr erblickte ein neues Lebewesen mit weiß und rosa schimmernder Haut das Licht der Welt, ein Mädchen, das sogleich Anita genannt wurde (so hieß die Mutter meines Großvaters).

Viele schöne Ereignisse folgten. Es schien, als sei die unvermeidliche Wirtschaftskrise, die alle Menschen überrollt und erschüttert hatte, ins Vergessen geraten. Meinen Beobachtungen zufolge aber konnten die Hundertfeuers nie verzeihen – wem auch immer –, dass sie darunter zu leiden hatten. Die Krise hatte zwar generell Arme und Reiche gebeutelt, aber die einst wohlhabende Mittelschicht war besonders betroffen. Das war schäbig, und trotz aller Versprechungen der Politiker und der ganz Schlauen wird so etwas immer wieder möglich sein.

Doch eigentlich wollte ich ja erzählen, dass mit der Ankunft von Carmelita sehr viele schöne Dinge verbunden waren. Ihr Kleines wuchs heran und wurde die

Spielkameradin meiner Schwester. Nicht dass meine Schwester ihre Puppen, weil ausgedient, in den Müll geworfen hätte, auf keinen Fall! Aber das Spielen mit Anita war eine Bereicherung. Auch sie musste gekämmt, angekleidet und ausgezogen und wieder angekleidet werden. Sie wurde zum Schlafen gelegt und wieder aufgeweckt, um dann ein anderes Spiel zu beginnen. Für mich war dieses Spiel nicht ganz so leicht zu durchschauen. Ich hatte einen Lastwagen mit einer Schnur, an der ich ihn hinter mir herzog. Auch wenn er sich durch mich bewegte, so stellte ich mir in meiner Fantasie vor, er hätte einen Motor und wäre in der Lage, damit von einem Ort zum anderen zu fahren, beladen mit Steinen und Erde in unvorstellbaren Mengen.

Zwischen den Gitterstäben, die uns von der Außenwelt trennten, entdeckte ich eines Tages eine Art Tor, etwas kaputt, aber in der Tat ein Tor, dessen Zweck schwer zu erklären war. Durch dieses Tor konnte ich beobachten, was draußen vor sich ging. Mir eröffnete sich eine erstaunliche Welt. Der Regen wusch natürliche Kanäle aus, durch die das Wasser mit der ihm eigenen Geschwindigkeit floss. In diese Kanäle begann ich Hölzchen zu werfen, die für mich die perfekte Form eines Bootes hatten. Da stand ich dann und beobachtete, wie sie sich von selbst über das Wasser fortbewegten.

Der Zufall wollte es, dass ich den Kanal entlangging und

mich etwas von unserem Zuhause entfernte. Welch Wunder der Schöpfung: Ich stieß auf ein riesiges Wasserloch, ein Meer fast ohne Grenzen, wo sanfte Brisen Wellen formten. Die Vögel flogen tief und blickten in diesen Spiegel, den in meiner Fantasie die Götter dort geformt hatten.

Ich wollte meiner Schwester und Anita unbedingt diese Welt zeigen. Dabei rutschte meine Schwester unglücklich aus, Anita fiel ihr aus den Armen, hinunter in das von den Erwachsenen als schmutzig bezeichnete Wasser, das fast zwanzig Zentimeter maß an seiner tiefsten Stelle. Anita weinte vor Schreck, meine Schwester weinte über ihre Unachtsamkeit, und wir verließen schleunigst diese wilde, unwirtliche Natur. Unser Weg führte zurück zu unseren Gitterstäben, wo wir durch das kaputte Tor hindurchkrochen und zum Haus gingen. Dort wartete man lächelnd auf uns und machte sich lustig über unseren verunglückten Ausflug.

In diesem Moment wurden wir, also meine kleine Schwester, Anita und ich, von einem Wunder überrascht. Jene Dusche gegenüber von Carmelitas Schlafzimmer funktionierte. Auf einer gewissen Höhe hatte sie einen Griff und einen Messingkopf, aus dem kristallklares Wasser schoss und in der Sonne einen Regenbogen bildete. Auch wenn meine Kleider nicht so angegriffen waren von den Stürmen auf meinem See und den

Schicksalsschlägen, zog mich Carmelita aus. So erging es auch meiner Schwester und der kleinen Anita. Wir freuten uns über das erfrischende Wasser, mit dem wir uns den Schmutz vom Leibe wuschen.

Bei meinen Ausflügen in diese jenseitige Welt entdeckte ich auch andere Lebewesen. Das waren wirklich Monster! Sie hüpften respektlos umher ohne zu bemerken, dass sie mich anspritzten. Sie hatten weder die Gestalt von Hunden noch von Katzen, auch nicht von Spinnen, Vögeln oder Fischen. Nichts, das ich bis jetzt in meinem kurzen Leben gesehen hatte, glich ihnen. Ich erzählte meinem Großvater von diesen seltsamen Lebewesen. Er versuchte mir die Evolution und die vielen tausend Varianten der Schöpfung zu erklären. Ich dachte so tiefgründig nach, wie ein Junge von neun Jahren zu denken fähig war, und ich traute mich – dabei fühlte ich mich sehr gescheit – zu fragen: "Dann sind das also neue Geschöpfe der Fauna?" Mein Großvater hatte immer viel Zeit und Geduld, um mir jede Frage zu beantworten. Doch dieses Mal dauerte es wirklich lange. Unser Gespräch, das wir später nie beendet haben, wurde von Malvina unterbrochen, die zum Abendessen rief. Das war ein Glück, denn mein Großvater hatte schon damit begonnen, mir zu erklären, dass das Leben ein für uns unverständlicher Kreislauf sei, er zitierte Weise, Philosophen und Wissenschaftler. Er erzählte, dass andere Lebewesen, mikroskopisch klein und damit für uns unsichtbar, Bakterien und Mikroben von ganz spezieller Form, die Macht hätten, unsere Art in klar umrissenen, sehr genau definierten Grenzen zu erhalten. Er wollte hinzufügen "Und der Tod ist nichts anderes als ..." Da Malvina es nicht ausstehen konnte, warten zu müssen, und weil sie wusste, dass das Philosophieren kein Ende nehmen würde, rief sie uns noch einmal sehr energisch und keinen Widerspruch duldend zum Essen.

Am Kopfende des Tisches saß immer der Großvater. Zu seiner Rechten und Linken nahmen gewöhnlich meine Schwester und ich Platz. Neben meiner Schwester wurde immer ein Stühlchen für Anita aufgestellt. Ihr folgte Carmelita, und ihr gegenüber saßen meine Mutter und Malvina. Der Tisch war lang und oft wurden Tanten und deren Kinder eingeladen, damit man sich auf diese Weise an einer großen Familie erfreuen konnte.

Das Geheimnis des Monsters vom Sumpf wurde später durch die Kenntnisse meines Großvaters und einem Besuch an diesem Ort, an dem er sich nicht besonders wohl fühlte, gelüftet. Seine Vorträge über Biologie hielt er von einer Sitzbank aus, die am anderen Ende des Hauses stand und von wo aus man meinen Berg viel besser sehen konnte, der, wie Großvater immer sagte, von Gott geschaffen worden sei ...

Nach seinen Streifzügen durch Lexika und Wörterbücher

33

informierte er mich zum Thema. Er erklärte mir, dass das, was ich dort gefunden habe, Frösche seien, und dass sie ihre Existenz der Qualität und der Temperatur des Wassers verdankten. Wenn diese Wesen das ganze Jahr über dort leben konnten, bedeutete dies, dass das Wasser ihnen genügend Lebensraum zu bieten hatte.

Da ich nicht vorausahnte, was passieren könnte, lud ich andere Jungen ein, meine Welt und ihre Bewohner zu besuchen. Sie stürmten durch die Haustür, was die Großmutter sehr aufregte. Auch meine Mutter, die Tanten, meine Schwester Gilda sowie Malvina, Carmelita und Anita und die anderen waren beunruhigt. Diese Horde, die eingeladen war und sich auf diese Weise einer großen Familie erfreuen konnte, reagierte keineswegs mit der Neugierde und dem Respekt, wie ich mir das gewünscht hatte. Für sie waren unsere Frösche nichts anderes als große und kleine Kröten. Einige begannen damit, Steine nach ihnen zu werfen, und ich glaube, ohne das Eingreifen von Großvater, Malvina, meiner Mutter und Carmelita wäre es mir nicht möglich gewesen, sie davon zu überzeugen, dass es sich hier um Lebewesen handelte, die man nicht quälen dürfe. Meine Argumente galten nichts, auch die meines Großvaters klangen nicht sehr überzeugend. Nur das resolute Geschrei von Malvina, die in solchen Situationen immer den richtigen Ton fand, vertrieb die böse und respektlose Bande schließlich.

Die Jahre vergingen, die Winter machten immer wieder Platz für den unbeschreiblichen Frühling. Die Sommer brachen an und trockneten den Sumpf mit seinen Kanälen, Flüssen, dem Meer und den Träumen von Matrosen, Entdeckern und Piraten beinahe aus. Wer keine Scheu hatte, stellte sich unter die Dusche mit ihrem frischen Wasser. Meine Mutter und Malvina, Letztere wirklich schon sehr alt, setzten sich unter eine Laube und genossen den Schatten. Dort strickten und schwatzten sie und machten Pläne für den Haushalt. Mein Großvater zog seine Zeitung aus der Tasche und informierte die verbliebenen Damen auf seine ihm eigene kritisch-tendenziöse Art über das Weltgeschehen.

Die meisten meiner Tanten hatten ihren Märchenprinzen gefunden und waren in andere Häuser gezogen, um dort, genauso wie die Onkel, ihre eigenen Familien zu gründen. Willkommen waren meine Cousins und Cousinen, die ich natürlich in meine Welt voller Monster mitnahm, dorthin, wo meine Frösche und Kröten und all die Vögel wohnten, die auf dem Wasser landeten und appetitliche Häppchen ergatterten. Ich zeigte ihnen meine selbst gebastelte Flotte und demonstrierte auch, wie gut sie bis zum Zentrum meines "Meeres" segeln konnte. Als wir ins Haus zurückwollten, musste ich sie herausholen aus der schlammigen Pfütze, in der sie bis zur Hüfte standen, ich zog und zog und zwängte sie durch das Tor bei den Gitterstäben, riss ihnen die schmutzigen Kleider vom Leib und stellte sie schließlich unter jene Dusche, die so viel unerwartete Freude bereitete.

Irgendwann begann ich auf den Körperbau der Mädchen aufmerksam zu werden. Ich entdeckte die verborgenen "Schlitzchen", wie wir Jungen sie zu nennen pflegten. In mir keimten bis dato unbekannte und unerklärliche Gefühle auf. Die runden Schenkel der Mädchen waren nicht mehr von diesen schlecht riechenden, dreieckigen Tüchern umhüllt wie die von der kleinen Anita, die ich Tausende Mal gesehen hatte, als ihre Mutter und auch meine Schwester sie wechselten. An den üblen Geruch kann ich mich heute schon nicht mehr erinnern. Wohl aber daran, dass ich diese Rundungen das ein oder andere Mal hätte streicheln wollen. Der Besuch meiner Flotte und der kleinen Monster wurde mehr und mehr zum Vorwand, uns schmutzig zu machen, um zu dieser Dusche mit ihrem eigenen Regenbogen und den perlenden Wassertropfen zurückkehren zu können. Auch die kleine Anita nahm schon an diesen Wasserschlachten teil. Sie roch nicht mehr übel und die Formen ihres Körpers entwickelten sich.

Mit oder ohne Besucher war die Dusche der absolute Hit in jenem Sommer. Immer wieder mal wollten meine Hände diese wunderbaren Früchte berühren, was aber immer durch ein energisches "Nein!" von Carmelita, die ständig in unserer Nähe war, unterbunden wurde. Ein anderes Mal war es Anita, die nur sagte: "Fass mich nicht an!" Aber dieses "Fass mich nicht an!" schien mir so kokett, dass ich nicht anders konnte, als ihr hinterher zu rennen, eine Verfolgung, die im ... Nichts endete.

Die Jahre vergingen. Die Familie hatte zwar Zuwachs erhalten, aber sie war auch kleiner geworden. Die alten Onkel und Tanten waren gestorben. Nur noch Besucher bevölkerten im Frühling oder Sommer ab und an den Hinterhof mit seiner Dusche und das "jenseitige" Land, erfrischende Menschenseelen und schwellende Leiber, die schon bedeckt werden mussten, weil sie uns Jungen zu Fantasien anregten. Dieses "Guck mich nicht an!" und jenes "Fass mich nicht an!" klang inzwischen wie der Refrain eines alten Volkslieds. Die "Schlitzchen" verbargen sich in wunderbar weichem Fleisch, manchmal bedeckt mit verführerischem Flaum.

Malvina war gestorben und wurde im Familiengrab der Blumentals und Hundertfeuers beigesetzt. Dieses Mausoleum war wirklich das Einzige, was vor den ruinösen Börsenspekulationen des Großvaters hatte gerettet werden können. Dorthin trug man sie also. Alle wollten dabei sein: mein Großvater, mein Vater und meine zwanzig Onkel väter- und mütterlicherseits, Freunde meiner Großeltern und weitläufigere Freunde sowie viele

Nachbarn. Sie alle wussten um die Geschichte dieser legendenumwobenen Frau, die sich entschieden hatte, ihr Leben in die Hände dieser vom Glück verlassenen Familien zu legen, die Einzigen, die wirklich alles verloren hatten in dieser Krise und aufgrund anderer Katastrophen, die die Hundertfeuers am empfindlichsten getroffen zu haben schienen.

Ich war ein junger Mann, der gemäß den Plänen seiner Familie bald studieren würde. Meine Schwester Gilda, nur zwei Jahre älter als ich, hatte ihr Glück bereits gefunden. Sie machte mich zum Onkel und hatte nicht vor, diese Veränderungen, die auch mein Leben betrafen, einzustellen. Sie war sehr glücklich.

Das magische Gartentor war noch da, Büsche hatten es wunderbar überwuchert. Das Froschvolk hatte die Invasion meiner grausamen Freunde über Generationen hinweg überlebt. Ich hoffte, dass diese schöne heile Welt, die mich so reich beschenkt hatte, erhalten bliebe und die kleinen Kanäle für ewig auf mich und meine Flotte warten würden. Die Vögel könnten weiterhin über dieses von Natur aus saubere – oder nicht saubere – Wasser fliegen. Der Berg war immer noch da, unverrückbar, und inspirierte mich zu einigen Gedichten.

Der Großvater hinkte inzwischen und schämte sich, so alt geworden zu sein. Meine Großmutter wurde nur kurze Zeit nach Malvina beerdigt – selbstverständlich im selben

Grab. Mehr als einmal saßen Großvater und ich auf jener Sitzbank am anderen Ende des Hauses und versanken untröstlich in Erinnerungen an ein Leben, das nun Vergangenheit war. Die Welt hatte sich verändert. Oft fühlte ich mich im eigenen Leib wie ein Fremder. Die Mädchen waren erwachsen geworden und zeigten nicht mehr unbedarft ihre engen Unterhöschen, die früher meine Fantasie so sehr angeregt hatten. Obwohl ich gewiss kein Kind mehr war, wusste ich nicht, was ich mit meinem pubertierenden Körper anfangen sollte.

All diese Erläuterungen zur Sexualität, die wir im Sportunterricht hörten, kamen mir absurd, theoretisch und unnütz vor, weil sie nichts mit mir zu tun zu haben schienen. Ich wollte mit meinem Großvater darüber reden, wusste aber nicht, wie ich ihn darauf ansprechen sollte, ob ich wohl etwas fühlen würde, wenn ich einer meiner Cousinen einen reinen, unschuldigen Kuss gäbe. Mädchenschenkel Seite an Seite mit den meinen verlockten mich, meine Hände nach ihnen auszustrecken, doch ich musste mir jedes Mal dieses "Fass mich nicht an!" anhören.

Die Konzentration in der Schule ließ nach. Ich fand tausend Gründe, meine Gedanken in verbotene Gefilde abschweifen zu lassen. Andere Schulkameraden außerhalb meiner Seefahrerwelt wussten bereits über alles Bescheid. Wenn ich laut überlegte "Ich glaube, dieses Mädchen könnte mit mir ausgehen wollen", lautete die barsche Antwort: "Sag es ihr selbst und nicht mir!" – „Es ist eben so, wenn ich mich ihr nähere ..." Da unterbrach man mich forsch: "Nähere dich ihr, fass sie an, wo du willst, und du wirst sehen, sie sagt nicht Nein. Erst recht nicht dir, dem Klassenbesten. Schlepp sie in eine dunkle Ecke und mach mit ihr, was du willst. Sie wird es auch mögen wollen."

Eines Abends sah ich in einer Ecke nahe der Dusche ein Nachbarsmädchen sitzen. María war sein Name. Noch einer dieser weiblichen Gäste, die durch das nie reparierte Gittertor hereinschlichen. Sie las ein Buch. Ich setzte mich zu ihr, und wir sprachen über ... das Buch. Sie kam immer wieder. Glücklich darüber, dass das Schicksal uns zusammengeführt hatte, lachten wir, bis uns die Tränen hinabkullerten. Wir liebten es, uns zu treffen. Wir begannen, uns an den Händen zu halten und uns zu küssen. Die Stimme von Carmelita ließ uns auseinanderfahren. Die Zusammenkünfte wiederholten sich, obwohl wir wussten, dass Carmelita um uns herumschleichend immer sehr beschäftigt tat, bis sie uns schließlich mahnte: "Es ist schon zehn Uhr, Zeit, nach Hause zu gehen!" Oder: "Ihr seid noch immer Kinder, genug gespielt!"

Einmal, als ich bereits in meinem Bett lag, passierte etwas, das ich nicht vorhersehen konnte und nicht wahr machen wollte, mir aber so sehr wünschte: Ich spürte einen Körper neben mir. Eine Hand streichelte meinen sich reckenden Penis. Jemand umarmte mich mit nackten Armen und ich spürte die Umklammerung heißer Schenkel. Mit Kraft schob sie ihren Körper unter den meinigen. Ein duftender Spalt empfing ihn, der sich immer danach gesehnt hatte.

Irrigerweise träumte ich von den zarten rosa Schenkeln meiner ersten Spielkameradinnen. Ich sah vor meinem inneren Auge noch einmal ihre engen Unterhöschen und traute mich kaum, hinzusehen. Doch dieser Körper, der mich lodern ließ, war ein anderer. Ein anderer Duft. Ich erinnerte mich an die sanften, aber energischen "Fass mich nicht an!"-Stimmen dieser Wesen, die die Natur zu Frauen machte. Stimmen, die mich noch immer erregten. Wie viele Male mag sich das Spiel in jener Nacht wohl wiederholt haben?

Glücklich schlief ich ein. Im Morgengrauen suchte ich nach dem Leib, der neben mir hätte liegen müssen. Ich hatte Lust, das, was in der Nacht geschehen war, noch einmal zu tun. Aber jetzt als echter Mann! Aber ich lag allein im Bett. Ich zog meinen Schlafanzug aus, der nach allem Möglichen und etwas ganz Neuem roch. Als ich ins Bad ging, hörte ich die Stimme meiner Mutter: "Andrés, komm bitte in die Küche, das Frühstück ist fertig!" Ich begab mich in die Küche, und ich fühlte mich wie ein anderer, ohne

41

dies erklären zu können. Meine Mutter und Carmelita standen beisammen wie alte Freundinnen und sprachen miteinander. Über die Ferien, die heute beginnen würden, und die Einkäufe, die zu erledigen waren. Über Anita, die noch schlief und erst später kommen würde. Carmelita sagte: "Du musst dich beeilen, Junge. Dein Vater hat schon gefrühstückt und wartet auf dich, um dich zum Bahnhof zu bringen." Meine sehnlichst herbeigewünschten Ferien würde ich im Süden in einem Ort am Strand beginnen, der meine Fantasien immer beschäftigt und meine bis dahin kindliche Welt ausgefüllt hatte. Dort habe ich Schwimmen und auch Reiten gelernt. Im Haus meines Onkels und meiner Cousinen gab es alles, es lag auf einem Hügel und war von einem wunderschönen Park umgeben. Von dort aus konnten wir die Sonne hinter einer Insel untergehen sehen. Auch diese Insel weckte Träume in mir, ich stellte mir tausend englische und französische Piratenabenteuer vor, Schiffe voll gieriger Eroberer, Schlachten auf dem Meer, in dem die Verlierer versanken, und Winde, die die Sieger zu anderen Inseln trieben, wo sich die Abenteuer dieser Mannen des Meeres wiederholten. Die Bücher in der Bibliothek ergänzten meine Fantasien mit Geschichten, die das Schwanken zwischen Wahrheit und Traum bereicherten.

Plötzlich riss mich ein Gedanke aus meinen Tagträumen.

Hatte ich Mannen des Meeres gedacht? Eine innere Stimme sagte mir: "Du bist auch ein Mann, Andrés!" - "Andresito", hörte ich eine andere Stimme. "Deine Mutter hat gesagt, du sollst dich beeilen Don Alberto wartet schon. Ich wünsche dir eine gute Reise und eine schöne Zeit." Ruhig stand ich vom Tisch auf. Ich freute mich sehr darauf, bald diese lachenden, schimmernden Gesichter zu sehen – und auch die kurzen Röckchen, die in mir so unerklärliche Gefühle weckten, die immer in einem "Guck mich nicht so an!" oder "Fass mich nicht an!" endeten.

An jenem Morgen kam Anita nicht zum Frühstück. Ich ging zu meinem Vater, der auf mich wartete, während er ruhig seine Zeitung durchblätterte. "Wo hast du deinen Koffer?", begrüßte er mich. Von Weitem hörte ich Carmelita rufen: "Machen Sie sich keine Sorgen, Don Alberto, er wurde bereits in Ihrem Wagen verstaut." Im Flur standen mein Großvater im Sonntagsstaat, noch immer an seiner Krawatte nestelnd, meine Mutter, sehr fröhlich und ohne Tränen wie sonst, meine Tanten und all die gutherzigen und vornehmen Frauen, die ich kannte. Ich dachte an Gilda, meine Schwester, daran, wie sie Anita wie ihre Puppen an- und ausgezogen hatte. Oder wie sie aus unserem schlammigen Ozean stieg und sich unter diese Dusche mit ihrem Regenbogen stellte. Ich verabschiedete mich etwas traurig, verdrängte jedoch den Kummer, indem ich an all das dachte, was mich erwartete: die einsamen Strände, das Haus, Onkel, Tanten und Cousinen, die alle etwas älter waren als ich. Es fiel mir immer schwer, von zu Hause wegzugehen. Wie oft hatte ich, nicht nur in der Familie, sondern auch bei den Dienstboten, diese Warmherzigkeit gespürt! Von Carmelita, die mich umarmte, mein Haar zerzauste und dann wieder kämmte. Ihr Kuss auf meinen Mund war eine Mischung aus Marmelade, Tee und Milch, Schüchternheit und Herzenswärme.

Aber dieses Mal war alles anders. Ich hörte nur ein "Auf Wiedersehen, Junge, benehmen Sie sich dort anständig! Vergessen Sie nicht, dass Sie kein kleiner Junge mehr sind!" Letzteres klang etwas gereizt. (Sicher dachte sie an meine nächtlichen Küssereien unter der Laube.) Ich vermisste auch das Hüpfen und die Umarmungen von Anita, die mich beim Abschiednehmen immer verstohlen küsste, wenn niemand hinsah, was mich erröten ließ. Dieses Mal fehlte meine Spielkameradin, meine Schülerin, der ich half, wenn sie ihre Aufgaben perfekt erledigen wollte, das Mädchen, das mir unter der Dusche freudig ihren Körper wie eine Balletttänzerin zeigte. Ich traute mich zu fragen: "Kommt Anita nicht, um sich zu verabschieden?" Ich fühlte mich mutig, denn diese Frage offenbarte meine innersten Gefühle. "Beeil dich, Junge!", sagte mein Vater energisch. "Einen Moment noch", bat ich. Ich ging zum Schlafzimmer von Anita. Dort saß sie auf der Bettkante. "Ich wusste, dass du kommen würdest, um dich von mir zu verabschieden. Lass es dir gut gehen. Weißt du, ich habe geträumt, du seist ein richtiger Mann geworden!" Sie lachte fröhlich.

Mein Vater rief erneut nach mir: "Junge, beeil dich, der Zug wartet nicht!" Ich verabschiedete mich, zwinkerte ihr zu und verließ das Zimmer dieser anderen Schwester.

2 Bis ans Ende der Welt

B is ans Ende der Welt – das haben Männer viele Male in ihrem Leben versprochen. Und wie oft hielten sie ihr Versprechen?

Es geschah vor vielen, sehr vielen Jahren. Die Erinnerungen daran gehen mir noch heute durch den Kopf, weil ich gerade genauso traurig bin wie es diese Menschen um mich herum waren in jenen Tagen, als ich echte, tiefe Traurigkeit noch nicht von Nahem kennengelernt hatte. Ab und zu habe ich sie entdeckt in anderen Gesichtern, in anderen Augen oder in einem schlecht vorgetäuschten Lachen bei denjenigen, die versuchten, ihr Leid, ihren seelischen Schmerz, jene Gefühle zu verbergen, die entstehen, wenn das Leben einen schlecht behandelt. Es war etwas, was man mit Worten nicht ausdrücken konnte, und ihre Stimmung hinderte sie daran, einen klaren Begriff zu finden.

Ich war noch ein Kind, und es gab noch wenig, das ich verstehen konnte. Diese tiefe, unbeschreibliche Traurigkeit war für mich zum Glück etwas Fremdes, sehr Fernes. In meiner Unschuld war ich darauf aus, Freude zu erleben. Zwar sah ich den Tod, aber es waren andere, die starben. Manche verließen diese Welt, als ob dies nur gerecht und einfach der Lauf der Dinge sei. Andere starben im Verborgenen, als ob sie einem geheimnisvollen Kalender folgten.

Einmal saß ich auf einer Treppenstufe an unserer Haustür und wartete auf Kinder, die zum Spielen kommen sollten. Eine betagte Frau, die in einem der Nachbarhäuser lebte, rannte, so gut dies ging auf ihren alten Beinen, schreiend an mir vorbei. Sie weinte und jammerte: "Mein Sohn stirbt, mein Sohn liegt im Sterben!" Verzweifelt lief sie den Weg hinunter, bis ich sie beinahe nicht mehr sah. Meine Mutter, die mit ihren Hausarbeiten beschäftigt war, hörte das Geschrei und fragte mich: "Wer war denn da so untröstlich?" – "Frau Alberti", antwortete ich. Rasch band sie ihre Küchenschürze ab, warf einen Blick in den Spiegel, zupfte das Haar etwas zurecht und verließ eilig das Haus. Sie lief aber in eine andere Richtung als Frau Alberti, weil sie dem Sterbenden helfen wollte. Der Sohn entschlief noch an diesem Tag, vielleicht in dem Moment, als meine Mutter und Frau Alberti sich aufmachten, um etwas dagegen zu unternehmen.

Die Nachbarsfamilien weinten ganze Ozeane voller Tränen, die ihre Taschentücher durchnässten. Sie versammelten und besuchten sich, um sich gegenseitig in ihrem Schmerz beizustehen. Damals hörte ich, dass es viele Tote gibt im Leben und viel Schmerz überall. Auch viel Unglück, das nicht unbedingt etwas mit Gesundheit zu tun hat, sondern auch mit Armut, Hunger,

Entlassungen und Arbeitslosigkeit, mit dem Verlassenwerden, dem Verschwinden, mit Wunden, Unfällen und Hunderten anderer Probleme, die die Menschen in ihrem Schmerz eint. Ich stellte mir all dieses Unglück wie eine Suppe vor: war sie zu heiß, verbrannte man sich; war sie zu kalt, fror man bis auf die Knochen. Dieser Schmerz bis auf die Knochen, diese Verzweiflung ohne Trost, dieses Verlassensein der Seele, die irgendeinen Gott um Hilfe anfleht, dieses ganz persönliche Leid war mir bis jetzt noch nicht widerfahren.

Die Wochen verstrichen, die Traurigkeit verging langsam, die Tränen versiegten, die Taschentücher trockneten und auf den Gesichtern der Menschen in meiner Straße erschien wieder ein Lächeln. Bald schon stellte sich auch Freude ein. Sich liebende Paare heirateten, bekamen wunderschöne Babys, einige davon waren ganz friedlich, andere eher kleine Schreihälse, deren Weinen jedoch nichts zu tun hatte mit dem herzzerreißenden Wehklagen der Erwachsenen. Patriotische Feste mit Grillfleisch am Spieß, mit Maisbrannt- und anderem Wein, mit Früchten und Tänzen mitten auf der Straße wurden gefeiert. Immer mehr Verliebte tauchten auf, solche, die sich verrückt und leidenschaftlich liebten, und noch mehr lachende und schreiende Babys erblickten das Licht der Welt. Auch Spiele und sportliche Wettkämpfe wurden in einem improvisierten Stadion ausgetragen, Prozessionen mit

Heiligen und Gläubigen zogen durch die Stadt. Mit einem Wort: Es gab die natürliche und unschuldige Vereinigung der Leiber und Seelen, wie Gott es sich gewünscht hat – innerhalb und außerhalb der Kirche. Die Menge lachte, litt und liebte sich in dieser brodelnden Suppe, in der meiner Meinung nach all das enthalten war.

Einige Häuser von dem unsrigen entfernt lebte ein Mädchen mit langen und sorgfältig geflochtenen kastanienbraunen Zöpfen. Es hatte dunkle, fröhliche und kluge Augen, mit denen es mich manchmal betrachtete, und die bei mir Aufmerksamkeit erregten, egal womit ich gerade beschäftigt war. Seine sanfte Stimme, klar und wohlklingend, zog mich an. "Gehen wir spielen, Efrain!" Die Gegenwart des Mädchens riss mich aus meiner Welt, und ich betrachtete es von oben bis unten. Ich fühlte etwas Neues, nie Dagewesenes, etwas, das ich noch nie erlebt hatte und mit Worten nicht beschreiben konnte. Als ich es wagte, über das, was ich empfand, mit den Schulkameraden zu sprechen, die ich für vertrauenswürdig hielt, meinten sie: "Sei nicht dumm! Verlieb dich bloß nicht!" Erschrocken zuckte ich zurück, beeindruckt von ihrer vermeintlichen Reife und Erfahrung.

Ich fühlte mich hin- und hergerissen und überlegte, wie dieses Gefühl von Freude, ausgelöst durch braune Haut, lange Zöpfe und herrliche Augen, hatte entstehen können – ganz zu schweigen von dieser süßen Stimme wie ... Und hier enden meine Beschreibungen und Spekulationen. Es gab damals nichts Erotisches in meinen Gedanken. Ich kannte dieses Wort nicht einmal, und selbst wenn ich es schon gehört hätte, wäre es mir nicht im Schlaf eingefallen, es mit der Bewunderung, die ich für dieses hinreißende Mädchen empfand, in Zusammenhang zu bringen.

Wir setzten uns auf dieselbe Stufe vor der Haustür, von wo aus ich an jenem Tag die verzweifelte, über ihren sterbenden Sohn weinende Frau Alberti gesehen hatte. Zunächst sagte keiner von uns beiden ein Wort. Irgendwann entspann sich ein kindliches Gespräch. "Gefällt es dir, dass ich hier bei dir sitze?", fragte sie mich mit ihrem singenden Stimmchen. "Ja, es gefällt mir", antwortete ich, während ich gleichzeitig überlegte, was ich Wichtiges sagen könnte. "Spielst du immer noch mit deiner blonden, blauäugigen Puppe?", fragte ich sie dann. Lachend und mit leisem Spott meinte sie: "Ich bin schon groß, siehst du das nicht? Ich spiele sicher nicht mehr mit Puppen!" – "Meine Schwester ist älter als wir und bringt immer ihre Puppen ins Bett und legt sie schlafen", erwiderte ich etwas überrascht.

Nach solchen Gesprächen gingen wir auseinander oder

wir versuchten, beim Spielen unsere Gedanken zu ordnen. Eines Tages fragte mich meine Mutter: "Was hast du mit diesem Mädchen Margarita?" Ihre Frage kam nicht überraschend, ich hatte sie mir selbst schon gestellt, allerdings nicht so klar und deutlich. "Ich weiß es nicht, Mama. Wir spielen, reden, setzen uns hin ..." – "Nicht mehr?", insistierte meine Mutter, aber sie spürte wohl, dass sie sich Dinge einbildete, die vielleicht einige Jahre später erst geschehen würden.

Ein anderes Mal saß Margarita auf einem der Stühle in unserem Hof. Ich ging freudig auf sie zu und setzte mich neben sie. Wir schaukelten mit unseren kurzen Beinen. Um mich wichtig zu machen, sagte ich: "Meine Mutter hat mich gefragt: Was hast du mit diesem Mädchen?" Sie antwortete ganz ruhig: "Weißt du das denn nicht? Wir sind Verliebte." Ich war überrascht und protestierte. "Was? Wir? Aber das sind doch nur die Großen." Doch sie meinte nur: "Eines Tages werden wir auch groß sein. Doch wir sind bereits jetzt schon Verliebte." Ich fügte hinzu: "Aber ich habe gesehen, dass sich die Verliebten küssen, umarmen, und andere Jungs erzählten mir, dass sie auch ..." Sie unterbrach mich, indem sie ihre Nase der meinen näherte: "Willst du mich nicht küssen?" Ich wollte sie auf die Wange küssen, sie aber drehte den Kopf um einige Zentimeter, und meine Lippen fanden ihren Mund. Da hörten wir die Stimme meiner Mutter, sie schimpfte ein bisschen, war jedoch nicht zornig: "Aber Kinder, ihr küsst euch ja wie die Verliebten! So ähnlich hatte ich mir das schon vorgestellt."

Sie ging zurück an ihre Hausarbeit und ließ uns allein, ohne sich um die gewagten Abenteuer meines erst beginnenden Lebens zu sorgen. Aber hier spürte ich etwas Neues. Nicht alles ist eines. Die Theorie der Suppe, die ich mir so zurechtfantasiert hatte, musste ich verwerfen. "Jeder fühlt und jeder weint für sich", kam ich zu einem Schluss.

Zwischen Festlichkeiten, Taufen und Sportwettkämpfen, Grillfleisch vom Spieß und Tänzen im Freien machte der Fortschritt auch vor unserer Straße nicht Halt. Eines Tages rissen Arbeiter die Erde auf, entfernten die Steine und füllten die Löcher mit riesigen Mengen an Zement, was dem Viertel ein völlig neues Aussehen verlieh. Anders gesagt: Sie legten eine Straße an. Auf diesen zwei glatt zementierten, geraden Bahnen, mit Bäumen zur Rechten und zur Linken und einem Rasenstreifen in der Mitte, bewegten sich ab sofort andere Fahrzeuge als zuvor: Automobile, Lastwagen und Traktoren, die nebst höllischem Lärm auch andere Unannehmlichkeiten mit sich brachten. Wir Kinder entdeckten schnell, dass man auf diesen ebenen Bahnen mit einem Rollbrett fahren konnte. Und sehr bald schon glänzte einer der

Nachbarsjungen mit seinem neuen Brett. Dann kam der nächste mit seinem Brett und noch einer – je nachdem, was der elterliche Geldbeutel hergab und was zu entbehren war, damit der Sprössling diesen schnellen Sport betreiben konnte. Margarita bekam ihr Brett ziemlich schnell, und ich – meine Familie wollte da nicht zurückstehen – erhielt meines wenige Tage später. Wir setzten uns nun nicht mehr hin, um zu schäkern und uns wie richtige zwölfjährige Verliebte auf den Mund zu küssen. Der neue Sport hatte uns der Romantik entrissen und uns mitten auf den modernen Spielplatz der Geschwindigkeit katapultiert.

Es war ein Riesenspaß, bis zum Beginn der eleganten Straße hinaufzurollen, umzukehren und die sanft abfallende Bahn wieder hinunterzugleiten. Margarita und ich drehten unermüdlich Hunderte von Runden, bis jemand aus der Familie uns zum Abendessen, Pausenbrot oder was auch immer rief. Immer war das genau dann der Fall, wenn wir keine Kraft mehr hatten. Ich ließ Margarita einige Meter vor mir her rollen, damit ich ihre kastanienbraunen, sorgsam geflochtenen und im Wind hüpfenden Zöpfe sehen konnte. Und um ihre klare Stimme, die mir zurief "Folgst du mir, Efrain?" zu hören. Ich entdeckte auch einen Leib, der sich begann, in den eines reifenden Mädchens zu verwandeln. Wenn ich mehr Zeit gehabt hätte, hätte ich ihr zugerufen, dass ich ihr bis ans Ende der Welt folgen würde.

Eines Sonntags verspätete ich mich um wenige Minuten. Wir hatten vereinbart, sofort nach dem Mittagessen zum Rollen zu gehen. Es geschahen sehr schnell viele Dinge auf einmal. Ich war an der Straße angekommen. Viele Nachbarn waren ebenfalls nach draußen gegangen, um die blühenden und großzügig ihren Duft verströmenden Akazien zu genießen. Die Sonne stand genau da, wo sie hingehörte um drei Uhr nachmittags.

Auch mein Großvater setzte sich nach draußen auf einen eigens für ihn bereitgestellten Stuhl. Von Weitem sah ich etwas wie einen Vogel daherfliegen, das dann plötzlich mit einem fahrenden Auto zusammenstieß. Mein Großvater schrie verzweifelt auf: "Lauf, Efrain! Deine Margarita ist überfahren worden!" Ich ließ das Rollbrett fallen und rannte an den Ort, an dem sich bereits die Menschen versammelten. Fast mochte man mich nicht vorlassen, dorthin, wo – oh mein Gott! – das geschehen war, was ich nicht glauben wollte, dorthin, wo Margarita lag, wimmernd und sterbend, sich wortlos mit schwachen Atemstößen von ihren Schwestern und ihrer Mutter, ihrem Vater und zweifellos von mir, ihrem zwölfjährigen Geliebten, verabschiedend.

Die Menschen gafften mit dieser entsetzlichen Schaulust,

und ich, ich versteckte mich mit meinem eigenen, unbeschreiblichen Schmerz vor der Welt. Ich wusste nicht, was ich tun sollte: wie ein Kind untröstlich weinen oder kalt und stark meine Gefühle verbergen wie ein richtiger Mann. Ich entschied mich für Letzteres. Ich versuchte einfach, nicht aufzufallen. Am Tag ihrer Beerdigung stand ich ganz nahe dabei und wagte nicht, den Mund zu öffnen, weil ich wusste, dass sich ein verzweifelter Schrei lösen würde. Ich schluchzte nur vor meinem Großvater, als er sagte: "Mein Junge, du erlebst eine der härtesten Zeiten deines Lebens, lass uns gemeinsam weinen." Und er weinte mit mir.

So lernte ich, was Schmerz ist und wie er sich anfühlt und wie man darunter leidet. Die Menge begleitet dich zwar und versteht dich, aber den Schmerz erträgst nur du selbst.

Und einmal mehr sah ich in meiner Erinnerung die alte Frau verzweifelt an mir vorbeilaufen. "Mein Sohn liegt im Sterben ..."

3 Großvaters Geschichten

Die Geschichten meines Großvaters hatten nicht diesen berühmten mythischen Klang, wie er typisch war für die Erzählungen meiner Großmutter. Die seinen basierten auf viel mehr als nur der Wahrheit. Man sagte, sie beinhalteten eine Lektion und eine Moral; sie waren aber keinesfalls nur kritisch gemeint, manchmal sogar waren sie eine Satire über das Leben und die Gewohnheiten seiner Vorfahren.

Übrigens war da immer auch ein Groll, den er nicht verheimlichen konnte. Wenn er von jenen Martínez', Galdámez', Muellers, Errásuriz', Cienfuegos, del Valles, Irarrázabals, McCourts', Chaignaux' und Springmüllers sprach – sie sind hier weder alphabetisch noch nach ihrer Herkunft aufgelistet –, konnte er es nicht lassen, seine Verachtung über diese Dahergelaufenen auszudrücken. Denn sie hatten mit ihren Waffen und ihrem bösen Herzen die ursprünglichen Siedler von diesem schönen Land, das er so sehr liebte, vertrieben oder sie vernichtet. Die Galvarinos und die Tegualdas, die Tegualpas, die Quirinques, die Guacoldas und Caupolicanes, jene heldenhafte Urbevölkerung dieser nie zuvor eroberten Erde war von ihrem eigenen Grund und Boden verjagt worden im Namen irgendwelcher Götter, die nie die ihren waren. Ohne ihre gewagte These, die schwierig zu

56

erklären, aber einfach zu verstehen ist – "Aus der Kraft der Lenden, Jungs!" –, die besagte, dort, an einem noch nicht einmal geheim gehaltenen Ort mit Lust Liebe zu machen, ohne dass dafür große Verführungskünste notwendig waren, ohne diese körperliche Anziehungskraft zwischen den beiden Rassen, gäbe es heute nicht mehr die schönen Augen und die hohen Wangenknochen der Frauen und auch nicht mehr jene starken und kraftvollen Männer, die das Glück gerettet hatte.

Mein Großvater erzählte viele dieser Geschichten seinen Enkelkindern, als sie bereits etwas älter waren und verstanden, was er sagen wollte. Seine tiefe Stimme, die Anstrengung und sein häufiges Räuspern machten aus der Sache eine Theatervorstellung und es schien nicht mehr nur um eine einfache Familiengeschichte zu gehen, die man Verwandten und Freunden erzählte.

Sein Satz "Das ist die Kraft der Lenden, Jungs, damit ihr das wisst!" waren in einer Zeit, als über dieses Thema nicht gesprochen wurde, ein wütender, unpassender Einwurf, der nicht immer im Zusammenhang mit der eigentlichen Geschichte stand. Die dummen Geschichten von den "Bienchen und Blümchen", wie man sie heutzutage in den Kindergärten erzählt, haben die Lage nicht verbessert.

Der weise Alte blickte belustigt auf seine Enkel und erforschte, tief in Gedanken versunken, die Gesichter seiner Nachkommenschaft, die in ihrer Jugend alles sein konnte: arglos, erfinderisch, gescheit, spielerisch, scheinheilig, kühn, die meisten aber waren unschuldige Wesen auf dem Weg, Männer zu werden, die eines Tages, jeder auf seine Art, Entscheidungen treffen würden. Er selbst hatte längst alles durchlebt.

Da gab es einen Schreibtisch, der, wie andere Möbelstücke auch, von dem Kontinent stammte, wo wir ursprünglich unsere Wurzeln hatten. Er war aus dunkelrotem Mahagoniholz und besaß Schnitzereien und mit Bronzegriffen versehene Schubladen. Die Schreibfläche war mit Leder bedeckt, den Rand zierten golden geprägte Figuren. Vor dem Schreibtisch, der sicher eines der kostbarsten Stücke der wertvollen Ladung war, die einst die Familien in dieses Land begleitet hatte, stand ein leichter, eleganter Stuhl aus dem gleichen Holz; im Hintergrund verbargen Gardinen und Vorhänge hohe Fenster.

Aufgrund seines Alters und seiner immer noch angespannten wirtschaftlichen und sozialen Situation verließ Großvater kaum das Haus – es sei denn, er traf sich mit Freunden, wenn diese, alle so alt wie er, nicht gerade zu Dutzenden bei ihm aufkreuzten. Oder er kaufte sich am

Kiosk an der Ecke eine Zeitung oder begleitete seine Enkel auf dem langen Schulweg.

Seine Tage verbrachte er in einem Lehnstuhl im schattigen Vorgarten in Gesellschaft von Margarita, unserer Großmutter, in die er noch genauso verliebt war wie damals, als sie sich kennenlernten. Sie lasen gemeinsam die Zeitung und sprachen mit Eifer und Enthusiasmus über das Geschehen in der Welt. Oder sie verbrachten nicht wenige Stunden schwatzend mit einer ihrer vielen Töchter, die damit beschäftigt war, die Blumen zu gießen, neue einzupflanzen oder die Blätter der dicht belaubten Bäume zusammenzurechen. Manchmal nahm Don Carlos eines seiner schon viele Male gelesenen Bücher zur Hand und trug für jeden, der das Glück hatte, in der Nähe zu sein, mit lauter Stimme vor. So kannte man die Familie in den Frühlingstagen, im Sommer und im Herbst. Im Winter veränderte sich das Bild völlig. Einmal begann Großvater, eifrig seinen Schreibtisch aufzuräumen. Er warf Papiere weg, Briefe, Karten, alte Zeitschriften, Zeitungsausschnitte, ein verblichenes Fotoalbum, einige Bücher und andere Dinge aus vergangenen Zeiten.

"Soll ich dir helfen, Großvater?", fragte einer seiner Enkel, weil er hoffte, dass sich unter all diesen alten Dingen etwas finden ließe, das den Großvater inspirieren würde, eine seiner an Geschehnissen und Erinnerungen so reichen Geschichten zu erzählen, die er immer im Kopf hatte. Mit Freude, als ob er darauf gewartet hätte, nahm der Großvater das Angebot an. "Schau", sagte er, "die Hälfte ist Müll, Verschwendung und Erinnerungen. Aber es fällt mir schwer, mich davon zu trennen. Hast du vielleicht für einige dieser Sachen ein Plätzchen in deinem Zimmer?"

Enkel und Großvater machten sich daran, die Unterlagen zu durchwühlen, sie anzuschauen und zu lesen. Dabei stießen sie auf einige vergilbte Papierblätter, merkwürdigerweise alle gleich groß, zusammengebunden mit einem Band, dessen Farbe schwer zu erraten war. "In den Müll damit!", meinte der Enkel, ohne diesem verstaubten Bündel, das sie zum Niesen brachte, eine Bedeutung beizumessen. Der alte Mann aber nahm es in die Hand. Er wusste um den Inhalt und begann es auszuwickeln. "Ich weiß nicht, ob du lesen kannst, was hier steht", sagte er.

Es handelte sich um eine Kalligrafie aus einem anderen Jahrhundert, eine Art Pergament mit speziellen Buchstaben, die für die junge Generation fast nicht zu entziffern waren. Der Junge machte sich daran, einige Zeilen zu lesen. Es waren wohl Taufscheine, die Namen lauteten Isaías, Rachel, Moisés, Osías, Abraham, Salomón, Amos, Samuel, Simón – und alle führten den Nachnamen

"Hofmeister". Ungewöhnliche Namen für das Dorf, in dem sie lebten. Das Datum der Eintragungen unten auf den Dokumenten war nahezu unleserlich. Überrascht konnte der Enkel dennoch erkennen, dass es identisch war, auf jeder Seite wiederholte es sich, genauso auch die Kirche und der Ort.

Während die beiden suchten, niesten und miteinander sprachen, fanden sich weitere Enkel ein, um dem Großvater bei seinem Vorhaben zu helfen. "Wundert euch nicht, das sind Faksimiles der Taufscheine unserer Schweizer Vorfahren. Ich erinnere mich gar nicht mehr daran, wann und warum sie in meine Hände gelangt sind." – "Warum wurden alle am selben Tag getauft?", wunderte sich einer der Jungen. Und der alte Großvater begann freudestrahlend mit einer seiner tausend Geschichten.

"Man erzählt sich, die Familie habe sich an diesem Ort vor mehreren Generationen angesiedelt, ständig auf der Suche nach einem Platz, der ihnen von Gott versprochen worden war, den sie jedoch nie gefunden haben. Sie taten sich schwer damit, sich für immer niederzulassen. Denn es fehlte nie an einem König, der sie nicht mochte, an einem Prinzen, der für dubiose Genehmigungen abkassierte, an Dörflern, die diese Fremden nicht akzeptierten. Im Laufe der Zeit konnte man unter den Familienmitgliedern alles finden: einfache Bauern, etliche

61

begabte Künstler aller Genres, geschäftige Juweliere, unternehmungslustige Händler, intelligente Anwälte, Schriftsteller, Wissenschaftler, Astronomen, Ärzte ..." Und hier folgte der Lieblingsausdruck meines Großvaters: "... und so weiter, und so weiter, und so weiter."

Die jungen aufmerksamen Zuhörer hatten sich inzwischen nicht mehr nur um den Schreibtisch versammelt, denn die Schar war immer größer geworden, und die Stühle standen im Haus und bis in den Innenhof und an der Tür zu Großvaters Zimmer, wo er erzählte.

"Die Rosenthals, wie sich diese Gruppe auf der Suche nach einer Übersetzung ihres ursprünglichen Namens selbst nannte, arbeiteten viele Jahre an diesem wunderbaren Ort. Es war ein nicht sehr weites Tal, das alles bot: Regen wechselte sich ab mit Sonnenschein, der Schnee, der einen fast blendete, bedeckte die sanften Hügel mit seinem unberührten und reinen Weiß. Die Winde veränderten den Anblick des Ortes, wenn sie von Zeit zu Zeit hindurchfegten, um danach wieder der wunderbaren Sonne Platz zu machen. Sie umarmte mit ihren Strahlen alles: Bäume, Pflanzen, Tiere jeder Gattung, verspielte neugierige Insekten und die Rosenthals, die die Herzen ihrer bäuerlichen Nachbarn gewonnen haben. Man lebte in Harmonie zusammen, und alle waren sich einig, dass sie endlich den von Gott verheißenen Platz gefunden hatten.

Damit es ihnen noch besser ginge, rief der Landrat den Ältesten der Familie zu sich; er wollte ihm gute Nachrichten überbringen: Wegen ihres bewundernswerten Verhaltens und ihrer freundschaftlichen Art, ihr Leben mit den wenigen Bewohnern der Region zu teilen, sollte ihnen ab sofort im Namen des Kantons Steuerfreiheit für den Grundbesitz und den Erwerb gewährt werden. In einer einfachen Zeremonie wurde ihnen der Titel 'Hofmeister' verliehen. Das kleine Dorf erkannte mit Freude diese Auszeichnung an, und so folgte eine Generation auf die nächste. Mit der Zeit nannte man sie die Hofmeisters.

Die Jahre gingen ins Land, die Sonnenstrahlen wechselte sich ab mit Regenschauern und Schneestürmen, die Winde wirbelten weiterhin Blätter auf, die Kaskaden mit ihren glasklaren Wassern glitzerten, der Himmel zeigte sich ruhig und sauber über diesem wunderschönen Ort, den Gott diesen unschuldigen Menschen zweier Rassen und Religionen geschenkt hatte. Die Tage vergingen. Es gab neue Nachkommen und neue Freuden, unterbrochen vom Tod derjenigen, die im Reinen mit sich dieses Tal, wo sie geboren worden waren, aufgewachsen sind und sich vermehrt hatten, verließen. Wie ich schon sagte, die Jahre vergingen und die Menschen lebten glücklich und zufrieden.

Ein anderer Landrat, der von der zufriedenen Existenz seiner Leute und der der Hofmeisters wusste, wollte vielleicht alles noch ein bisschen besser machen als seine Vorgänger. Eines Tages rief er den achtzigjährigen Hofmeister zu sich, um mit ihm einige Dinge zu besprechen über das Leben, die Gesundheit, den Schnee, das Quellwasser, die Schatten, die sanften Hügel und das, was in Gottes weiter Welt geschah.

Der brave Landrat äußerte so gut er konnte seine Wünsche: 'Mein lieber Hofmeister, du und deine Leute, ihr habt euch an diese Ecke gewöhnt, hier, wo ihr aufgenommen wurdet, Wohlstand, Respekt und Verständnis gefunden habt. Erlaube mir in aller Freundschaft eine Frage.' Der alte Mann, der Rabbi der Hofmeisters, schaute verständnisvoll seinen Gesprächspartner an und fragte ruhig: 'Was möchtest du mir sagen, ehrwürdiger Vertreter deines Volkes?'

Der Landrat war sowohl von der Ruhe des alten Mannes als auch von den gut überspielten Bedenken des Rabbis überrascht. 'Ich bitte dich um Folgendes nicht im Namen meines Volkes', sagte er. Und er fuhr fort: 'Es handelt sich lediglich um einen persönlichen Wunsch, den du ablehnen kannst, wenn du das möchtest.'

'Und wie lautet dein persönlicher Wunsch, hochverehrter Freund? Ich glaube, was immer es ist, dass es nicht den geringsten Grund gibt, ihn zu verwehren.' – 'Hör zu, mein Lieber, ihr habt mit eurer Art unsere Anerkennung und Freundschaft gewonnen. Ihr verrichtet eure Arbeit, ihr verhaltet euch korrekt gegenüber uns und der Gemeinschaft. Aber schau, nach so vielen Generationen – es spielt keine Rolle, wie viele – sprechen wir immer noch von euch und von uns. Es gibt noch immer eine gewisse Trennung, eine kleine Distanz, die ich nicht verstehe...'

Der Rabbi unterbrach ihn und sagte: 'Mein Freund, wenn wir eins wären, würden wir nicht über Verständnis und Toleranz und auch nicht über Respekt sprechen. Diese Begriffe gibt es nur im Pluralismus, der mindestens zwei Beteiligte erfordert. Lass mich mit meinen Leuten reden, gib mir einige Tage Zeit. Dein Wunsch, von dem du sagtest, dass es dein persönlicher sei, könnte auch in den Herzen der Dorfbewohner keimen. Gib mir einige Tage, und wir werden dir eine Antwort geben.'

Bevor er ging, wandte sich der Rabbiner jedoch noch einmal an den Landrat und fragte ihn: 'Sag mir, wo, glaubst du, liegt genau das Problem? Wir haben über uns und über euch, über Pluralismus und Toleranz gesprochen. Kommen wir zur Sache: Was fehlt uns, um mit euch eins zu sein?'

'Eure Religion, eure Rituale, eure Synagoge, eure Kopfbedeckung und ...', lautete die Antwort. 'Rede nicht weiter, mein Freund. Ich hatte befürchtet, dass wir, nachdem wir uns in allem anderen geeinigt haben, auf diesen Punkt zu sprechen kommen würden ...'

Und der Rabbi ging. Mehr gab es nicht zu sagen. Es gab keinen Ärger, keine Kluft, aber beide Seiten spürten, dass in diesem Moment ein Kampf begonnen hatte: Emotionen gegen Traditionen, Intellekt gegen Gefühle. Der Friede so vieler Jahre war in Gefahr."

Der Großvater machte eine Pause. Er war über sich selbst überrascht. Diese Geschichte war ihm von seinem Vater übermittelt worden, und erst jetzt verstand er, dass darin viel mehr steckte, als er auf den ersten Blick gedacht hatte. Die Welt ist bis heute nicht in der Lage, so zu leben wie diese unbeachtete, beispielhafte Gruppe von Menschen, die so viele Jahre an einem unbekannten, auf keiner Landkarte verzeichneten Ort in Harmonie mit den anderen existierten konnte. Es entsprach auf keinen Fall der Gesinnung einiger einfacher, von der Welt vergessener Bauern, aber hier hatte sich jemand vorgenommen, die Ruhe in diesen Dörfern zu stören.

Großvaters Zuhörer trauten sich nicht, auch nur ein einziges Wort zu sagen. In ihren Köpfen fand eine Schlacht statt, sie waren voll innerer Konflikte. Sie, diese noch unschuldigen Enkel, waren die neue Generation, und sie lauschten täglich den Nachrichten über Völker, die immer mächtiger wurden, immer gewaltbereiter, immer intoleranter – aber auf den Geist, das wirklich Große, wurde nicht mehr gehört.

"Haben unsere Vorfahren den Weg zum Frieden der Völker gefunden?", fragte schließlich einer der Jugendlichen. "Den Weg schon, aber nicht den Frieden, den die Menschen verdienen", antwortete der Großvater ruhig. Es gefiel ihm, dass die jungen Zuhörer während seiner Erzählungen mitdachten, ihre Ideen formulierten und, wenn möglich, auch darüber diskutierten.

"Hört mir zu. Die Menschheit hat ihre Weisen, ihre Philosophen, ihre großen Musiker, ihre brillanten Schriftsteller, und ab und zu taucht sogar ein ehrenhafter Politiker auf, der fähig ist, Geschichte zu machen. Aber das alles ist Besitztum und steht nur wenigen zur Verfügung; selbst wenn Schulen und Universitäten diese Ideen nutzen und mit ihnen arbeiten, genügt das nicht. Wir beschäftigen uns damit und kämpfen, um so verhasste Krankheiten wie Bosheit, Gemeinheit, Schande und so weiter, und so weiter, und so weiter loszuwerden ..."

"Was geschah, nachdem der Rabbi gegangen war, um mit

seinen Leuten zu sprechen? War ihnen bewusst, dass sie in Gefahr waren?" – "Stieg der Patriarch auf den nächsten Hügel und fragte Gott, was er zu tun habe?" Ein anderer warf ein: "Warum, Andrès, meinst du, dass sie in Gefahr waren?"

Wenn sich einer fragend an einen anderen wandte und diesen beim Namen nannte, bedeutete dies den Anfang einer harten Auseinandersetzung. "Klar waren sie in Gefahr! Sie hatten eine andere Religion und in der Bibel steht, dass ...", lautete die zornige Antwort. Der Großvater aber wollte nicht, dass die Gedanken und Meinungen seiner Enkel zum Streit führten, und so unterbrach er: "Jungs, lasst mich die Geschichte zu Ende bringen. Die Wahrheit ist, dass ich euch nur das Unterhaltsame erzählen wollte. Wie eigenartig sind wir Menschen doch! Ich sehe gerade, dass ich mich selbst an einen schwierigen Punkt und euch an ein aktuelles Problem, für das die Welt noch immer keine Lösung gefunden hat, geführt habe.

Der alte Patriarch suchte einen Ort, um in Ruhe über alles nachzudenken und von wo aus er diese einfachen und guten Bauern sehen konnte, die ihn vor all den Jahren aufgenommen hatten, ohne zu fragen, woher er gekommen war. Sie hatten dem Fremden ein kleines Stück Land angeboten, von dem sie annahmen, dass es ausreichte, um ihn zu ernähren. Ein Ort zum Bleiben. Jene ruhigen, ehrlichen Menschen waren bereit gewesen, ihren Regen, ihren Schnee, ihre Sonnenstrahlen, ihre Winde und Stürme mit ihnen zu teilen.

Vielleicht hatten sie von Anfang an bemerkt, dass sie anders waren, weiß Gott, woher sie kamen! Aber ihr gutes Herz wollte mehr nicht wissen, es wollte geben und das, was auch ihnen nicht gehörte, teilen. Denn sie verstanden, dass die Erde, die Luft, das Wasser, die Tiere und die ganze weite Natur von hier bis zu den entferntesten Sternen niemandes Eigentum war. Sie selbst hatten das alles auch nur vorgefunden, und so, wie es ihnen das gab, was sie zum Leben brauchten, war es genauso für den Nächsten, der kommen würde, bestimmt. Von hier aus hatte er das erste Mitglied seiner Religionsgemeinschaft beobachtet in jenem einladenden Tal. Und in diesem Moment wusste der Patriarch, was er seinen Leuten erzählen musste.

Als er bei ihnen eintraf, dämmerte es bereits. Der beste Moment, dachte er, um die Probleme anzusprechen. Aber gab es denn ein Problem? Er war sich sicher, dass er wusste, was getan werden musste. Ohne Zweifel war es seine Pflicht, den Seinen den Wunsch des Landrats zu übermitteln. Als er sah, dass sich alle um das Feuer versammelt hatten, mehr symbolisch als notwendig, berichtete er ihnen von der freundschaftlichen

Begegnung, vom Wunsch eines guten Menschen, der nicht nachvollziehen konnte, was es für sie bedeutete, ihre Gewohnheiten aufgeben zu müssen, ihre Rituale, ihren Glauben und, wer weiß, vielleicht auch ihren Gott. Er schilderte seine Gedanken, seine Überlegungen, sprach über den Lebensweg der Gruppe unter diesem kleinen Stück Himmel.

Nachdem er alles, was er glaubte sagen zu müssen, vorgetragen hatte, schwieg er. Eine lange, ewig erscheinende Stille folgte, in der der verstimmte Gesang der Vögel, die die Nacht ankündigten, zu hören war.

Der Sternenhimmel zeigte sich
von seiner schönsten Seite.
Die klaren, murmelnden Bäche
verschenkten ihre Musik.

Ein Adler nahm, auf der Suche nach seinem Nest, Abschied
von den letzten Schatten
der Abenddämmerung.
Ein hungriger Wolf heulte laut und klagend.
Eine verlorene Wolke ließ sich vom Wind tragen.
Der Ast eines dünnen Baumes brach
unerwartet mit lautem Knacksen.
Ein Hund jaulte ohne Unterlass.

Eine Katze suchte Schutz, ohne zu wissen, warum.
Ein Hahn krähte, jedoch zur falschen Zeit
und in diesem Moment völlig unpassend.

Während sich die Natur auf ihre Weise ausdrückte, begann die Gruppe, besorgt durcheinander zu reden. 'Müssen wir, wenn wir Nein sagen, das Tal verlassen?' Der Patriarch antwortete: 'Ich bin sicher, dass wir diesen Ort nicht verlassen müssen.' – 'Unser Leben lang haben wir in der Fremde gelebt. Vielleicht ist es an der Zeit, wieder umherzuirren', meinte einer der erfahrenen Männer. 'Isaías, du hast meditiert, um eine Lösung für dieses Problem zu finden. Hast du einen anderen Weg, einen anderen Ort gefunden?' – 'Wir könnten ihr Glaubensbekenntnis akzeptieren, aber an unserem trotzdem weiter festhalten.'

'Das wird unmöglich sein', beeilte sich der alte Mann zu antworten. 'Hier haben wir Würde gefunden. Es wäre ein schlechter Lohn für diese Menschen in ihrer Tugend, wenn wir sie betrügen würden.' – 'Glaubst du, es hat Konsequenzen, wenn wir diesen Wunsch, wie du die Laune dieses Unwissenden nennst, nicht erfüllen?' – 'Ich glaube nicht. Aber es wäre riskant. Übrigens, bei allem Respekt vor deinem jugendlichen Verlangen, erlaube ich mir zu wiederholen: Jedes Individuum hat das Recht, seinen Wünschen, Ideen und Gefühlen Ausdruck zu verleihen.'

Wie man sehen konnte, gab es in der Gruppe von nicht mehr als dreißig erwachsenen Personen – und man merke sich das gut! – nur zwei junge Männer, die nicht bereit waren, sich von ihrer Religion loszusagen, auch nicht von ihren Ritualen, ihrer Sprache, ihren Liedern und allem anderen, was einen Mann in ihrer Bruderschaft ausmachte. 'Müssen wir denn alle gleich sein?', fragten sie sich, und schließlich verkündeten die beiden Brüder: 'Wir verlassen diesen Ort und suchen einen anderen, wo wir unsere Rituale, unsere Gewohnheiten und unsere Sprache und so weiter, und so weiter, und so weiterleben und bewahren können.'"

Kehren wir zu jenem anderen kleinen und unbedeutenden Ort zurück, wo unser alter Mann seinen Enkeln diese Geschichte erzählte. "Ich finde, es war gut, dass sie woandershin gingen", meinte einer von ihnen. "Die Eigenheiten einer Gruppe sind zu respektieren." – "Die Art, wie jemand denkt, muss akzeptiert werden." – "Wie man ist und denkt, birgt viele Facetten. Das bedeutet, dass derjenige, der zu keiner Gruppe gehören will, allein, verloren, seinem Schicksal überlassen, getrennt vom Rest der Welt wie einst unfreiwillig Robinson Crusoe, leben muss", fügte ein anderer hinzu.

Einer wollte dieser Diskussion ein Ende machen, denn inzwischen war es spät geworden, und so fragte er: "Großvater, was geschah mit denen, die diese unsinnige Veränderung nicht mitmachen wollten? Ich glaube, ich wäre auch weggegangen." – "Mein lieber Enkel, du hast sehr vieles gemein mit diesen beiden Freiheitsliebenden und Glaubenstreuen."

Und er fuhr fort: "Noch in derselben Nacht riet die Gruppe Simón und Salomón (diese Namen kennen wir und sie sind wichtig für uns), den Ort zu verlassen. Alle anderen hatten sich an das gute, großherzige Land und seine Bewohner, die schlicht, aber so reich an Gefühlen waren, gewöhnt. Sie wollten nicht noch einmal versuchen, andere Menschen zu finden, die sie wie hier bedingungslos in ihrer Sprache, ihren Gewohnheiten und ihrer Religion akzeptierten. Es schien ihnen einfacher, weiterhin mit diesem Volk, das sie kannten, zu leben. Aber der Preis war sehr hoch. Der achtzigjährige Patriarch sagte: 'Es wird besser sein, wenn ihr euren Weg selbst sucht. Neue Welten sind entdeckt worden. Geht dorthin. Nutzt eure Hände, eure Intelligenz und die Kraft eurer Jugend, um zu kämpfen. Vielleicht werdet ihr eine neue Gruppe gründen, ähnlich dieser, die ihr verlassen wollt. Wenn ihr eure moralischen Prinzipien bewahrt und diese so, wie ihr sie hier empfangen konntet, an eure Kinder, Enkel und Urenkel weitergebt, werdet ihr von Gott das bekommen, was er uns hier geschenkt hat.'

Man berichtet, dass geweint wurde. Ratschläge und kleine Andenken füllten die für die Reise gepackten Taschen der Brüder. Auf Geheiß des Großvaters, an dessen Namen wir uns nicht mehr erinnern, nähte die Großmutter mit sicheren Stichen einige flache Goldbarren in die Unterwäsche der beiden ein. Sie mussten ausreichen für die lange Reise und um ein wenig Land kaufen zu können in dieser fremden, weit entfernten, unvorstellbaren und unbekannten Welt, die ein Seefahrer aus Genua auf dem Weg nach Indien unbeabsichtigt entdeckt hatte.

Die Nacht hatte ihren Zenit überschritten.
Die Sterne funkelten über dem Weg in die Zukunft.
Einige Hunde bellten und heulten verzweifelt.
Der Zweig eines anderen Baumes krachte zu Boden.

Der Adler war weiterhin in seinem Nest auf der Hut.
Der Wolf grüßte die beiden, die mit ihren Bündeln
und eingenähten Schätzen vorbeigingen.

Der Mond weigerte sich, zum Vorschein zu kommen.
Und die Wolke beendete ihre Reise
mit dem Wind woanders.

Die Wasserfälle verbreiteten weiterhin ihr poetisches

Rauschen, der Hahn krähte und verkündete den Tagesanbruch, die Mütter umarmten sich und weinten, ohne zu wissen, ob vor Freude oder aus Trauer, aber auf jeden Fall überzeugt davon, dass das, was geschah, kein Unglück war. Die Männer beteten zu ihrem Gott: für den schwer verständlichen Wunsch des Landrats, für die Freundschaft der Dörfler, für die beiden starken jungen Männer auf der Suche nach ihrer neuen Welt."

Der Großvater wollte sich von den Kleineren, die schlafen gehen sollten, verabschieden. Einige schlummerten schon in den Armen ihrer Mütter und merkten nicht mehr, dass sie ins Bett getragen wurden.

"Großvater", fragte einer der Größeren, "haben Simón und Salomón die neue Welt erreicht?"

"Ja, nach einer viele Monate dauernden Reise. Zwischen der Brandung des Atlantiks und den sanften Südwinden des neuen Kontinents erreichten Simón und Salomón diesen Ort. Ein Erlass der Regierung erlaubte es den Einwanderern aus der Schweiz, aus Österreich und Deutschland, das Land im tiefen Süden zu kultivieren. Nichts anderes hatten unsere unfreiwilligen Helden gesucht. Man gab ihnen Werkzeug, eine schlechte Landkarte und ein Gewehr für den Notfall. Der Kauf sowie das Registrieren von Besitz würde später möglich sein, nämlich dann, wenn sie dieses riesige Gebiet mit Erfolg fruchtbar gemacht haben würden.

Drei, vier, wahrscheinlich noch mehr Jahre arbeiteten sie unermüdlich. Das Leben war hart, aber die Anstrengung lohnte sich. Eines Tages schauten sie sich an und entdeckten, dass die Zeit auch an ihnen nicht spurlos vorübergegangen ist. Noch immer waren sie jung und schlank und ihr Geist war wach. Sie betrachteten sich gegenseitig, bis einer fragte: 'Und was machen wir jetzt? Wir haben unsere Farm, um uns vor Kälte und Regen schützen zu können, unser Land ist größer als das unserer Großeltern, und die Felder sind fruchtbar. Soll unser Leben nur aus Arbeit, Schlafen, Essen und ein bisschen Lachen bestehen? Hat das Leben nicht mehr anzubieten?' – 'Erinnerst du dich an die Worte des Patriarchen? Arbeitet mit all eurer Kraft, nutzt eure Intelligenz, und ihr werdet euch in die Gruppe, mit der ihr lebt, integrieren. Ihr werdet mit derselben Moral leben, die ihr hier gelernt habt, und glücklich sein, hat er gesagt! Salomón, um uns integrieren zu können, müssen wir uns eine junge Frau suchen und heiraten. Meinst du nicht?'

Simón schlug vor, das nächstliegende Gut aufzusuchen. Der Gutsbesitzer hatte zwei schöne Töchter. Es war Sonntag. Die Sonne verstrahlte ihr Licht zwischen weißen Wolken, die an diesem von Gott geschaffenen Himmel langsam dahinzogen. Die Vögel sangen, als ob sie sich zu Komplizen jenes ehrenwerten Planes dieser zwei jungen Männer machen wollten, und begleiteten sie auf dem langen Weg in ihre Zukunft. Die Pferde wieherten, stolz darüber, für diese ungewöhnliche Reise auserwählt worden zu sein.

Die Männer überquerten mit ihren Tieren den Fluss und erfrischten sich in dem glitzernden Wasser des Stroms, der die Grenze zwischen den beiden Besitztümern bildete. Es war schon Nachmittag, als die beiden das Gut der Encinas sehen konnten. (So lautete der Name der Nachbarn.) Ein Reiter galoppierte ihnen entgegen, um sie zu willkommen zu heißen. Alles war sehr harmonisch: Man begrüßte sich herzlich, Wetterprognosen wurden ausgetauscht sowie Ansichten über Regen und Stürme, die Überschwemmungen des Flusses, die Erdbeben und den Schnee, der die nahe gelegenen Vulkane bedeckte, und natürlich über die wunderbare Natur, die stolz ihre Kraft verströmte. Zudem wurden einige Gläser erfrischende *Chicha* serviert, was die Unterhaltung noch angenehmer machte.

Die jungen Damen näherten sich vorsichtig, aber neugierig dem Tisch. 'Meine Töchter, diese Männer sind eure Nachbarn, sie leben vierzig Meilen entfernt. Seid freundlich zu ihnen, sie haben eine lange Reise hinter sich', sagte der Vater. Die Mädchen lächelten und warfen den Männern forschende Blicke zu. Die Mutter, ebenso schön wie die Töchter, zeigte sich glücklich über diesen seltsamen und von weither kommenden Besuch; sie empfand die jungen Herren als freundlich, und sie hatten gute Manieren. 'Ich bin überrascht, dass ihr nicht schon viel früher gekommen seid', schalt sie die beiden sanft.

'Einerseits war die Entfernung ein Hindernis, andererseits natürlich auch die Arbeit', antwortete Simón mit seinem markanten Akzent. 'Ihr seid nicht von hier?', fragte die Gutsherrin höflich. Señor Encina del Valle beeilte sich, klarzustellen, dass in dieser Region fast niemand wirklich von hier stammte. 'Wir alle kommen von irgendwo anders her.'

Es erwies sich als ausgesprochen schwierig, zum eigentlichen Grund ihres Besuches zu kommen, obwohl es zu jener Zeit ganz normal war, dass man die Zukünftige mittels einer Unterhaltung mit den angehenden Schwiegereltern kennenlernte. Dieses Ritual war ein unabdingbarer Schritt auf dem Weg zum Ziel.

Aber Señor Encina del Valle, einer der wohlhabendsten Männer in der Gegend, wusste immer alles schon im Voraus. Er war bestens informiert, wann und warum jemand ihn sprechen wollte, sei es zu den Indios, zu

Geschäften, Tieren oder Überschwemmungen, Erdbeben, Feuer in den Wäldern oder Festlichkeiten. Ab und zu war auch für seine Töchter der eine oder andere Kandidat dabei gewesen, zumindest hatte dieser sich das eingebildet ... Bis jetzt jedoch war dies nicht von Erfolg gekrönt.

'Mir wird einiges klar', meinte er, während er die beiden Männer aufmerksam, aber erfreut betrachtete. Sich seiner Frau zuwendend fragte er ohne zu zögern: 'Ihr seid doch hierhergekommen, um uns um die Hand unserer Töchter zu bitten, nicht wahr?'

Einer der beiden jungen Männer antwortete genauso direkt: 'Ja, mein Herr. Wir haben lange gearbeitet, und es ist uns gelungen, das Land in fruchtbare Erde zu verwandeln. Wir haben eine Farm und verfügen auch über Arbeiter. Und wir möchten eure Töchter heiraten.'

Die Mädchen lachten erfreut,
denn die Besucher gefielen ihnen sehr.
Die Gesichter der Bewerber strahlten zufrieden.
Die vielen Wachhunde bellten zustimmend.
Die Bäume gaben, sich hin und her wiegend,
ihr Einverständnis.

Am Horizont ging weit entfernt
tiefrot die Sonne unter.
Hunderte von Vögeln sangen.

Der Kater schnurrte, zufrieden, bei einer
so wichtigen Begegnung dabei sein zu dürfen.
Man hörte den Fluss rauschen wie damals vor Jahren,
als die beiden jungen Männer
in diesem weit entfernten Land eintrafen.

Die Bediensteten begannen,
den Tisch für ein üppiges Mahl mit Gebratenem
vom Spieß und guten Weinen vorzubereiten;
ihre Eile verriet Begeisterung.
Die Pferde wieherten, auch das durfte nicht fehlen.
Vor Gesundheit strotzende Kinder
spielten und jauchzten.

Und Señor Encina del Valle, der diesem ernsthaften Antrag gerne stattgeben wollte, sagte: 'Ihr habt mir gefallen, seit ihr angekommen seid. Ich habe euch beim Arbeiten beobachtet. Ihr seht gut aus, seid gesund und intelligent. Mehr kann man vom Schicksal, das euch zu uns gebracht hat, nicht verlangen. Wir, meine Frau Marcela und ich, heißen euch willkommen. Dankbar nehmen wir euch als unsere Schwiegersöhne auf. Ich stelle jedoch eine Bedingung: Ich weiß, dass ihr eine andere Religion habt, die ich nicht kenne. Aber unsere Töchter und wir sind katholisch und ich bitte euch, nein, ich verlange es und es ist unser inniger Wunsch, dass ihr in unserer Kirche heiratet.'

So! Hier sind sie nun, unsere jungen Männer, Simón und Salomón, die ihre Heimat verließen, um ihren Glauben und ihre Rituale zu bewahren. Unsere Reisenden standen vor genau dem gleichen Problem, das sie vor einigen Jahren schon einmal hatten!"

Der Großvater machte eine gewichtige Pause.

Dann erzählte er weiter: "Zögern wir die Geschichte nicht hinaus und bringen wir sie zu Ende mit meinem nicht sehr eleganten Satz, der die Damen in Aufruhr versetzt und die Augen der Jungen öffnen soll: 'Es gilt die Kraft der Lenden!' Politische Ideale, religiöse Überzeugungen, verschiedene Rassen, andere Kulturen und Völker ... Es gibt keine Grenzen, wenn sich zwei Menschen lieben – und sollten doch welche da sein, dann sind sie dumm und unsinnig.

Salomón nahm die junge Marcela zur Frau, schön, sanft und lieblich, und Simón heiratete Carmen, eine wahrhaftig feurige Frau voller Kraft und Tatendrang, um Kinder zu gebären, lebensfroh wie sie selber. So also haben unsere beiden Helden ihre Frauen erobert, die Gott ihnen – unseren Vorfahren – geschenkt hat. Und all das fanden sie vor: malerische Seen, wasserreiche Flüsse, riesige Wälder, Hügel und Täler, die zum Träumen einluden, Berge mit ewigem Schnee, das Meer voller Fische, Felder mit aromatischen wilden Kräutern und des Nachts einen Mond, der seinen Begleiterinnen, den Sternen, zulächelt.

Und die Sonne? Ah, was ließe sich alles über diesen wunderbaren Himmelskörper erzählen, der im Laufe der Jahre unsere Haut, die wir heute stolz herzeigen, sanft gebräunt hat."

So! Hier sind sie nun, unsere jungen Männer, Simón und Salomón, die ihre Heimat verließen, um ihren Glauben und ihre Rituale zu bewahren. Unsere Reisenden standen vor genau dem gleichen Problem, das sie vor einigen Jahren schon einmal hatten!"

4 Der steile Aufstieg

Es war ein steiler Aufstieg, der uns den Atem genommen hatte. Jeder weitere Schritt schien schwerer zu sein als der letzte. Unsere erschöpften Touristengesichter versuchten wir, an alle barmherzigen Gefühle appellierend, gar nicht erst zu verbergen und hofften darauf, dass man uns einladen würde, einen Bus zu besteigen, der Feriengäste zu den Hotels und zum Flughafen fuhr. Schon von Weitem hatten wir Mónica erkannt, die Hostess von *Te vuelos por el mundo*. Sie saß neben dem Busfahrer. Als sie auf unserer Höhe waren, gaben wir Zeichen, und sie winkte zurück, als ob wir nur zu den vielen Wanderern gehörten, die hier unterwegs waren. Sie lächelte noch einmal und gestikulierte mit beiden Händen, während sie mit dem Fahrer sprach.

Im Moment wussten wir kaum weiter, denn der Bus fuhr stur seinem Ziel entgegen und verschwand in einer Kurve. Wir mussten in die andere Richtung und nahmen, immerzu steigend, Kurs auf unser Hotel, das immerhin noch sieben Kilometer entfernt war. Schritt für Schritt, denn wir hatten keine Eile, und wir bewunderten hin und wieder jene Pflanzen, die wir in Nordeuropa mit viel Hingabe und Mühe versuchen, in Töpfen zu halten.

Immer weiter wanderten wir, ruhig und darauf bedacht, nicht unsere letzten Kräfte zu verschwenden. Es hupte.

Hier musste man in jeder Kurve hupen. Das war eben so. Wir sprangen alle auf die andere Straßenseite, um den Bus, der vor Kurzem in die andere Richtung gefahren war, noch einmal durchzulassen. Mónica saß noch immer auf ihrem Platz. Erneut winkte sie uns zu, doch dieses Mal bremste der Bus, und sie lehnte sich aus dem Fenster: "Ich nehme an, Sie wollen dahin, wo wir hinwollen. Steigen Sie bitte ein." Flink liefen wir zur Tür des Busses – und schon waren wir drinnen! Ziemlich erschöpft nach zwei Kilometern steilen Aufstiegs bedankten wir uns überschwänglich bei Mónica und dem Fahrer, indem wir keuchend etwas von uns gaben, das man vermutlich in jeder Sprache verstehen würde. Wir begrüßten sogar die im Bus sitzenden Touristen. Ohne ein Wort miteinander zu wechseln, wussten mein Frau und ich, dass wir beide dasselbe dachten: "Gott sei Dank hatte diese Hostess die gute Idee, uns aufzulesen." Denn es wären immer noch einige Kilometer Steigung auf diesem asphaltierten Weg zurückzulegen gewesen, bis wir unser Hotel erreicht hätten.

Nach einigen Kurven erreichten wir ein kleines Dorf. Der Bus bremste. Die Straße war voller Menschen in Trauerkleidung. Das erinnerte mich an andere Trauerzüge, wenn schwarz gekleidete Männer und Frauen ein geliebtes Familienmitglied zu Grabe trugen. In dieser Gruppe fand man alle: Alte, Kinder an der Hand ihrer

Mütter, einige weinende Frauen, die versuchten, ihren Schmerz mit gesenktem Kopf oder unter schwarzen Schleiern zu verbergen. Taschentücher wurden an Augen und Nase geführt und in die Tasche gestopft, um erneut hervorgeholt zu werden und denselben Weg noch einmal zu machen. Wer war gestorben? Ich versuchte es zu erraten.

Der Bus fuhr langsam an der einen Seite des Trauerzugs entlang und vermied es, zu stören. Ich sah in die Gesichter der Trauernden und stellte mir ihren Schmerz vor.

Genau so habe ich meine Großmutter zu ihrem Grab geleitet. Sie starb in hohem Alter, sie wollte von sich aus endlich gehen. Die letzte Krankheit war kurz, und sie musste nicht sehr leiden. Als der Arzt eine Gelbsucht diagnostizierte, waren alle außer sich. Umgehend berief der Großvater die Onkel und Tanten ein. "Man muss etwas unternehmen", sagten manche. "Gibt es denn keine besseren Ärzte?", fragten andere. "Man behauptet, dass diese Krankheit heutzutage absolut heilbar sei", lauteten weitere Kommentare. Der Arzt meinte: "Natürlich hat die Wissenschaft Fortschritte gemacht, aber die Dame ist schon sehr alt."

Die Klagen der Tanten wurden lauter und von den Männern der Familie kamen immer mehr Ratschläge. Ich aber schlich zum Bett meiner Großmutter, wo sie vor sich hinkeuchte in ihrem sauber aufgeräumten Zimmer. Die schönste Decke lag auf ihrem Bett. Man hatte ihr die besten Leintücher und kunstvoll bestickte Kissen gegeben, Blumen standen auf der Kommode mit einer bemalten Gipsfigur des Heiligen Andreas, zu dem sie zu beten pflegte, und dahinter an der Wand hing ein Bild, das eine schöne Jungfrau Maria mit dem Jesuskindlein im Arm zeigte. Die beiden müssen Hunderte von Bitten gehört haben und dürften nicht schlecht bezahlt worden sein durch die Gebete, die diese Dame, Margarita, in der Kirche hatte beten lassen. Mit Hilfe all dieser Heiligen auf der Kommode rettete meine Großmutter durch ihre Fürbitten das Leben ihrer Kinder, und das von Freunden und Nachbarn. Ihre Bitten waren nicht immer realistisch. Der Himmel jedoch wusste schon, woher dieses Flehen kam, und beeilte sich, zu helfen. Die Götter und die Heiligen – und auch die Banker – wissen genau, an wen man Kredite vergeben muss, damit man die Kundschaft nicht verliert. Und diese war – Großmutters Verdienst! – zahlreich.

Sie stand nicht nur einer großen Familie vor, sondern verbreitete den Glauben unter den Nachbarn und in ihrer gesamten Umgebung mit mehr Hingabe als der Pfarrer. "Wer etwas vom Himmel erwartet, muss glauben. Und wenn sein Beten keinen Erfolg hat, dann glaubt er eben nicht genügend." Basta! Ihr Himmel war streng und gütig zugleich. Für sie gab es keinen Zweifel, dass sie in der

Ewigkeit ihre fürbittende Funktion weiter wahrnehmen würde. Und zwar sowohl für die Guten als auch die Sünder. Letztere standen ganz oben auf ihrer Gebetsliste. Sie ließ sie wissen, wer genau in ihrem Erinnerungsregister vermerkt war, damit diese ihren Kreuzgang schon zu Lebzeiten antreten und genügend leiden könnten, damit der liebe Gott ihnen einst ganz sicher vergebe – und so manchem großzügigerweise vielleicht schon etwas eher.

Die Aprilsonne tauchte die Fenster und die Tür in schönstes Goldgelb. Ihr ungewöhnliches Strahlen ließ sie wie einen Tempeleingang erscheinen. Die Großmutter sah mich dort stehen, klein und bedrückt. Ihrer Rolle in diesem Szenarium sicher, meinte sie: "Ich werde sterben." Ich hatte jedoch nicht vor, ihre Bühne zu betreten, und wollte sagen: "Ja? Das glaube ich nicht!" Ich brachte aber nur erschreckt das "Ja" meines angefangenen Satzes heraus. Wahr ist, dass ich nicht glauben konnte, dass dieser zwingend dazugehörende, unersetzliche, nicht fehlen dürfende Teil des familiären Bestands sterben sollte. "Komm, mein Junge, komm!", sagte sie ruhig.

Ich ging zu ihrem Bett und fing an zu weinen, während ich meinen Kopf auf ihre ausgemergelte Brust drückte, meine Tränen benetzten das bestickte Leintuch. "Sterben kann nichts Schlechtes sein. Vielleicht trifft man jene wieder, die schon vorher gegangen sind. Meine Großeltern sind dort, meine Eltern, alle meine Onkel und Tanten, meine Paten. Ich bin die Einzige in meiner Familie, die übrig geblieben ist. Alle meine Freunde sind ebenfalls tot. Und jetzt bin ich an der Reihe. Weine nicht, mein Junge. Nur einer tut mir ein bisschen leid, das ist dein Großvater. Wir haben dreiundsiebzig Jahre miteinander verbracht. Erst letzten Sonntag sprachen wir darüber und fragten uns, wer wohl der Erste sein würde, der den anderen zurücklässt. Innerhalb von sechs Tagen hat Gott eine Entscheidung getroffen."

Ich erinnere mich, dass es mir angesichts dessen, was ich zu hören und zu sehen bekam, schwer fiel etwas zu sagen. Außerdem war ich derjenige, der in diesem Moment Trost brauchte. Diese liebe unerschütterliche Großmutter wusste die letzten Minuten ihres Lebens ohne Wenn und Aber zu deuten. Wie ein Schauspieler, der schon Hunderte von Malen diese Rolle hatte spielen müssen, bis der Vorhang endlich fiel. Ich hatte das schon in anderen Familien erlebt. Aber *meine* Großmutter war unsterblich! Das hatte ich immer schon gedacht oder, genauer gesagt, ich hatte mir nie Gedanken darüber gemacht, dass sie eines Tages sterben könnte.

Der Autobus schob sich langsam an dem Trauerzug vorbei. Meine Frau fragte mich, ob mir heiß sei. "Du schwitzt ja!" Ich bejahte und wischte mir eine Träne weg, die sich ganz plötzlich in das Auge eines Touristen gestohlen hatte, der eigentlich an nichts anderes als an Sonne, braun gebrannte Körper und die Meeresbrise denken sollte.

Sie starb. Weder die Kunst der Ärzte noch die Ratschläge der Onkel, Paten und des Großvaters, der Nachbarn, des Pfarrers und aller anderen Gläubigen, weder die Professoren, die Wissenschaftler noch der Bürgermeister konnten meine Großmutter retten oder sie unsterblich machen. Da lag sie nun. Ruhig, ein bisschen gelb, friedlich, mit einem gewissen Stolz und glücklich. So hatte sie auch vor vielen Jahren ausgesehen, in der Blüte ihres Lebens, diese Mutter von acht Kindern, Großmutter einer Schar von über dreißig Enkeln. Damals war ihre Stimme tief und wohlklingend und ihre Sprache herrschaftlich und kulitiviert, und mit ihrer Sanftmut zog sie jeden Zuhörer in ihren Bann.

Eines Tages war sie mit mir Pflanzen kaufen gegangen. Als wir zurückkamen, half uns meine Schwester, die Blumenerde und einige Töpfe hereinzutragen. Großmutter stellte die Töpfe in einer Linie vor sich auf, hockte sich auf den Boden, und während wir sie aufmerksam beobachteten, fing sie an zu pflanzen und erklärte uns, dass überall Leben sei und man innehalten und darüber nachdenken müsse. Wir würden nie wissen, wie viel Zeit uns bliebe, es zu genießen. Vielleicht ein Tag, vielleicht Monate oder Jahre oder Jahrhunderte? Sie beendete jedoch schnell ihre philosophischen

Gedankengänge, um uns nicht zu erschrecken, und meinte: "Diese Aspidistras sind für eure Tanten. Wir stellen sie auf das Fensterbrett in ihren Zimmern. Jeden Tag, wenn sie sie anschauen, werden sie einige Sekunden der Zeit ihres Lebens damit verbringen, ein anderes Leben zu bewundern. Ich weiß nicht, ob Pflanzen so empfinden wie Menschen. Man weiß zu wenig über solche Dinge, Kinder. Seht mal, ein Wurm! Auch er ist ein Geschöpf Gottes. Ich mag ihn nicht besonders, und ich weiß nicht, ob es den Pflanzen gefällt, ihn in ihrer Nähe zu haben. Irgendeinen Grund muss der Schöpfer jedoch gehabt haben, ihn zu erschaffen, den Wurm. Und auch die Menschen, die Tiere und Pflanzen und die Erde und das Meer. Vergessen wir das nicht!" Und so setzte sie ihre Monologe fort, ohne zu erwarten, dass meine Schwester und ich sie unterbrechen würden. "Für euch habe ich diese kleinen Palmen gekauft. Sie sind noch sehr jung. Wir pflanzen sie in diese etwas größeren Töpfe. Ich werde sie für euch gießen und sie pflegen, solange ich kann. Sicher werden sie mich überleben. Eines Tages, wenn ich schon längst auf dem Friedhof liege, werden sie immer noch wachsen. Schön und groß werden sie sein, und wenn ihr sie dann anschaut, denkt an eure Großmutter, die sie euch geschenkt hat." Auf dem langen Weg ihrer Trauerprozession spendeten mehr als nur eine Palme den Vorübergehenden großzügig Schatten.

Meine und die Palme meiner Schwester wurden vor mehr als dreißig Jahren ausgegraben, als meine Familie den Wohnsitz wechselte. Über fünfhundert Kilometer weit weg zogen wir in den Süden, und wenn ich mich nicht irre, waren diese Palmen zusammen mit einigen anderen ihrer Spezies ziemlich seltene Exemplare. Der Süden Chiles war nicht ihre Klimazone. "Wer gießt sie jetzt eigentlich?", überlegte ich gerade.

Die Trauergemeinde hatte inzwischen ein gigantisches Ausmaß angenommen. Vor dem Friedhofstor ballte es sich. Acht Jugendliche, schwarz gekleidet und mit weißen Hemden, trugen den Sarg auf ihren starken Schultern. Die weißen Hemden reflektierten die Sonne, sodass die Augen schmerzten. Ich meinte, hinten den Großvater zu sehen. Er ging langsam, hin und wieder hob er die Schultern an, um sich aufrecht zu geben. Er wischte sich mit einem trockenen Tüchlein den Schweiß von der Stirn und fuhr sich damit über die Augen, er konnte nicht länger seine Tränen verbergen.

Mónica erklärte uns: "Weil der Friedhof sehr klein ist und nicht viel Platz bietet, legt man viele Familienmitglieder in ein Gemeinschaftsgrab."

Ich erinnerte mich daran, dass schon viele Verwandte gestorben waren, bevor man meine Großmutter begrub. Unter den letzten war mein Onkel Salomón, der mit zwanzig Jahren starb, danach verschied Onkel Emilio, der jedoch nicht zu den Feuertals gehörte. Er hatte die jüngste meiner Tanten geheiratet. Als er starb, hatte er fünf Töchter und einen Sohn – logischerweise alles meine Cousinen und Cousins. Diese beiden Todesfälle ausgenommen, konnte sich die Familie nahezu als unsterblich bezeichnen. Der Tod klopfte mit beiden Händen an alle Türen, aber fast nie an unsere.

Beim Begräbnis meiner Großmutter war der Trauerzug sehr lang. Zudem lag der Friedhof viele Kilometer weit entfernt am anderen Ende der Stadt. Autos über Autos parkten auf beiden Straßenseiten vor der Haustür der Verstorbenen und in der ganzen Nachbarschaft. In dem Moment, in dem man den Sarg hinaustrug, um ihn auf den Wagen zu heben, machten sich die Verwandten, Freunde und Nachbarn auf den Weg, ihre Autos zu holen. Einige gingen allein, andere zu zweit, zu dritt oder zu viert, so viele eben, wie der Wagen fassen konnte.

Ein Bekannter der Familie, den ich zuvor nie gesehen hatte, lud mich und einen meiner Cousins ein, mit ihm zu fahren. Auf der Straße sah man Neugierige, die den Trauerzug beobachteten. Respektvoll nahmen sie die Hüte vom Kopf, um dem für sie unbekannten Verstorbenen, der zu seiner letzten Ruhestätte gefahren wurde, die Ehre zu erweisen. Die anfangs sehr langsam gehenden Pferde wechselten schon bald in einen leichten Trott. Während wir aus dem Autofenster schauten, tauchten Gedanken und Erinnerungen auf. Wie oft wohl war diese unverwüstliche Großmutter dem Tod von der Schippe gesprungen? Kurz nachdem wir die Palmen eingepflanzt hatten, erlitt sie einen Schlaganfall, der zu einer Lähmung der linken Hand und des linken Armes, einem Teil des Gesichtes und auch eines Beines führte. Eine schwere Prüfung für sie, aber auch für die Familie. Fürbitten und Flehen und der tiefe Glaube bewirkten, dass ein Wunder geschah, denn die Mediziner wussten zu jener Zeit nicht so viel wie heute. Stück für Stück konnten wir sehen, wie auf diesem entstellten Gesicht wieder das gütige Lächeln von Doña Margarita erschien. Sie begann Worte zu formulieren, konnte ihre Hand ein wenig bewegen, und wer weiß, vielleicht hätte sie es auch geschafft, ihr Bein zu benutzen. Ihr Stolz jedoch ließ nicht zu, dass sie, an zwei Krücken gehend, es hätte nachziehen müssen. Zufrieden mit dem Erreichten, bevorzugte sie es, den Rest ihrer Tage zwischen dem Bett und einem Rollstuhl zu verbringen, von dem aus sie aufrecht sitzend die Familie dirigierte, als ob nichts geschehen wäre. Gott weiß, warum er ihr diese Lähmung geschickt hat, und sie dankte dem Schöpfer auch dafür, dass sie wieder sprechen und ihre Arme bewegen konnte, die von Zeit zu Zeit auf einer kleinen Armstütze ruhten. Ihre etwas müden Augen erlaubten ihr nicht, zu lesen, aber dafür hatte sie immer mich zur Hand, willig, ihr die Nachrichten aus der Tageszeitung vorzutragen, die sie später an ihre

Besucher weitergab, um zu zeigen, dass sie bestens informiert war.

Bei anderer Gelegenheit waren es die Grippe und eine Lungenentzündung, die diese unverwüstliche Großmutter attackierten. Doch sie überstand alle Infektionen, erhob sich siegreich und dirigierte, wenn es sein musste vom Bett aus, die Familie weiter, so lange, bis sie dies von einem fahrbaren Thron aus tun musste.

Erdbeben waren der größte Schrecken, der die Ruhe der Familie erschütterte. An was jeder zuerst dachte, war, zur Großmutter zu spurten und ihren Rollstuhl in die Mitte des Hofes an einen sicheren Ort zu fahren. Und dort blieben dann auch alle, bis sie nach einer langen Besprechung mit dem Großvater ganz sicher war, dass die Erde für eine gewisse Zeit ruhig bleiben würde und den Befehl gab, die Plätze wieder einzunehmen, besser gesagt, ins Bett zu gehen.

Einmal, und diesmal glaubten wir wirklich, sie würde sich ins Jenseits aufmachen, hatte sie einen schweren Unfall. Ohne abzuwarten, dass ihre Töchter sie aus dem Bett hoben, versuchte sie eines Morgens, vom Bett zum Rollstuhl zu gelangen. Ganz alleine. Später erzählte sie, dass sie, nachdem sie sich so gut von dem Schlaganfall erholt und sich vor diesen Grippen und bösartigen Seuchen gerettet sowie, keiner weiß wie viele, bösartige Viren vernichtet habe – und das alles mit der Hilfe Gottes und nicht der Ärzte, denen sie sowieso nur erlaubte, sie zu besuchen, damit diese ihre großartigen Fortschritte bewunderten –, dachte, sie sei in der körperlichen Verfassung, mit einem Sprung vom Bett in den Rollstuhl eine Goldmedaille mehr zu erringen.

Aber der große Schritt gelang ihr nicht. Sie fiel vom Bett, das sehr hoch war, herunter und schlug auf dem Fußboden auf. Quetschungen und Prellungen am ganzen Körper waren die Folge. Die Töchter fanden sie bewusstlos vor. Aus einer der Prellungen wurde eine hässliche Wunde, und die Ärzte diagnostizierten einen Wundbrand. Sie wollten das Bein amputieren. In Anbetracht ihres fortgeschrittenen Alters sahen sie keine Möglichkeit, es zu retten. Großmutter, die stöhnend in ihrem Bett den Schmerz ertrug, traf eine andere Entscheidung. "Auch wenn es keine Rettung gibt, erlaube ich nicht, dass mir irgendetwas abgeschnitten wird. Lieber sterbe ich, denn ich will mit meinen Armen und Beinen begraben werden, genauso komplett, wie ich zur Welt gekommen bin." Aber dieses "Lieber sterbe ich" war nur ein Spruch, sonst nichts. Sie verabschiedete sich vom Pfarrer, der gekommen war, um ihr die Letzte Ölung zu verabreichen, und verlangte nach einem Naturheiler. "Früher heilte man die Dinge immer so, ohne Kurpfuscherei." Damit meinte sie die Ärzte. Der Naturheiler brachte seine Kräuter, um den Schmerz zu lindern, und bestrich die Wunde mit

Salbe, reinigte sie mit Pferdedung und anderen Dingen, vor denen es den Wissenschaftlern graute und die sie ekelten. Mit der Zeit und viel Geduld wurden die Schmerzen der betagten Kranken weniger, und der Kummer der Familie sowie das böse Geschwür verschwanden. Von ihm blieb nichts übrig als eine kleine Kruste, die sich eines Tages von der Haut löste und ein nicht sehr schönes Loch in der Ferse zurückließ. Die Kranke war wieder einmal mehr gesundet und gerettet.

So kehrte sie zu ihrem fahrbaren Thron zurück und dirigierte von dort aus die Wege der Feuertals mit Bestimmtheit, aber auch einer tiefen Menschlichkeit, bis zu diesem letzten Mal, wo sie wirklich sterben wollte und in tiefem Schmerz ihren alten Begleiter zurücklassen und mit der Führung der Familie belasten musste, die sie gemeinsam gegründet hatten, als sie jung gewesen waren zu einer Zeit, als alles anders und der liebe Gott allgegenwärtig war – und manchmal Wunder vollbrachte. Endlich kamen wir beim Friedhof an, und ich ging auf diesen Pulk von Verwandten, Freunden und Nachbarn zu. Es war schwierig, bis in die erste Reihe vorzudringen. Dort standen mein Vater, seine Brüder und mein Großvater. Wir folgten dem Sarg, der jetzt in einem kleinen schwarzen Wagen zusammen mit zehn mit Blumen geschmückten anderen vor uns herfuhr. Großvater versuchte mit langsamen, fast schmerzenden Schritten aufrecht zu gehen. Er wandte sich an mich und sagte: "Es ist ein steiler Aufstieg, um nach da oben zu kommen." Und nach einigen Metern, als er Tränen in meinen Augen sah, murrte er: "Junge, Männer weinen nicht!" Der Bus hatte die Menschenmenge inzwischen überholt, er entfernte sich mehr und mehr und nahm diesen steilen Zick-Zack-Aufstieg in Angriff. Der Trauerzug wurde immer kleiner, ähnlich wie die Geschehnisse in unserem Leben, bis wir sie in einer kleinen Schachtel, gefüllt mit Erinnerungen, aufbewahrten. Wir waren endlich an unserem Ziel angekommen und suchten Mónica, die Hostess, um uns zu bedanken, dass sie uns zusammen mit ihren Touristen hierhergebracht hatte. Es war eine Reise, die mich erfüllt hat mit unauslöschlichen Erinnerungen.

5 Die Briefe von Onkel Hernán

Mein Onkel Hernán war etwa dreißig oder vierzig Jahre alt, als ich ihn zum ersten Mal in meinen Büchern erwähnte. Ich sage: meine Bücher. Dabei handelte es sich eigentlich nur um Schulhefte, in denen ich im Stil eines Tagebuchs über mein eigenes Leben und das anderer Menschen Notizen machte, sauber und gut verwahrt auf all diesen glatten Seiten, jedoch voller Kleckse niedergeschrieben. Die Geschichten an sich machten mir keine Schwierigkeiten, es war ein leichtes Erzählen dessen, was ich erlebte und was um mich herum geschah. Aber die Rechtschreibung! Ach, du lieber Gott! Das war damals ein wirklich massives Problem, das mich daran hinderte, vorwärtszukommen. Oft musste ich wieder von vorne anfangen und durfte dabei nicht meine Formulierungen vergessen, von denen ich, sehr eingebildet und von mir selbst überzeugt in meinen jungen Jahren, behauptete, dass sie die Thematik ausgezeichnet erfassten. "Der Aufbau ist sehr gut!" – Dieser Satz stammte nicht von mir, sondern von Onkel Hernán, dem ich mutig meine "Schriften", wie er sie mit leiser Ironie zu nennen pflegte, gezeigt hatte.

In der Ecke eines *Patios*, wo wir uns vor neugierigen Blicken und gespitzten Ohren sicher fühlten, ließ er sich einige Male nieder, um meine oder die Abenteuer anderer zu lesen, die ich aufgeschrieben hatte. "Noch bist du ein Grünschnabel, aber deine Gedanken und das, was du siehst und beobachtest, weißt du sehr gut in Worte zu fassen", lobte er mich einmal. Normalerweise gab er mir nach diesen eingehenden Prüfungen einen sanften Schubs, legte den Zeigefinger auf die Lippen und sagte: "Pst, das, was man aufschreibt, behält man eigentlich für sich, mein Junge." Und er tauchte ab in seine eigene Welt der Gedanken und Träume auf der Suche nach einem Ort, wo ihn keiner stören würde.

Er war Ingenieur von Beruf und beim Katasteramt beschäftigt – ich glaube, so nannte man dieses Büro damals. In der Regel nahm er den Zug nach Süden, den Nachtzug, der um 17 Uhr abfuhr. Einige seiner Kollegen und Untergebenen begleiteten ihn, beladen mit Dutzenden von Koffern und Bündeln voller Philosophiebücher – seine Lektüre – sowie einigen komischen Stöcken, die aussahen wie lange Lanzen mit roten und gelben Ringen, die, wie ich vermutete, in irgendeiner mir unbekannten Sportart Verwendung finden sollten. Er sagte mir, dass diese jedoch nichts anderes seien als Messinstrumente, konnte mir in der Eile aber nicht mehr erklären, wie man sie benutzte. Der Zug musste abfahren! Obwohl damals der 17-Uhr-Nachtzug oft erst um 17.15 Uhr startete oder sogar erst um 17.20 Uhr, weil man auf eine Dame warten musste, die noch in den Dritte-Klasse-Waggon einlud: drei ihrer kleinen Kinder, den Kinderwagen sowie einige gut gefüllte Körbe mit Brot und Käse und einer Flasche Rotwein, "für die Reise, mein Herr!". Und es fehlte noch ein zurückgelassenes Bündel, "das holt mein Neffe, er ist schon unterwegs. Keine Sorge, mein Herr, er kommt gleich 'geflogen'!". So sprach die Dame mit dem langen abgegriffenen Schal, dessen ursprüngliche Farbe Dunkelrot man nur mit Mühe erkennen konnte, zum Schaffner. Endlich erschien der Neffe mit noch mehr Paketen und weiteren Koffern (wohl auch vergessen?), um das nicht gerade bescheidene Gepäck der in diesem Spiel erfahrenen Reisenden zu vervollständigen.

"Schöne Grüße an alle!" – "Tausend Küsse an Temuco!" – "Sag Marisol, sie soll mir schreiben!" – "Wenn du in Coyhaique bist, leg Blumen auf Großmutters Grab!" – "Zieh deinen schönen dunklen Anzug an zu Antonios Hochzeit!" Und jeder schrie in diesem Moment der Eile so laut er konnte, um seine Aufträge in letzter Minute loszuwerden. Taschentücher wurden geschwenkt oder an die Augen geführt im Schmerz um diesen Abschied für Monate. Einige verreisten sogar für Jahre, andere für immer. Gemächlich, mit einem kräftigen Pfiff, fast elegant und wie in einer Theateraufführung setzte sich der Zug unter heftigen Erschütterungen der Lokomotive in Bewegung. Nach allen Seiten Dampf ausstoßend verschwand er langsam und hinterließ eine heiße Wolke, die lange Zeit in der Luft stand wie ein Vorhang, der ankündigte, dass dies der Schluss der Vorstellung sei.

Die Abfahrt war beendet. Einige Reisende saßen schon auf ihren Plätzen, andere schlossen die Fenster, um zu vermeiden, dass ihnen der Qualm in die Augen stieg, der andererseits zum Glück verhinderte, die grässliche Ausfahrt aus dem Zentralbahnhof in einer der hässlichsten Gegenden Santiagos sehen zu müssen.

Die Zurückgebliebenen verließen nach und nach den Ort, kummervoll und in der Hoffnung, dass alles besser werde, und dachten daran, dass die Entfernung immer größer und morgen schon fast tausend Kilometer betragen würde, je nachdem, wohin man fuhr in diesem riesigen Chile.

Tante Dalila und ihre Tochter Rosarita, die, nebenbei gesagt, das schönste junge Mädchen war, das ich bis dahin gesehen hatte, verabschiedeten sich von mir mit liebevollen Küssen und stiegen in eine Straßenbahn, die sie bis zu ihrem Haus in der Lord-Cochrane-Straße bringen würde.

Es ist seltsam: Ich hatte viele Onkel und Tanten und ohne zu lügen kam man mit den Blutsverwandten und den Eingeheirateten auf die unglaubliche Zahl vierzig. Alle waren tüchtig und nett. Die einen waren sehr fröhlich, die anderen etwas schweigsam. Jedes Alter war vertreten. Einige zählten noch keine zwanzig Jahre, andere waren schon über vierzig. Eine Schar, die mich liebte und die auch ich verehrte. In all diesem Durcheinander an Jahren, verschiedenen Charakteren, unterschiedlichen Bildungsstufen, Hübschen oder nicht so großzügig von der Natur Bedachten, Intelligenten und weniger Gescheiten, ich wiederhole: In diesem Gewoge unterschiedlichster Menschen nahm mein Onkel Hernán einen Platz ein, den ich in meinem kindlichen Gemüt damals nicht so leicht beschreiben konnte.

Eines Tages – zu jener Zeit gab es nicht in allen Häusern ein Telefon – ließ mir Tante Dalila mit den damaligen Kommunikationsmitteln eine Nachricht zukommen. Immer gab es jemanden, der "zufällig" in einem anderen Stadtteil etwas zu tun hatte, sei es die Großmutter zu begrüßen, etwas Obst zu holen, einen Stuhl zur Reparatur zu bringen, oder, ganz einfach, um jemandem den Gefallen zu tun, eine Nachricht zu überbringen. "Alfredo, Hernán hat dir einen Brief geschickt." Ich legte die Schulbücher und Hefte beiseite und fuhr mit dem Bus zur Tante.

Liebevolle Umarmungen und Küsse wurden ausgetauscht, meine Cousine Rosarita war auch da. Ich wurde zum chilenischen Nachmittagstee eingeladen, dazu gab es leckere Küchlein und Marmelade. Und endlich auch den

Brief von Onkel Hernán. "Er schätzt dich sehr. Deshalb schreibt er dir persönlich", sagte die Tante, während sie sich mit dem Brief Luft zufächelte.

Nach dem "Geliebter Alfredo" folgten einige der üblichen Sätze und dann erzählte er mir von Landschaften, die bisher, wie er sagte, noch kein menschliches Auge erblickt habe, von Bergspitzen, die den Himmel berührten, von Wolken, die Unheil ankündigten, aber nur Schnee, Hagel und Regen fallen ließen, von stillen Gletschern. "Weißt du, was ein Gletscher ist? Such den Begriff gleich im Lexikon. Nein, besser noch, lies was ich dir schreibe. Es handelt sich um ewiges Eis, Tausende von Jahren alt. Von Zeit zu Zeit aber hört man ein Geräusch, ein Knirschen, wie wenn ein Holzscheit brechen würde. Es ist der Gletscher, er atmet. Manchmal ertönt eine Explosion, wie ein Donner, und danach herrscht wieder Totenstille. Eine nicht enden wollende Stille, und man harrt aus in dieser unbeschreiblichen Ruhe. Langsam kommt man wieder zur Besinnung, aber die Kollegen sind stumm, mit weit aufgerissenen, kugelrunden Augen stehen sie da, um alles und noch mehr sehen zu können, als dieses Spektakel selber bieten kann, um ja kein Detail zu verpassen. Mit der Angst, dass diese Herrlichkeit vorbeigeht und nur Einbildung gewesen ist."

Mir schien der Brief etwas lang zu sein, aber so viel Inhalt konnte unmöglich auf weniger Papier untergebracht werden. Meine Tante und Rosarita verstanden fast nichts. "Diese Poesie, leuchtend und ungestüm, macht es uns fast unmöglich, all das nachvollziehen zu können. Wir wollen wissen, wo er ist, wie es ihm geht, was es an diesen Orten, wie er sagt, so Sehenswertes gibt, das noch kein Auge erblickt hat." Nun gut, nach den geschilderten Eindrücken des Onkels war es genau das, was es dort gab!

Durch seine späteren Briefe erfuhren wir auch von der Kälte, den Winden und der Einsamkeit. Sie konnten Radio hören, welch wunderbare Erfindung die Kurzwelle zu jenen Zeiten doch war! Die Stimmen hörten sich an, als ob jemand nebenan säße, und dann wieder verschwanden sie, wie um zu zeigen, dass die geografische Entfernung wirklich existierte.

Im Laufe der Zeit lernten wir noch viel mehr über diese Region, die Patagonien hieß. Am Anfang schien uns diese Gegend nichts weiter als ein Punkt auf dem Planeten zu sein, wo sich eben unser Onkel Hernán aufhielt. Mehr und mehr aber wurde uns bewusst, wie riesig und unbekannt unser Chile doch war.

Inzwischen hatte sich der Organisationsablauf geändert, zunächst in Bezug auf die Reisen, die bisher zehn Monate dauerten, um zu arbeiten und zu messen, gefolgt von zwei Monaten Aufenthalt zu Hause. Dieser war immer voller Erinnerungen und auch von Ängsten geprägt, denn die Sippe musste ja bald wieder ohne ihr geliebtes

Familienoberhaupt zurückbleiben. Die langen Zeiträume der Abwesenheit wurden kürzer – manchmal trafen die Briefe sogar deutlich später ein als der Absender selbst. Der Schreiber wunderte sich dann, dass wir nichts wussten von den Geschehnissen, die er uns genau bis ins letzte Detail geschildert hatte. So passierte es auch hin und wieder, dass er bei seiner Rückkehr von niemandem erwartet wurde. Aber dies war ihm unwichtig und kam eben vor.

Meine Verwandten und ich stellten fest, dass dieser legendäre Onkel viel zu erzählen hatte, egal wann und wie er zurückkehrte. Ich empfand seine Briefe nicht mehr als unverständlich und entdeckte, dass in seinen poetischen Erzählungen noch viel mehr steckte. Seine Berichte beschränkten sich nicht nur auf diese unbeschreiblichen Landschaften. Vielmehr lebten dort großartige Menschen einer Rasse, die er sehr bewunderte, mit starken Charakteren und Gewohnheiten, "die neunzig Prozent der chilenischen Bevölkerung als unakzeptabel und unzivilisiert betrachten", fügte Onkel Hernán hinzu. Sie kannten kein Besitzrecht, weder in ihrem Rechtsempfinden noch in ihrer Spiritualität. "Stell dir vor, wer ein Grundstück haben will, fragt nicht, ob es seins ist, denn das Wort 'mein' existiert nicht in ihrer Sprache. Und das dort, wo wir alles eifrig und genau ausmessen!"

Welch eine Parodie für Onkel Hernán!, dachte ich. Mehr

als einmal zweifelte ich an seiner Glaubwürdigkeit. Vielleicht handelte es sich um ein Missverständnis seitens meines Onkels und seiner fehlenden Kenntnis der Sprache der Indios Onas?

"In diesem Fall ist deine ganze Arbeit umsonst?", fragte die Tante. "Ah, Dalila", antwortete der Onkel geduldig in seinem folgenden Brief. "Der Besitz und die Geografie sind zwei völlig verschiedene Dinge und Letztere ist viel einfacher zu verstehen." Aber dieses Argument war wohl eher ein Trost für ihn selbst.

Das Kommen und Gehen wurde mit der Zeit noch einfacher und noch kürzer. Die neuen Transportmittel machten alles leichter, Fliegen wurde zur Gewohnheit. Man musste nicht mehr zum verrußten Zentralbahnhof gehen. Der geliebte Onkel bewegte sich immer öfter unter Bankern, Managern, Ministern und anderen Glücklichen jeder Couleur. Auch exotische und pittoreske Gruppen fanden sich an den Flughäfen ein. Die kreolischen Bauern und ihre Frauen, die Land- und die Minenarbeiter blickten misstrauisch auf diese Welt, sie fühlten sich in der eigenen Heimat fremd unter den vielen Weißen. Auf ihren Armen trugen sie dunkelhäutige Kinder mit schwarzen Augen, die einem mit ihrem Blick ihr Herz zu Füßen legten.

Der Fortschritt fraß sich durchs Land. Skier und Schneebretter brauchte man nicht mehr, um in die eisigen Regionen zu kommen. Ein Helikopter konnte sich bis auf einen Meter über der Erde hinunterschrauben, um jemanden abzuholen oder etwas aufzuladen oder einfach nur, um Fotos zu machen.

Der gutmütige Indio, der früher mit freundlicher Geste den *Patrón* zum heißen Matetee eingeladen hatte, war nicht mehr da, er war vor Kummer gestorben. Im eigenen Land hatte er sich im Exil befunden, er, seine Frau und auch die Kinder. Sie hatten ihre "Heimat" verloren, jenen Ort, den sie in ihrer Spiritualität nie als ihren eigenen betrachtet hatten, der nicht geschenkt war und auch keinem Staat gehörte, vielleicht nur dort gelassen für den *Patrón*. Nicht nur die Krankheiten der Weißen, mit denen sie die Indios ansteckten, bedeuteten deren sicheren Tod. Die Brutalität des weißen Mannes, seine Gesetze, seine Gewohnheiten, seine unnachgiebige Härte, seine unverständliche Religion mit dem fremden Gott sowie seine Unbarmherzigkeit töteten sie ebenfalls.

"Wenn ich mich an einen dieser Indios erinnere, mit seinem Matetee für den *Patrón*, sterbe ich vor Schmerz. Ich bin überzeugt, dass ich deshalb krank werde." – "Von was?", fragte ihn Tante Dalila alarmiert. "Ich weiß es nicht, vor Traurigkeit, vor Langweile, es ist Desillusion und Enttäuschung und Hilflosigkeit gegenüber diesen Entwicklungen der Menschheit, die sich intelligent und zu Höherem berufen fühlt, aber schlussendlich nur dumm sein kann und nichts anderes." – "Aber was willst du denn,

Mann? Du bist gesund. Alle sind wir gesund und glücklich. Ich verstehe dich nicht", argumentierte die Tante und versuchte, den stummen Schmerz ihres Ehemannes zu lindern.

Die Flüge wurden mehr und mehr, und bei jedem Abschied und bei jeder Ankunft wiederholten sich die Klagen. "Ich werde krank!" Wieder einmal warteten wir an einem Morgen auf dem Flughafen auf unseren Onkel Hernán. Die Begrüßungen und Küsse wurden jedes Jahr herzlicher. Der Frühling im September zeigte sich von seiner besten Seite. Ein, zwei träumerische Wölkchen, ein laues Lüftchen und eine Sonne, die hoch über den Anden aufging, kündeten all das Wunderbare an, das dieser Tag bringen würde. Ein Frühlingstag nach dem anderen verging in Schönheit, ohne Anstrengung und Verpflichtung, und bei Sonnenuntergang waren wir ein kleines bisschen älter geworden.

Tante Dalila war längst nicht mehr eine der attraktivsten Frauen der Stadt, obwohl man immer noch sah, wie schön sie einmal gewesen ist. Rosarita war immer noch die Hübscheste. Ich so wie eine Schar von Neffen hatten mehr oder weniger schon die Zwanzig hinter uns gelassen. Und Onkel Hernán? Majestätisch gab er sich, wie die Berge, Fjorde und Gletscher, die er mit so viel Bewunderung und Respekt bestaunt hatte in seinen ersten Berufsjahren in diesem "unbeschreiblichen" Patagonien. Die wenigen, die ins Auto passten (ja, es gab schon einen Wagen in der Familie!), lagen dem Onkel in den Ohren mit ihren Fragen. Seine Antworten waren Worte der Erinnerung, schwierige und lange Beschreibungen, auch widersprüchliche, unzufriedene Töne mischten sich darunter und ein "Ich glaube, ich werde krank". Dieses seltsame "Ich werde krank", das immer in der Luft hing, ohne dass man es wirklich hören konnte.

Unsere vielen Scherze erstickten diese Ankündigung, die zweifellos aus tiefster Seele kam. Als wir zu Hause eingetroffen, die Koffer ausgepackt und seine tausendmal gelesenen Bücher aufgeräumt waren, genehmigten wir uns einen guten Schluck *Pisco*, und zwar vom besten. Diejenigen, die mit anderen Fahrzeugen da waren, die Nachbarn von nebenan, von gegenüber und die von weiter weg, verabschiedeten sich vom Onkel, von der wunderbaren Rosarita (die inzwischen an der Universität studierte) und von ein, zwei nahen Verwandten, die zum Abendessen blieben.

Tante Dalila rief mich einige Tage später an. "Alfredo, komm her, du musst mit deinem Onkel sprechen, er sagt, er will nicht mehr arbeiten."

Natürlich war ich bereit, hinzugehen. Mir kam es allerdings nicht seltsam vor, dass mein Onkel nicht mehr arbeiten wollte. Als ich dort eintraf, war es wie immer: Umarmungen und Küsse. Und wie jedesmal

Bemerkungen seinerseits, da er ja immer viel zu erzählen hatte, andererseits war da mein noch unerfülltes Leben, meine Schwierigkeiten, meine nur kleinen Fortschritte, mein mäßiger Erfolg. Meine Tante hatte über ihr glückliches Leben an der Seite ihres Ehemannes auf Raten viel mehr zu sagen. Rosarita war glücklich an der Uni und in einen unbekannten Studenten verliebt, der leider nicht ich war. Und so plätscherte die Unterhaltung dahin, bis sie sich erschöpft hatte.

Als wir endlich allein waren, fragte ich ihn direkt: "Du willst also aufhören zu arbeiten?" Der Onkel antwortete nicht. Nach langem Zögern fing er erneut an, mir von seinen majestätischen Bergen zu erzählen, von der immensen Weite dieser leeren Landstriche, die er Stück für Stück in ihrem ganzen Umfang vermessen hatte, fast fanatisch exakt. Was es bedeutet, einsam zu sein, der Teil von einem selbst, den man nie richtig verstehen wird. "Auch wenn dir die Menschen fehlen, haben jene, die du findest, keine Geschichte. Sie verstehen die Tiefe der Existenz nicht, sie konsumieren all diese Schweinereien, die ihnen von der eigenen Zivilisation verkauft werden. Kann man mit solchen ein paar kluge Worte wechseln? Und noch schlimmer: Die meisten sind ignorante Konsumenten des billigen Vergnügens. Die modernen Medien sind der Sinn ihres erbärmlichen Lebens und ihres verkümmerten Gehirns. Im Gegensatz dazu stehen die von unserer Kultur Ausgestoßenen, die ganz Einfachen und weniger Zivilisierten. Sie sind die Einzigen, die wirklich zuhören, die dich täglich damit beschenken. Sie lauschen deinen Klagen und deinem Schmerz und teilen mit dir auch die Freude. Sie lieben, respektieren und begleiten dich, sind aber nicht die Deinen."

Er machte eine Pause. Mir schien sie Jahrhunderte zu dauern. Ich wollte schon etwas sagen, aber da fuhr er fort: "Ist das zwischenmenschliche Leben in jeder Stadt anders? Liebt man dich, wie sich das gehört? Oder bist du einfach nur ein Objekt, das man benutzen kann, und deshalb akzeptabel? Wenn dir eine Frau ihren Körper schenkt, dort in dieser *Ruca*, wo dir die Winde jedes Körperteil steif gefrieren, dort am Ende der Welt, weiß sie, dass sie dir nicht mehr als nur einen Moment gegeben hat, und du dich, wenn du willst, bei Gott bedanken kannst und bei keinem anderen. Der Blick einer Frau, die dir hilft, auch wenn sie nichts weiter macht als zuzuhören, die dir einen Matetee serviert, dir die Kälte deiner Seele nimmt und dir damit ein ganzes Leben schenkt." Wieder eine Pause. "Es gefiel mir, dieses Volk kennengelernt zu haben, diese Menschen, die ihr Ende kommen sehen, als ob es nichts anderes wäre als ein Sonnenuntergang mehr und ein Himmel voller Wolken. Ich weiß schon gar nicht mehr, wohin ich gehöre. Denk jetzt nicht, ich sei verrückt, aber ich fühle mich wie jener Soldat, der siegreich aus

111

dem Krieg zurückkehrt – jedoch aus einem ungerechten Krieg. Deshalb werde ich krank. Aus Sentimentalität und aus Liebe zu allen, die mich liebten, gratis, ohne je eine Gegenleistung zu erwarten. Ich werde krank, weil ich glaubte, die wahrhaftige Menschheit gefunden zu haben. Diese Menschen waren so arm, dass es ihnen nicht einmal in den Sinn gekommen ist, von dem Wort Hoffnung zu träumen. Ohne Zweifel besaßen sie dennoch viel mehr als ich. Auf jeden Fall einen Gott, der zwar auch nicht der ihrige ist, aber ein Gott, der existierte. Er war an ihrer Seite, nicht um sie vor dem Bösen zu retten, sondern um das Schwierigste zu erfüllen: an ihrer Seite zu sein in diesem harten Dasein. So lernten sie das Leben zu sehen. Vor meiner Abreise, als ich begann, die Sachen zusammenzupacken, von denen ich annahm, dass sie mein seien, wurde mir bewusst, dass sie keineswegs so wertvoll waren wie ich es geglaubt hatte, als ich sie erworben habe. Als ich einem das Radio anbot und ihm zeigen wollte, wie leicht es zu bedienen ist, wies er es mit abwehrender Geste zurück. Ich erklärte ihm: 'Damit kannst du erfahren, was an anderen Orten der Erde geschieht.' Er entgegnete: 'Diese Orte sind sehr weit weg, *Patrón*.' Ich drang nicht weiter in ihn. Ich begriff, dass meine Arbeit vergeblich gewesen ist und ich nicht geschaffen war für dieses Volk, diese Rasse.

Mein *Patrón* in der Hauptstadt hatte ganz andere

Interessen in anderen Regionen des Landes; sie waren nicht mehr als Punkte auf einer Landkarte, die in seinem Büro hing. Im Moment interessierte sich niemand für das 'Ein kleines Tässchen Mate, *Patrón*?' dieses Volkes, auch wenn die Indios die einzigen Besitzer jener Welt waren, ohne es zu wissen."

Respektvoll hörte ich seinem Klagen und Seufzen zu, bis ich – selbst überrascht – ihn fragte: "Hast du Schmerzen, fehlt dir etwas?" Es schien eine höchst unangebrachte Frage zu sein, die da unerwartet über meine Lippen kam.

"Wenn mich etwas schmerzen würde, wäre es sehr leicht. Mir fehlt nichts, Dalila liebt mich, und meine Tochter ist intelligent ..." – "Und sehr schön!", unterbrach ich ihn. "... aber", fuhr er fort, "etwas belastet mich. Es ist, so als ob ich etwas versäumt hätte. Etwas, das noch offensteht. Wie eine Rechnung, die jeder Mann noch zu begleichen hat."

Ich wollte ihn nicht den roten Faden verlieren lassen, denn seine Gedanken waren für mich wie ein Bekenntnis von Mann zu Mann. "Ich zeugte ein Kind und pflanzte mehr als nur einen Baum. Aber ich schrieb nicht all das, was ich hätte schreiben sollen." – "Onkel, du hast geschrieben, du hast ein Buch veröffentlicht", warf ich wenig überzeugend ein, denn im Stillen dachte ich: In diesen Zeiten, in denen man Dutzende von Büchern veröffentlichen muss, um als Schriftsteller beachtet zu werden, war seine Arbeit ziemlich schwach. Ich suchte weiter nach tröstenden Argumenten. "Und in deinen Briefen zeigst du dich als tiefgründiger Beobachter des Lebens. Ich glaube, der *Refrain chino* bezieht sich nicht nur aufs Schreiben, sondern vielmehr darauf, den Intellekt zu beschäftigen."

Er hüstelte und sagte dann mit klarer und wohlklingender Stimme: "Darauf zielt es ab. Es handelt sich um etwas, das ich mir selber und meiner Gruppe, meinen Leuten, schulde. Es geht um etwas, das ich noch nicht getan habe." Und nach einer langen Pause fügte er hinzu: "Noch nicht ..."

Ich räusperte mich und hüstelte ebenfalls. Ich hatte nicht das Gefühl, vor einem hoffnungslosen Fall zu stehen. Im Gegenteil, es schien mir das Logischste auf der Welt zu sein, sich zu erinnern. Und jene Erinnerungen an die vielen Erlebnisse durch den Kontakt mit einer einfachen Zivilisation wiederzubeleben, die um Jahrhunderte weiser war als unsere eingebildete Gesellschaft. Um nicht zu wiederholen, was er ganz sicher auch dachte, beeilte ich mich, kurz zu bitten: "Onkel Hernán, geh zu einem Arzt! Er soll dich untersuchen, aber erzähle ihm auch all das, was du mir soeben erzählt hast. Er müsste eigentlich auch verstehen, dass es dort nichts Ungesundes gibt." Und ich traute mich sogar, einen Witz zu machen: "Er wird dir als gesündestem Menschen der Welt eine Goldmedaille

114

überreichen."

Tagelang, vielleicht waren es auch Monate, ging mir mein weiser und so missverstandener Onkel nicht aus dem Sinn, ich bewunderte seinen Geist. Ich dachte über seine Erfahrungen mit diesen Menschen nach. Wir kannten sie nur aus seinen Geschichten. Einmal mehr las ich seine vielen Briefe und ich begann, den Sinn des Lebens zu verstehen, den des Körpers, aber auch den der Seele. Ich war erschüttert. Der Onkel hatte ja mit Gott gesprochen, dort, allein in seiner Einsamkeit!

Tage später riss mich ein Anruf meiner Tante Dalila aus meiner täglichen Routine: "Komm her, mein Junge, um das Neueste von deinem Onkel Hernán anzuhören." So schnell wie möglich rannte ich los. In der Zwischenzeit habe ich viel von dem, was mir mein Onkel erzählt hatte, aufgeschrieben. Es war eine ganze Menge und schwierig für mich, alles zusammenzufassen oder gar zu veröffentlichen.

"Junge", sagte er, während er mich umarmte. "Ich habe viel erledigt. Zuerst ging ich zu einigen Ärzten, Freunde von mir, und ließ mich untersuchen. Sie meinten, ich sei völlig gesund, aber es gibt ein Symptom, das ihnen nicht gefällt." - "Sehr gute Freunde!" dachte ich im Stillen. "Ich konsultierte zwei Psychologen, Jugendfreunde von mir. Sie meinten, es gäbe offensichtlich keine Hinweise, dass die Stabilität der Gesellschaft, in der ich lebe, gefährdet sei." Ich unterbrach ihn, um ihm meine Freude zu zeigen: "Sodass weder Tante Dalila noch die schöne Rosarita und auch nicht deine Nachbarschaft oder deine Indios, die es schon fast nicht mehr gibt, und auch ich nicht in Gefahr sind?" – "Genau so, mein Junge." – "Und was machst du oder was machen wir jetzt?" Diese Frage stellte sich die ganze Familie. "Was wir jetzt machen? Ab heute bin ich arbeitslos", sagte Onkel Hernán ernst.

"Mir scheint, das ist nicht gerade das, was du gesucht hast mit deinem 'Ich werde krank'." – "Die Ärzte fanden einen Paragrafen im Gesundheitsgesetz, gut versteckt im Arbeitsgesetz, aber ganz eindeutig. Gemäß dieses Paragrafen fügt mir diese Arbeit psychischen Schaden zu – so wie der Kohlenstaub der Lunge des Minenarbeiters."

Wir sahen uns danach nicht mehr. Bis zu jenem Tag, als mich Tanta Dalila, die schöne Rosarita und viele Nachbarn und Freunde zum Flughafen begleiteten. Ich trat eine Auslandsreise an, um andere Länder kennenzulernen, alte Zivilisationen sozusagen. Ich stellte mir vor, wie viel ich meinem Onkel zu erzählen haben würde. "In Chile sagen wir: Nicht alles, was glänzt, ist Gold", bemerkte Onkel Hernán.

Aber nein! Das klang ja nach Enttäuschungen, und die schienen mir in diesem Moment, in dem ich keine Ahnung hatte, was mich in Europa erwarten würde, nicht angebracht zu sein. Die Wahrheit ist, dass ich mich später dann in diesen alten Kontinent verliebt habe. Viele soziale Probleme, die mir aus meiner durchaus geliebten Heimat bekannt waren, sind hier längst gelöst worden. In Europa hat man andere Wege gefunden, die weit entfernt waren von den Idealen meines Onkels Hernán. Ich lernte aber auch Menschen kennen, die so waren, wie sie mein Onkel immer beschrieben hatte: "Ein Tässchen Mate, *Patrón*?" Selbstverständlich gab es auch Schattenseiten, die man nicht verheimlichen und entschuldigen konnte. Eines der schrecklichsten Verbrechen gegen die Menschheit hatte hier stattgefunden: das unverzeihliche Bestreben, eine Rasse auszulöschen, wie es die Europäer denn auch taten in ihrer so fantastischen neuen Welt, die sie gefunden haben, ohne sie suchen zu müssen.

Aus Gründen, die ich nicht erklären will, bin ich nicht oft in mein Heimatland zurückgekehrt. Einige Male gelang es mir, doch ich fand nicht genau das vor, was ich wiedersehen wollte: *Mein* Land. Wie gut konnte ich Onkel Hernán, Tante Dalila und die wunderbare Rosarita – die inzwischen auch schon vierzig Jahre alt war – und ihre drei Töchter, die Nachbarn im Viertel, die mich sehen, umarmen und küssen und mir in ihren schwarzen Augen ihre Herzen zeigen wollten, verstehen!

Mit meinem Onkel und "seinem" Patagonien hatte ich noch etwas abzumachen. Ich reiste dorthin, ohne ihn natürlich,   aber   mit   seiner   Stimme   und   seinen

Beschreibungen dessen, was ich sehen würde, im Ohr. Ich war unsicher, wie meine Eindrücke sein würden von etwas, das mir jemand aus tiefster Seele übermittelt hat. Ich kam also an und erfuhr mit eigenen Augen und Ohren und all meinen Sinnen diese "durch eine Katastrophe geteilte und gebrochene Erde, von der niemals ein Mensch gehört hat".

In meinem Herzen und in meinem Geist lebt mein Onkel weiter. Er versuchte uns viel zu vermitteln, mir und meinen Verwandten und all seinen Freunden jeder Klasse und jeder sozialen Schicht: Wir sind verschieden in Intelligenz und Gemüt, in Statur und Körperbau, in Haut- und Haarfarbe, wir haben unterschiedliche Wurzeln, sind unterschiedlicher Herkunft, von unterschiedlicher Rasse. Wir sind eben nicht alle gleich. Der Verstand, der Geist sind das, was zählt und uns Toleranz und gegenseitigen Respekt vermittelt.

Ich möchte schließen mit dem Satz, den ich immer wieder höre, wenn ich allein bin: "Ein Tässchen Mate, *Patron?*"

6 Weihnachtsgeschenke

Die Sonne schenkte noch immer verschwenderisch Licht und Wärme. Obwohl es schon sieben Uhr abends war, schlenderten viele Menschen auf der Suche nach letzten Weihnachtsgeschenken an den Schaufenstern vorbei. Ich selbst schleppte zwei Einkaufstüten, vollgepackt mit den begehrten Kleinigkeiten für jenen Tag oder besser: jene heilige Nacht.

Es gab zahlreiche Verwandte, Freunde und andere Menschen, denen ich etwas mitbringen wollte. Bücher, Spielzeug, Schmuckstücke von nicht allzu großem Wert und einige Kuriositäten, typische Neuheiten, die die Straßenhändler jedes Jahr zu Weihnachten anboten und die alle kauften, um sie zum Fest zu verschenken. Eine besondere Überraschung, die jedoch schnell entzaubert war, denn meist wurde vergessen, dass dieser Verkaufsschlager nur deshalb so erfolgreich sein konnte, weil viele mit der gleichen "Überraschung" nach Hause kamen. Alle diese hübsch verpackten Kleinigkeiten würden Freude, aber auch mit Gelächter, Tränen, Beifall, Umarmungen, Küssen und langen, nicht enden wollenden Beteuerungen des tiefen und aufrichtigen Dankes geschickt überspielte Enttäuschung auslösen.

Ich war damals ein junger Mann von achtzehn Jahren, der

sein eigenes Geld verdiente und somit gut die Rolle des Neffen, Bruders, Vetters, Sohnes, Enkels oder großzügigen Freundes spielen konnte. Ich habe an sie alle gedacht. Viele Male blieb ich mitten auf der Straße stehen, um mit von der Last der Pakete tauben Fingern abzuzählen, für wen ich schon etwas hatte und was noch fehlte. Es gab wirklich komplizierte Fälle. Einige meiner Verwandten, besonders die Tanten, die schon älter waren, konnten nicht einfach eine in buntes Papier eingewickelte und mit blauen, roten, goldenen oder silbernen Bändern geschmückte Bagatelle bekommen. Vor allem für sie musste ich das Richtige finden; dafür hatte ich länger zu suchen, mir viele Gedanken zu machen und mir mehr Zeit zu nehmen.

Diejenigen, die lasen, waren wohl am schwierigsten zu beschenken. Eine Neuerscheinung konnte völlig daneben liegen und von vornherein die größte Beleidigung sein für diejenigen, die einen feinen und noch dazu unduldsamen Intellekt besaßen. Für jene also, die mich noch vor wenigen Jahren intensiv versuchten davon zu überzeugen, dass ich – weil dies dem Ältesten dieser immer größer werdenden Familie weitergegeben werden musste – ohne Ausnahme alle Klassiker lesen sollte, die ihnen in die Hände gefallen waren. Deshalb stand ich vor einer schwierigen Wahl, und hier einen Fehler zu machen hätte bedeutet, eine Diskussion auszulösen, die am

Weihnachtsabend fehl am Platz gewesen wäre.

Ein schönes Konzert, die beste Aufnahme, dirigiert von einem wahren europäischen Meister, könnte ein schönes Geschenk sein. Aber für wen? Mein Budget war nicht so groß, dass ich jeden mit klassischer Musik hätte beschenken können. Ich stellte mir den feierlichen Moment vor, in dem das Päckchen, sobald es seinen Inhalt verraten hatte, Bewunderung – und auch Missgunst – hervorrufen würde. Ich wusste, dass keine meiner Tanten je den Mut aufbrächte, derart "niedrige" Gefühle zuzugeben. Aber nach langen Jahren gründlicher, eingehender Beobachtung hatte ich gelernt, ihre strahlenden Blicke einzuschätzen, das Zittern ihrer Hände, die notgedrungen mit zusammengepressten Lippen und einem leichten Räuspern hervorgebrachten lobenden Sätze über den Schenkenden und natürlich auch die Bewunderung für das Geschenk. Dabei sprachen sie ein klares, klassisches, perfektes Kastilianisch in einer Exaktheit, die ein Ansager sich wünschen würde. Und das mit einer Genauigkeit, wie sie Miguel de Cervantes in seinen Werken gerne verwendet hat, und in einer Aussprache und in einem Tonfall, die jedem Radiosprecher zur Ehre gereicht hätten. Da ich sie bis tief in ihre Seelen hinein kannte, konnte ich aus den subtilen Äußerungen die Befindlichkeit der Tanten abwägen und ermessen, welche Gefühle das Päckchen, das "leider" nicht das Erwartete enthielt, ausgelöst hat. Es tröstete mich zu wissen, dass jedoch keine je eine Bemerkung fallen lassen würde, die den Zauber des Moments hätte zerstören können. Die erwähnten Damen waren scharfsinnig und fingerfertig in ihren feinen Künsten.

Es war Tradition, besser gesagt: eine Gewohnheit, nach Hause zu kommen und vorsichtig im Korridor unmittelbar vor dem Salon zu verweilen, in dem dieser majestätische Weihnachtsbaum aufgestellt war. Man wartete auf den Moment, in dem man sein Päckchen unbeobachtet von den anderen an den Baum hängen konnte, nämlich dann, wenn ein Familienmitglied mit diesem weihnachtlichen Ritual fertig war, selbst als Nächster diskret und ohne gesehen zu werden hineinzugehen. Auf diese Weise wurde der Baum über und über mit Päckchen, Sternen und farbigen Kugeln geschmückt. Auf Kärtchen waren die Namen der Glücklichen geschrieben, Carlos, Juan, Iris, René, María, Isabel usw., sowie eine kleine Widmung: "Von deiner Tante Angela", "Von deinem Onkel Carlos", "Von deiner Cousine Anita", "Von deiner Oma Clara", gefolgt von allen Varianten des "Dein" und "Für dich", damit jedes Päckchen dem "Von-wem" und dem "Für-wen" zugeordnet werden konnte.

Auch an diese Kärtchen hatte ich gedacht und mehr gekauft, als ich eigentlich brauchte. Es empfahl sich, immer ein Geschenk mehr zur Hand zu haben und auch ein Kärtchen mehr für "plötzliche Erscheinungen". Denn fast nie fehlte ein Freund, der an solchen Tagen unerwartet aufkreuzte, oder ein schrulliger Verwandter, von weither kommend, der, ohne zuvor telegrafiert oder einen Brief geschickt zu haben (Telefon gab es damals nur selten), mit Koffern voll beladen aus dem Taxi stieg und, um nicht übersehen zu werden, laut gegen die Tür trat und das ganze Haus auf den Kopf stellte. Glücklich strahlend und mit leuchtenden Augen breitete er mit "Endlich-sehen-wir-uns-wieder-" und "Seit-langer-Zeit-sehnsüchtig-erwartet"-Blicken die Arme aus. Für solch einen absonderlichen Zeitgenossen war auch immer ein Geschenk zu besorgen.

Es ist nun über fünfzehn Jahre her, dass zum letzten Mal ein derartiger "Komet" aufgeschlagen ist. Gemäß Vorhersage und der Wahrscheinlichkeitsrechnung zufolge musste dieses Jahr wieder jemand auftauchen, der einige fast zu Tode erschrecken, aber in der Erinnerung aller Spuren hinterlassen würde. Wer mag es wohl diesmal sein? Das war nicht klar. Ich gehörte einer Familie mit unzähligen Onkeln und Tanten an, fast zwanzig waren es. Und das nur, weil Onkel Salomón, Tante Victoria, Onkel Hernán usw. usw. jung gestorben sind. Die verheirateten Onkel brachten begeistert eine Schar an Cousins und Cousinen mit ein, und die Tanten hatten, nicht minder fruchtbar, alle Statistiken übertroffen. Und das war erst die väterliche Seite! Meine Mutter hatte einen Schwung von Brüdern und Schwestern, die ebenfalls Dutzenden von Kindern das Leben geschenkt hatten. Sie lebten über das ganze Land verstreut oder irrten auf der Suche nach dem Glück oder das bisschen Glück, dass sie gefunden und wieder verloren hatten, in der Welt umher. Unter ihnen ließ sich immer der "Überraschungsgast des Jahres" finden, der todmüde, aber quicklebendig und mit Schätzen bepackt aufkreuzte.

Ich war noch sehr klein, als eines Weihnachtstages ein solch plötzlicher Gast während des Abendessens eintraf. Mit einem "Hier bin ich – ich bin wieder da!" verteilte er Küsse, breitete die Arme aus und nahm sich so viel Zeit, jeden Einzelnen zu begrüßen, dass mir, der ich still vor dem Kalender stand, es so vorkam, als risse sich dieser, ungeduldig, verzweifelt und erregt, die Kalenderblätter ab – so wie andere sich im Moment höchster Nervosität die Haare ausreißen – und ließe diese zu Boden fallen wie flüchtige herbstliche Schnipsel. Das Pendel der Uhr schien die Gefühle der Familie wiederzugeben, indem es laut und dennoch ohne Ton hin und her schwang.

Freunde, Nachbarn und Bekannte kamen, um den jüngst Zurückgekehrten zu begrüßen und zum tausendundeinten Mal die Geschichte zu hören, wie er im

Handstreich sein Glück gemacht hatte. Als die Ersten endlich begrüßt waren, trafen schon die nächsten Gäste für den Silvesterabend ein. Und als die Feierlichkeiten zu Ende waren, stand er noch immer mitten im Saal, wo er sich breitgemacht hatte, und öffnete seine hundert Koffer, um Geschenke herauszuziehen wie ein Zauberer Kaninchen aus dem Zylinder.

Aber auch traurige Weihnachten hat es gegeben. Onkel Arnoldo hatte einen schweren Unfall gehabt und man wusste nicht, ob er überleben würde. Das Weinen der Großmutter und das Schluchzen der Tanten und meiner Mutter halfen, Gott dazu zu bewegen, "diesen Sterblichen zu verschonen und ihn wieder gesunden zu lassen". Ich erinnere mich daran, dass auch meine Onkel und mein Vater, die als Männer nicht weinen durften, sich eine Ecke suchten, wo sie keiner sehen konnte, und Gott baten, den Bruder zu retten. Als ich zu Onkel Alfredo ging, der im Dunkeln in seinem Zimmer saß, meinte ich, in seinen Augen so etwas wie Tränen zu sehen. "Onkel, was ist mit deinen Augen?", fragte ich ihn. "Mich beißt der Zigarettenrauch", war seine ausweichende Antwort. Aber ich sah, dass er gar nicht rauchte. Als ich in das Schlafzimmer meines Vaters kam, zog er schnell ein Taschentuch hervor. "Ich bin sehr erkältet", sagte er. "Seit wann?", wagte ich ihn frech zu fragen. "Seit soeben", erwiderte er mit heiserer Stimme verärgert. Der

Großvater ging unruhig auf und ab, zum ersten Mal auf wackeligen Beinen. Damals bemerkte ich plötzlich, dass er der Älteste in der Familie war. Er hatte immer behauptet, Atheist zu sein, aber nun ertappte ich ihn im Zwiegespräch mit jemandem, den er inständig darum bat, nicht so grausam zu sein gegenüber diesem jungen Menschen, der das Leben so sehr liebte. Heute, nach all den Jahren, weiß ich, dass sein Gesprächspartner kein anderer gewesen ist als Gott.

Verloren und unbemerkt von diesen Irredaherredenden hörte ich plötzlich die Stimme meiner kleinen Schwester: "Komm, Andrés, komm in diese Ecke!" Sie nahm meine Hand und zog mich hinter eine halbgeöffnete Tür. "Weine!", sagte sie zu mir. "Wenn keiner weint, sterben die Kranken!" Und wir begannen, zusammen zu weinen, damit der Onkel bald genesen würde. Als der Kranke auf einer Bahre ins Hospital abtransportiert wurde, übertönte das Martinshorn der Ambulanz gnädig unseren geräuschvollen Kummer.

Ein anderes Mal war die Großmutter von der Leiter gestürzt. Sie wollte am Weihnachtsabend Wäsche aufhängen und hatte dabei wohl nicht ihr hohes Alter bedacht. Auch dies rief bei meiner Mutter, den Tanten und den Bediensteten Tränen hervor und "Rauch" in den Augen der Onkel und eine plötzliche Erkältung meines

Vaters, der mich wütend anschrie: "Haut ab, ihr Quälgeister!" Dieses Mal waren Großvaters Beine nicht kräftig genug, um auf und ab zu gehen; er saß in seinem Sessel und war erneut in ein atheistisches Zwiegespräch mit Gott vertieft.

Andere Jahre brachten Kindstaufen mit sich, die die Stimmung in der Familie veränderten und auch Lücken schlossen, die die Gegangenen hinterlassen hatten. Man gedachte der Toten, doch die Gemütslage veränderte sich: Schmerz wich Dankbarkeit und Trost. Die Weihnachtsfeste standen für den Fortgang der Jahre, sie öffneten und schlossen den Zyklus des Kommens und Gehens. Ja, es war wieder an der Zeit, dass überraschend ein wunderlicher Verwandter aufkreuzen und die Feierlichkeiten beeinflussen würde.

Es war bereits Nacht geworden. Tatsächlich gehörte ich zu den Letzten auf der Suche nach einem besonderen, raren, exquisiten Geschenk. Es war nicht mehr ganz so heiß in dieser wunderbaren Sommernacht, und die Passanten gingen – vielleicht auch deshalb – etwas schneller. Schon wurden viele Läden geschlossen, die Verkäufer wollten nach Hause. Ich begab mich zu einem Taxistand. Ganz sicher würde mich auf dem Weg dahin einer der letzten Straßenhändler mit seinen Waren anhalten: "Die Neuheit des Jahres, mein Herr!"

Eine sanfte Brise ließ die alten, dicht belaubten Bäume rauschen, und sie wisperten mir zu: "Geh nach Hause, es ist schon Heiligabend!" Ein Stern am klaren Himmel holte mich sanft zurück aus meiner wehmütigen Rückschau. Die Henkel der vollen Einkaufstüten mit den vielen Geschenken schnitten in meine Finger. Sollten das die Hände sein, die – wie in meiner Erinnerung – Verwandte und Freunde begrüßen würden, wenn wir uns wiedersehen? Obwohl ich weit davon entfernt war, mein Glück gemacht zu haben, sollte vielleicht dieses Mal, an jenem Weihnachten, ich derjenige sein, der an der Reihe war, die Rolle des absonderlichen Verwandten zu spielen, unerreichbar und ein bisschen verrückt, mit ausgebreiteten Armen, voller Sehnsucht von weit her kommend und hernieder sinkend wie ein verlorener, vergessener Komet. Der aus dem Taxi steigt, gegen die Tür tritt und das ganze Haus auf den Kopf stellt. Der Kalender zum Abreißen ihrer Blätter und das Uhrpendel zum Schwingen bringt ... Ja, das sind meine Erinnerungen.

7 El Chato

Mein verehrter Freund José Miguel, zum dritten, vierten oder fünften Mal habe ich einen deiner biografischen Texte über einen Mann, den ich ebenfalls näher kannte, gelesen. In jedem Moment riefen deine Seiten viele Dinge in Erinnerung, die mir sehr, sehr weit weg schienen, die ich aber dennoch in einem Winkel meines Herzens verwahrt habe. Diese Begebenheiten sind schon so lange her, dass ich manchmal denke, ich hätte sie nur geträumt und mir alle diese Anekdoten nur eingebildet, um meine Erinnerungen, die wir Alten so gerne pflegen, reicher zu machen. Du sollst wissen, dass auch ich alt geworden bin, und dass ich deshalb alt wurde, weil es eben so ist mit dem Altern, so nahe verwandt mit dem natürlichen Tod. Aber kommen wir zur Sache, mein Freund.

Diesem "Mannsgesicht", das du so gut beschreibst, war ich einmal sehr nahe, ohne mir der Wichtigkeit dieser Lebenserinnerung bewusst gewesen zu sein. Ohne zu bemerken, was für eine bedeutende Erscheinung er war, als er – oft elegisch – durch meine Schulstunden schlenderte. Fast alle kannten wir seinen Spitznamen "Mannsgesicht", der uns Jungen im Alter zwischen zwölf und vierzehn Jahren (Letztere schon die Ältesten der Klasse) übertrieben oder besser gesagt: unpassend

129

erschien. Für uns waren unsere Väter, Großväter und Onkel Männer. Und die Männer, die wir auf der Straße trafen, die weder böse noch hässlich waren. Uns gefiel unser eigener Spitzname, den wir diesem Menschen gegeben hatten, besser: El Chato. Wenn er zwischen den Schülern auftauchte, wenn er ins Licht trat, schien es ihn Mühe zu kosten, sich von dieser Masse schlaksiger Burschen abzusetzen. Klein, nur einen Hut größer als ich, trug er manchmal eine schwarze Baskenmütze, die ihm dabei helfen sollte, auf sich aufmerksam zu machen.

Du, José Miguel, beschreibst ihn aus einer anderen Sicht. Nichts spricht dagegen. Alles ist sehr genau und sehr gut dokumentiert. Und obschon es ein biografischer Bericht ist, ist er sehr poetisch, was mir hilft, mich an El Chato, den ich gekannt habe, zu erinnern.

Für uns besaß das "Mannsgesicht" die Aura eines großen Genies, manchmal auch eines Heiligen. Nicht wenige Male gab er den unnachgiebigen Tyrannen, der sich Sekunden später in Vorträge über Demokratie und Humanismus verlor, die uns fast zu Tränen rührten. Letzteres wage ich nur zu erwähnen, weil inzwischen sechzig Jahre vergangen sind. Wenn er auch nur den leichtesten Hauch von Ergriffenheit in unseren Augen entdeckt hätte, hätte er uns am Arm gepackt, unsanft geschüttelt und uns direkt ins Gesicht gesagt, was er darüber dachte. Was er auch einmal tat: "Du heulst fast?

Du, die männliche Hoffnung unserer Zukunft, du, der du eines Tages mit Mut und Loyalität unser Land wirst verteidigen müssen?" Er hielt einen Moment inne, atmete tief durch, so als ob es ihn reute, so weit gegangen zu sein. Er ließ den schon fast schmerzenden Arm des Schülers los und sagte mit sanfter, väterlicher, besser noch: weiser, großväterlicher Stimme: "Nimm Platz, Junge! Es gibt andere Möglichkeiten, unsere kindlichen Tränen zu zeigen. Schreib! Nimm Bleistift und Papier und schreib alles auf, was du fühlst. So wird niemand deine Augen sehen, aber man wird deinen ehrenhaften Geist spüren, das Größte, was ein Mensch besitzt."

Damit war die Unterrichtsstunde beendet. Im Klassenzimmer stand ein erhöhter Katheder, den man für ihn gebaut hatte, damit sein Körper, den die Natur ziemlich geizig bedacht hatte, alles überragte, so als ob seine Statur seinem Genie als Spanischlehrer entsprechen müsste.

Ein anderes Mal war ich die Hauptperson der Stunde. Meine Orthografie war nie sehr gut. (Wenn ich vor meiner Schreibmaschine sitze, habe ich noch immer Zweifel, ob man etwas so oder so schreibt.) Ich war neidisch auf diese Talente, die ohne viel nachzudenken wussten, wann ein Wort mit b für *burro* (Esel) oder mit v für *vaca* (Kuh) geschrieben wurde. Sie wussten auch, dass *mesa* (Tisch) an keiner Stelle ein z aufwies und dass man *cosita*

(Kleinigkeit) mit s, aber *amorcito* (Liebling) mit c schreiben musste. So schweiften meine Gedanken zwischen dem Himmel und der traurigen Wirklichkeit umher, bis mich El Chato fast anbrüllte: "Und die h, wo tust du die denn hin? Denk daran, dass man *harina* (Mehl) vorher wie *fariña* (Maniokmehl) schrieb, und dass *hacer* (machen) von *facere* kommt! Erinnere dich, dass das Wort *compasión* (Mitleid), auch wenn es der Bedeutung des Wortes *paz* (Frieden) sehr nahekommt, nicht mit z geschrieben wird, mein Junge!" Darauf folgte eine Pause. Grabesstille. "Weißt du, Armando, dein Gedicht ist sehr gut. Es hat Inhalt. Du verstehst es, dich auszudrücken. Man spürt Gefühle. Ich selbst sehe diese Schatten und höre diese Winde und fühle, was es bedeutet, allein zu sein." Und nach einem tiefen Seufzer, der ihm entfuhr wie ein Windstoß einem Tunnel, sprach er weiter: "Das alles ist in deinem Gedicht, Armando. In deinem Gedicht! Sehr gut, ich gebe dir eine Sieben."

Das war die höchste Note damals, als wir schon mit einer Vier zufrieden waren, bei einer Fünf fast durchdrehten und bei einer Sechs dachten, der Lehrer habe sich geirrt (die Sieben war auf der Notenskala die beste). Es gefiel mir, wenn Ruben Azócar sagte: "Freitag freies Schreiben!" Jeder konnte über etwas, das ihn interessierte, einen Aufsatz schreiben. Zum Beispiel über einen Zeitungsartikel, ein Straßengeschehen (auch wenn es nicht wichtig schien), ein Familienvorkommnis, einen Spaziergang, eine Reise, einen Todesfall oder eine Geburt, was auch immer. Nur sollte es aus tiefster Seele kommen.

Ich traute mich, überzeugt, dass El Chato mit Humor reagieren würde, eine unverschämte Frage zu stellen: "Muss es auf Kastilisch geschrieben werden, Herr Azócar?" Wir warteten gespannt auf seine Antwort. El Chato räusperte sich, um Zeit zu gewinnen. "Wenn du eine andere Sprache sprichst, schreib wie du willst. Vergiss aber nicht, dass du das heilige Glück hattest, dass dir die kastilische Sprache in die Wiege gelegt wurde. Eine Sprache, die der Diktator einer verwundeten Nation heute 'Spanisch' nennt. Das mag der Name eines zerstörten Landes sein, aber nicht die Sprache, die du und ich sprechen." Er hustete noch einmal und drückte die Zigarette aus, nachdem er sich eine neue angezündet hatte. "Auf Kastilisch", wiederholte er. Und nach einer erneuten Pause fuhr er fort: "Fließende, reine, kristallklare Wasser ..." Die Schulglocke unterbrach ihn. "Bis Freitag, meine Herren!"

El Chato war ein Fahnenträger der Illusionen. Das bedeutete nicht, dass er die Realität nicht sah. Gerade weil er sie so gut kannte, dürfte er die Lebensträume akzeptiert haben. Er war auch ein Poet. Das erzählte er allerdings nicht überall herum, das wusste man einfach, ohne dass er darüber sprach. Er war ein Jongleur der schönen Beschreibungen, aber auch der Hässlichkeit, der manchmal so grausamen Wirklichkeit sowie der Zerstörung, der Enttäuschung und der Krankheit. Er wusste um die Existenz der geistigen und physischen Leiden.

Manchmal fehlte er einige Tage, um sich danach an zwei Stöcken herbeizuschleppen. "Die hat man mir geliehen", sagte er sichtlich zornig. Er litt, denke ich, an einem Bandscheibenschaden oder etwas Ähnlichem. So erschien er zum Unterricht, und die Wahrheit ist, dass seine Schüler ihn sehnsüchtig erwarteten! Eine Schulstunde ohne Azócar war keine und damit verlorene Zeit. In seinen Stunden lehrte er Kastilisch und moderne chilenische und weltliche Geschichte, er sprach über Philosophie, Moral und menschliche Wertvorstellungen.

Als kultivierter Mensch wusste er über die großen Heroen Bescheid, jedoch bevorzugte er die bescheidenen, die kleinen Helden, die um das tägliche Brot für ihre vom Glück verlassenen Kinder kämpften. Das Wort Glück hatte für ihn eine andere Bedeutung. Es war nicht das Glück der Lotterie gemeint, die er einmal verlor, weil er nicht die richtigen Zahlen getippt hatte. Glück war für ihn eine von anderen Mächten manipulierte Ungerechtigkeit. Er sagte nie "Mächtige", weil er immer darauf achtete, in der Klasse keine Politik zu machen. Aber er verstand es, sich so auszudrücken, dass wir langsam lernten, dass unser

Glück – das der Bessergestellten – ein Geschenk war, und dass wir dieses teilen müssten. In aller Deutlichkeit meinte er: "Wir müssen unbedingt teilen. Und zwar ohne die Hoffnung auf Entschädigung in Form eines Platzes im Himmel oder wo auch immer." Der Samen eines gesunden Sozialismus keimte in uns heran.

Ich blicke selbstkritisch auf meine jungen Jahre zurück. Erstaunlicherweise haben sich die meisten meiner Mitschüler zu ausgezeichneten Geschäftsleuten entwickelt: Händler an der Börse, Schauspieler, große Schauspieler, Schriftsteller, Rechtsanwälte und ein hervorragender Pianist, der die ganze Welt bereiste, Leute von Radio und Fernsehen, die von ihren Bühnen, Podien und Sendern aus immer einen christlichen Blick auf die Armut warfen, die sie mit Mitleid beobachteten. Aber eben nur von weit oben, sozusagen von einer himmlischen Position herunter. – Meine eigenen literarischen und poetischen Ansprüche endeten schlecht. Und es blieb bei meiner miserablen Rechtschreibung. Experten erklärten später, dass ich an einer leichten Legasthenie leiden würde. Wer wusste damals schon, was das war?

Im zweiten Schulquartal benotete El Chato meine Leistungen mit einer Sieben. Mehrere Schüler protestierten lauthals: "Wie kann einer, der in Diktaten eine Drei schreibt, am Schluss in Spanisch eine Sieben bekommen?" Ich fühlte mich von allen verlassen. Lange überlegte ich, wie ich diesen Konflikt, der mich tief in der Seele traf, beilegen könnte.

Für den nächsten freien Aufsatz sprach ich mit einigen der gefährlichsten Gegenspieler und schlug vor, ihnen bei ihren eigenen Aufsätzen behilflich zu sein. Das tat ich dann auch, und ich entdeckte eine neue Freude im Zusammensein mit diesen frischen und noch ehrlichen Menschen, die meine Klassenkameraden waren. Meine allgemeine Theorie lautete, dass es sehr leicht sei zu schreiben, wenn man etwas zu sagen hatte. Es gibt keine guten und schlechten Aufsätze. Man schreibt einfach auf, was man fühlt, und der Leser kann es nachempfinden. (Von dieser Theorie habe ich mich mittlerweile meilenweit entfernt.)

Das Resultat war nicht gerade glänzend. Es gab weder Sechsen noch Fünfen. Vierer und Dreier waren die meisterhaltenen Noten. El Chato zwinkerte mir zu. "Dichter kann man nicht produzieren, aber Freunde kann man gewinnen! Armando, bleib mit deinen Gefühlen bei der Poesie, aber zerstöre deine Moral nicht durch Politik, so wie du es gerade getan hast!" Das war eine klare und deutliche Lektion, die ich nie vergessen habe.

Eines Morgens kam El Chato sehr fröhlich herein und sagte: "Jungs, diese Wochen werden bedeutend sein in eurem literarischen Leben. Gestern hat die Buchmesse

136

begonnen. Geht zur 'Alameda', dort könnt ihr Bücher, Bücher und noch mehr Bücher sehen. Mein Freund Pablo Neruda wird euch die Hand reichen, und wenn ihr wollt, wird er ein Buch oder auch eure Hefte signieren." Letzteres hörte sich gut an, denn wir hatten kein Geld, um ein Buch zu kaufen. Einige von uns verabredeten sich, um die Buchmesse zu besuchen und die Schriftsteller und deren Bücher anzuschauen. Die mit weißen Leinentüchern drapierten Stände wirkten wie eine lange Prozession. Wir mischten uns unter die Neugierigen und guckten und lasen und suchten den Seelenverwandten von El Chato. Dieser entdeckte uns und wusste sofort, wer uns geschickt hatte.

"Wie heißt du?", fragte er. "Lopez, Pedro Lopez", sagte einer meiner Klassenkameraden. Augenblicklich brachen wir in schallendes Gelächter aus, denn genau so hieß damals auch ein berühmter Schauspieler. Der Dichter ging jedoch nicht auf unsere Albernheiten ein und fragte jeden nach seinem Namen, indem er ihm die Hand reichte und immer wiederholte: "Pablo, Pablo, sehr erfreut. Pablo Neruda, sehr erfreut ..." Wir kehrten voll neuer Eindrücke nach Hause zurück. Was für ein großartiger Mensch!

Er hatte uns eines seiner Gedichte vorgelesen, und als es zu Ende war, haben wir applaudiert. Wir wussten damals nicht, dass dieser Mann noch viel größer war als wir dachten: Er repräsentierte Chile. Er beschrieb unser Land mit seinen Menschen und deren Freude und Schmerz. Wir lernten, dass Schreiben einen Sinn hatte. Die geschilderte Wirklichkeit und die fast nicht greifbare Fantasie gingen Hand in Hand.

Ruben Azócar fragte uns dann auch: "Habt ihr meinen Freund besucht? Sagt nichts! Ich weiß schon, dass ihr da gewesen seid. Bravo, Jungs!" In diesem Quartal stiegen die Noten zur Freude einiger beachtlich.

So war dieser Spanischlehrer. Groß in seinem Geist, klein von Statur, gegensätzlich in allen Formen, ein Träumer des Schönen, aber auch ein Kenner des Alptraums. Ein Zauberer im Leben.

Vielen, vielen Dank, José Miguel, für deine biografischen Beschreibungen. Du hast mir geholfen, mich an El Chato erinnern und ihn nach so vielen Jahren für einige Stunden an meiner Seite haben zu können.
28. Dezember 2003

PS: José Miguel Varas ist ein alter Freund von mir. Wir trafen an vielen Orten aufeinander: beim Radio, in der Radiogewerkschaft und bei vielen anderen Gelegenheiten, die das Leben in Chile uns bot. Danach kam die Zeit des Exils, und durch Zufall hörte ich ihn auf der anderen Seite des Atlantiks im Radio. Seine Stimme war unverwechselbar. Jahre später, als sich die trüben Wasser geklärt und der aufgewirbelte Schlamm gelegt hatten, sahen wir uns in der Heimat wieder. Er war mit Iris Lago Farías verheiratet, eine wunderbare, unvergessliche Freundin jener frühen Jahre. Sie haben drei Töchter und sind, soviel ich weiß, inzwischen Großeltern. Sie sind Teil meiner Vergangenheit. Ich freue mich, dass er neben seiner Radioarbeit auch einige Bücher geschrieben hat. Er war Chefredakteur der Zeitschrift "Rocinante", die zwar nach kurzer Zeit nicht mehr erschien, jedoch zu Tradition und Gewohnheit in meiner Lektüre wurde. Wie man in Chile sagt: Ich vermisse sie sehr. Und die Varas, Lagos und Farías auch.

19. Mai 2006

PPS: Im Jahr 2007 erhielt José Miguel Varas den Nationalpreis in Literatur. Wenn ich dies El Chato hätte mitteilen können, würde er mich fragen: "Und du, Armando? Wo bist du geblieben mit deiner feinfühligen, verträumten Schreiberei?"

6. April 2007

8 Ein rätselhafter Fremder

Mein neuer Arbeitstag begann. Genau gesagt: der letzte vor Weihnachten. Die Bücher wurden in die Regale verteilt. Es war zehn Minuten nach neun Uhr am Morgen. Das bedeutete, dass jeden Moment die ersten Kunden kommen würden. Es gab viele, die für die Festtage noch schnell ein Geschenk suchten für einen Verwandten oder beinahe vergessenen Freund. Wie in den langen norddeutschen Wintern üblich, war es draußen sehr kalt. Ich hatte im Eingangsbereich bereits einige Tische mit billigen Büchern aufgestellt, die die Vorbeigehenden verführen sollten, stehen zu bleiben und zu blättern. Oder die einfach nur den leeren Platz verschönern sollten. Wer weiß, vielleicht zogen sie den einen oder anderen aufgrund des außergewöhnlich niedrigen Preises an ...

Das noch junge Morgenlicht kämpfte gegen das restliche Dunkel der Nacht und bereitete auf den Tag vor – mit allem, was dieser bringen würde, seien es Sturm oder andere Überraschungen. Diese Jahreszeit hat mir noch nie gefallen; um sie ertragen zu können, muss man sich dagegenstemmen. Am besten mit starken, fantasievollen Gedanken. Deshalb betrat ich schnell das Geschäft, wo mir angenehme Wärme entgegenströmte und Erinnerungen an andere Weihnachten wachrief, weit weg und fast schon vergessen. Ich entschied mich, den Tisch zu decken, an dem wir gewöhnlich unsere erste Tasse Tee zu trinken pflegten. Bis jetzt war ich der Einzige, der zur Arbeit gekommen war. In der nächsten halben Stunde würde mein Sohn eintreffen, sehr in Eile und sich die Hände reibend; er würde seinen Mantel und seinen Schal ausziehen und sich auf die Routine dieses Arbeitstages einstellen.

Wir versteckten alles, was die Kunden nicht sehen sollten, immer in einem kleinen Raum. Dort gab es auch ein Spülbecken und eine Reihe von Haushaltsgeräten, unter anderem ein Wasserkocher für diese willkommenen morgendlichen Teepäuschen. Als ich diesen Raum verließ und wieder in den Laden trat, entdeckte ich eine seltsame Person. Einen Herrn, der einige Bücher im Regal anschaute, eigentlich nichts Außergewöhnliches in einer Buchhandlung. Vielleicht erkannte ich etwas Rätselhaftes, Fremdartiges in ihm, und ohne es verhindern zu können, lief mir ein Schauer den Rücken hinab. Könnte es sein, dass er schon eine Weile dort gestanden hat, ganz still, und ich ihn deshalb nicht wahrgenommen hatte? Etwas beschämt darüber, dass ich ihn erst jetzt bemerkte, sprach ich ihn an: "Guten Tag." Und nach einer Pause fügte ich verwirrt hinzu: "Kann ich Ihnen behilflich sein?" – "Nein, nein", antwortete er, "im Moment ist das nicht nötig, vielen Dank. Ich weiß, was ich suche." Die typische Antwort eines Kunden, der nicht gestört werden will. "In

Ordnung", meinte ich, während wieder ich in jenen Raum zurückging, wo wir unsere Sachen aufbewahrten.

Kurz danach trat ich wieder hinaus und stellte einen Teller mit einem Sandwich auf den Tisch. Als ich mich anschickte, meine Tasse Tee zu holen, stand der Mann am Tisch und fragte mich: "Kann ich Ihr Brot haben? Ich bin sehr hungrig!" Und ich hörte mich etwas schroff, aber spontan sagen: "Selbstverständlich, bedienen Sie sich." Diese unerwartete Situation überraschte mich dermaßen, dass mir nichts anderes in den Sinn kam, als in das Zimmer zurückzukehren, um eine weitere Tasse Tee und noch ein Sandwich zu holen. "Möchten Sie noch ein Brot?", fragte ich ihn. Ich betrachtete ihn und bemerkte erst jetzt, dass sein Anzug alt und verschlissen war. Wer weiß, ob er ihn nicht schon seit Jahren trug. Die Farbe war kaum noch zu erkennen, irgendetwas zwischen hellblau und braun oder vielleicht auch ein undefinierbares Rot. Seine Schuhe waren völlig abgelaufen. Ich dachte bei mir, dass die löchrigen Jackentaschen schon länger nicht mehr das Gewicht einer Münze zu spüren bekommen hatten. Ich wollte etwas Passendes sagen und suchte nach Worten, um diese lange Stille zu unterbrechen. Aber meine Gedanken waren wirr, und ich fand die Worte nicht. Er aß das Brot und trank den Tee, stellte die Tasse auf den Teller, schaute mich an und sagte: "Vielen Dank, mein Herr." Und als ob er wüsste, dass ich in meinen Taschen nach einigen

Münzen suchen wollte, meinte er: "Machen Sie sich keine Sorgen um mich, ich werde nicht wiederkommen." Und er verließ das Geschäft vermutlich auf dem gleichen Weg, wie er hereingekommen war. Er wartete nicht einmal meine Antwort ab. Keinen Rauchgeruch, weder Schatten noch unheimliche Wolken, keinen Klang von Instrumenten, die ihn von einer Sphäre in die andere begleiteten – nichts ließ er zurück. Was blieb, war nur ein leichter Windhauch an dem Platz, wo er gestanden hatte, und der riss mich aus meiner Verwunderung. Mit hängendem Kopf dachte ich darüber nach, wie einfach es doch war, ein wenig zu helfen. Es hatte mich sehr überrascht, dass es jemanden gab, der sich traute, um eine Tasse Tee und ein Brot zu bitten. Sollten doch die Brote und Tees der ganzen Welt allen gehören, ohne dass einer darum bitten muss! Hunger ist wohl das einzige Recht der Armen, das sie als eine Art "Zahlungsmittel" anbieten können. Lange sinnierte ich darüber, wie selbstverständlich es einigen erscheint, etwas zu besitzen – und wie normal, dass andere nichts haben. Wir machen uns nicht einmal die Mühe, ein paar Minuten darüber nachzudenken.

Deshalb habe ich dieses Erlebnis niedergeschrieben, damit andere es lesen und vielleicht ein bisschen mehr als ich daraus lernen. Mir gefällt diese seltsame Begegnung, die ein Fremder mir schenkte, damit ich, sozusagen als

Gegenleistung, etwas menschlicher zu denken beginne. Eine Geschichte, die ich auf dem Tisch liegen lasse, zusammen mit dem Teller und der Tasse und einigen Brotkrumen.

Ich habe schon oft davon erzählt, und meine Zuhörer wurden stets sehr nachdenklich. Wie ich, der ich bis heute nach einer Antwort suche zu jenem rätselhaften Fremden, den mir dieser Tag, der letzte vor Weihnachten, gebracht hatte. Sollte er vielleicht das wichtigste Geschenk sein, das ich bis heute erhalten habe? Man sollte nicht einfach nur in alter Gewohnheit darangehen, ein Fest vorzubereiten, sondern auch an diejenigen denken, denen es nicht möglich ist, mit vollen Händen zu geben. Aber sie können ein wenig bekommen: ein Brot, eine Tasse Tee und die Worte eines ... sagen wir mal ... verwirrten Buchhändlers.

Im Dezember 2000

Nachtrag: Nun sind acht Jahre vergangen. Und wieder steht Weihnachten vor der Tür. Weihnachten mit seinen Lichtern und Glocken, seinen Liedern, die uns für einen Moment nachdenklich machen.

9 Lass liegen! María macht das schon!

Wenn die Guzmáns morgens aufstehen, zum Glück nicht alle zur selben Stunde, ist eine gewaltige Menge an Arbeit zu erledigen. In der Küche muss der Tisch mit Tassen, Tellern und Saftgläsern gedeckt, müssen die ersten Brotscheiben in den Toaster geschoben werden. Für die einen sind sechs, acht Orangen frisch auszupressen, die anderen essen lieber einen Obstsalat zum Frühstück. Frauenzeitschriften erinnern sie ans Abnehmen, daran, fette Speisen zu meiden, um die Haut zu verschönern und die Haarstruktur zu stärken. Dafür solle man die wertvollen Vitamine A, B und C in konzentrierter Form einnehmen, und in der letzten Ausgabe der "*Vie en rose*" war ein medizinisches Rezept abgedruckt. Man kann auch alles fertig zubereitet in einem teuren Geschäft kaufen, die Säfte sind in Flaschen abgefüllt, es gibt Marmeladen der gleichen Marke bis hin zur rein pflanzlichen Butter, die ganze Liste kann man, mit einer weiteren Dosis an Vitaminen versehen, erwerben.

Aber nicht so für die Guzmáns, bei ihnen macht das alles María. "Sie hat Zeit", nimmt man an. Um halb sieben Uhr morgens schon ist sie aus dem noch nicht überfüllten Bus gestiegen. Während der Fahrt hat sie einen Blick in die Zeitung geworfen und sich auf die Schnelle über die Vorkommnisse in ihrer Umgebung und in der Welt

145

informiert. Man spricht von einer drohenden Wirtschaftskrise, die die ganze Welt erfassen wird. María fragt sich, ob die Krise auch bei ihr ankommen würde, bei ihrem Mann und ihren Kindern. Sie kann sich nicht richtig vorstellen, was geschehen würde. Sie hat den Eindruck, immer mit Schwierigkeiten, immer mit Krisen gelebt zu haben. Nichts kommt ohne ihre Hilfe zustande.

Stattdessen diskutiert ein großes Land, das schon immer hochmütig war und sich selbst für großartig hält, über Milliardensummen, um seine Wirtschaft zu retten. María versteht nicht viel davon, wenn man über derartige Beträge spricht, außerdem fragt sie sich, woher man das Geld nimmt, um sich selbst zu helfen. In derselben Zeitung hat sie auch viel über die ihrer Ansicht nach überflüssigen Dinge gelesen, zum Beispiel über einen gläsernen Palast in einem Land in Europa, um Musik zu hören. Eine andere Nachricht kündigt den Bau einer Brücke an, dort, auf demselben Kontinent. Die Ingenieursleistung sollte in Bezug auf Länge, Höhe und Technik alle Rekorde brechen, um etwas Zeit zu gewinnen auf einer wunderbaren Strecke mit einem himmlischen Panorama, die man bis jetzt mit dem Schiff bewältigt hat.

María denkt an diejenigen Europäer, die vor mehr als fünfhundert Jahren den Befehl hatten, uns zu entdecken, uns zu erobern und uns zu misshandeln, bis wir unsere eigenen Glaubensvorstellungen, Kulturen und

146

Lebensbegriffe vergessen haben. Aber Letzteres verkauft sich nicht in Marías Zeitung. Das denkt sie nur bei sich selbst und erinnert sich an das, was ihre Vorfahren erzählt haben, Indios ohne Rechte mit Land, das ihnen weggenommen wurde im Namen anderer, aus dem Ausland mitgebrachter Gesetze, die ihnen nur das Recht gaben, für die Interessen anderer zu arbeiten. Ach, Gott! Dass María die Zeitung nicht so zu nutzen weiß, dass sie die Welt und diese Rasse, die damals ins Land gekommen ist, ein bisschen besser zu verstehen! Und sie denkt darüber nach, warum unser schöner Planet, den Gott seinen Bewohnern gegeben hat, seien es Menschen oder Tiere oder Pflanzen, nicht mehr ausreicht mit seinen Stränden voller Sonne, mit seinen Flüssen mit frischem Wasser und seinem kühlenden Schatten. Aber María hört auf, in ihrer Zeitung zu blättern, sie verstaut sie sorgsam in ihrer großen Tasche, damit ihr Mann, El Pepe, sie lesen kann heute Nacht, wenn sie sich treffen werden. Er versteht mehr von diesen Dingen.

María denkt daran, was sie für ihre Herrschaften noch alles erledigen muss. Schon zu Hause hat sie endlos zu tun gehabt: ihre eigenen Kinder wecken, den ganz Kleinen beim Anziehen helfen, ihnen ein zeitiges Frühstück vorbereiten, damit ihr Mann sie später im Kleinbus mitnehmen und verteilen kann – die einen zur Schule, die anderen zum Gymnasium und einen ganz Kleinen zum

Kindergarten, wo andere Mütter es übernehmen, auf ihn aufzupassen, ihn abzuputzen, ihm mittags ein nahrhaftes Essen zu geben, ihn danach in ein Bettchen zu legen, wo die Kleinen ihren Mittagsschlaf machen. Wie glücklich du bist!

Kehren wir zurück zu María. Jetzt zählt sie die Münzen und einige Geldscheine, die sie in ihrem Portemonnaie aufbewahrt, das mehr Umfang hat, als es an Wert enthält. Aber schließlich ist heute Freitag, heute Abend ist Zahltag. Es ist der Zeitpunkt gekommen, über Zahlen zu sprechen. Sie findet, dass ihr Lohn sehr niedrig ist für all das, was sie macht. Und sie beginnt nachzudenken. Wenn sie dort angekommen ist, wird sie das Frühstück servieren, bis die Letzten kurz darauf das Haus verlassen; danach muss sie das Geschirr in die Spülmaschine stellen und hinaufgehen in die Schlafzimmer, um die Betten zu machen. Einige Laken haben Schokoladenflecken, Reste von Zucker und Säften, die wird sie in die Waschmaschine stecken müssen. Auf dem Fußboden stapeln sich achtlos Zeitschriften, denn "das wird sie schon wegräumen, die María". Im Bad liegen Handtücher auf dem Boden – nicht nur in dem der Kinder. Die Erwachsenen haben ihre Unterwäsche abgestreift, die muss sie ebenfalls in die Waschmaschine werfen. Sie räumt auch die Crèmetiegel, den Lippenstift, Bürsten und andere Utensilien auf, die achtlos vergessen worden sind, denn zum Glück "bringt sie alles in Ordnung, die María". Dann muss sie das Wohnzimmer putzen, wo man sich damit beschäftigt, genüsslich die Produkte unserer Zivilisation zu betrachten und in diesen grässlichen Apparat zu schauen, der hauptsächlich auf niedrigstem Niveau sendet und unnütze Produkte bewirbt, um die dekadenten Menschen zu unterhalten, für die sie arbeitet, die María! Hier sind Erdnussschalen, zerkrümelte *Mi-Almita*-Kekse, Gläser mit edlen Likörresten, die die feinen Leute nicht mehr trinken, Papierchen, in die billiger Kram eingewickelt gewesen war, wegzuräumen. Selbst die Zigarettenkippen liegen neben dem Aschenbecher. Die einzigen anständigen Wesen, die María antrifft, sind der Hund, Cholito, pechschwarz und hochintelligent, und Kater Carlo, dessen Augen signalisieren, dass er die Ankunft dieser guten Frau, María, längst registriert hat.

Im Salon hat sich niemand aufgehalten, hier scheint alles in Ordnung zu sein, aber die Vorhänge mussten aufgezogen und die Fenster geöffnet werden, um zu lüften. Im Zimmer daneben ist auf dem Schreibtisch des Hausherrn alles an seinem Platz. Sein Laptop liegt in einer Schublade. Sie wird die Blumen austauschen und das Zimmer staubsaugen. Es ist der ordentlichste Raum im Haus. Ungefähr um zehn Uhr wird ein Mädchen kommen, das ihr bei ein paar Dingen helfen soll. Mit diesem Mädchen, nennen wir es Carmela, hat María Mitleid.

María weiß von Carmelas Elend. Ihr sind Dinge zugestoßen, die weit hinausgehen über das Annehmbare und Vorstellbare in unserer Gesellschaft, die von sich glaubt, alles erreicht zu haben. María lacht darüber. Was hat man erreicht? Autos, die die Herrschaften zwingen, die Garage zu erweitern. Sofas und Sessel überall, Stühle und Tische auf der Terrasse. Ein neuer Fliesenbelag. Uhren hier und dort, in der Küche, im Bad, als ob die Glocken der Kirchtürme nicht die genaue Stunde schlagen könnten. Fahrräder für alle, Mopeds für einige, Luxusgüter, die die Umwelt verschmutzen. Vergessen zu erwähnen habe ich: Armbanduhren, Ringe für die Finger und die Ohren und, am extravagantesten, für die Nase. Aber María meint damit nur andere Reiche. Auf den Rücken ihrer Herrschaften hat sie noch kein Tattoo entdeckt.

Aber mit Carmela hat sie wirklich Mitleid. Sie war gerade zwölf Jahre alt, als sie die Schule abbrach. Sie muss ihrer Mutter und den kleinen Geschwistern helfen. Ihr Vater lebt in einem anderen, weit entfernten Dorf. Das Geld, das er schickt, reicht nicht weit, aber es hilft. Ihre Mutter verlor die kleine Beschäftigung, die sie gehabt hat: in anderen Häusern zu kochen, das Mittagessen zuzubereiten. Was sie dort verdiente, scheint für ihre Herrschaften viel zu sein, ihr bedeutet es nichts. Sie verlässt das Haus vielmehr, um ihre Armut nicht sehen zu müssen. Die größeren Geschwister haben ihre Freunde, auch Babys, von Zeit zu Zeit eine Arbeit und Großeltern, sterbenshungrig und mit keiner Krankheit, die ihr unnützes Leben beendet.

María hat mehr als einmal einen Geldschein aus ihrem Portemonnaie genommen, damit Carmela ihn ihrer Mutter gebe. Alle Welt war krank, doch die Krankheiten Carmelas kosteten ein Vermögen – und das besaßen sie nicht. Die Regierung im Parlament diskutiert allerdings nicht darüber, ein paar Milliarden bereitzustellen, um dem Skandal ein Ende zu machen. Keiner denkt darüber nach, dass man mit diesen Milliarden nicht nur den Hunger in der Welt bekämpfen, sondern auch für die Bildung der Jugend und das Wohl der Kranken einige Pesos übrig sein würden. Mit diesem Geld könnte man auch die Bettler mit Würde von der Straße holen.

Aber an die Arbeit! Denn ich bin María! Es ist schon Mittag und noch habe ich fast nichts gemacht, was meinen Lohn rechtfertigt. Einige der schon großen Kinder werden hungrig zu Mittag nach Hause kommen ... Mit diesem Hunger der Satten. Diesem Hunger, der es erlaubt, zu schimpfen, wenn ihnen nicht schmeckt, was María auf den Tisch bringt. Diesem Hunger, mit dem sie mehr als die Hälfte auf dem Teller zurücklassen. Genau die Hälfte, nach der sich achtzig Prozent auf der Welt sehnen. Aber das macht nichts. Seufzend wird María fragen: "Was, dir hat das Beefsteak nicht geschmeckt, Kleiner?" Wenn man die Fleischsoße mit ein bisschen Brot mischt, kann man behaupten, dass diese Art der Zubereitung des "Steaks der Armen" köstlich ist. María lacht über ihre Ironie. Sie weiß nicht, ob sie diesen Essensrest für morgen aufbewahren oder in Zellophanpapier wickeln soll für den ersten Armen, der zum Betteln kommt.

Sie denkt an die angekündigte Krise. Wer führt eine Weltkrise herbei? Es sind Betrüger, aber gibt es für sie kein Gefängnis? Versteht sich, ein Gefängnis mit geheiztem Apartment, mit einem Salon, um Freunde zu empfangen und die Anwälte, die sie innerhalb einiger Stunden herausholen und Entschuldigungen von denjenigen entgegennehmen, die es gewagt haben, sie in "diese beschämende Situation" zu bringen. Nicht einmal die Gesetzeshüter wissen, wie man die "namhaften Persönlichkeiten in dieser Republik" behandelt.

"María, hat dir meine Mutter gesagt, dass um vier Uhr ein paar Freunde kommen, um einen Tee zu trinken und vielleicht auch etwas zu essen?" – "Deine Mutter hat mir nichts gesagt", erwidert María. "Aber das macht nichts, mein Mädchen. Möchtest du den Imbiss auf der Terrasse nehmen oder im Esszimmer? Und wie viele Mädchen kommen?" – "Nur vier. Die anderen beiden haben Golfstunde um diese Zeit."

María grübelt über die Krise nach. Sie stellt sich vor, wie

die Busse und U-Bahnen weiterhin überfüllt ihre Runden drehen. Die Fernsehstationen senden ihre Nachmittags-Unterhaltungs-Novelas. Manche Leute treiben Sport in ihren speziellen Trainingsräumen. Die Friseursalons sind voll. Vor Theater- und Konzertsälen bilden sich Menschenschlangen, weil die Leute Eintrittskarten reservieren wollen. Einige Herren sprechen über Immobilien. "Ob die Anteile naturgemäß fallen? Man muss sich einen Gewinn sichern, oder wir werden am Ende sein. Hoffen wir, dass unsere Regierung die Krise beilegen wird. Sie möchte wiedergewählt werden." Eine interessante Unterhaltung zwischen jenen, die etwas von Finanzen und Krisen verstehen. "Es werden keine Tricks der neuen Nationen sein, die möchten, dass wir unsere wohlverdiente Vorrangstellung aufgeben." Ein anderer meint: "Nein, auf diese Tricks versteht sich keine Nation mehr. Die Bewegungen sind unsere Sache." – "Und sie werden es auch bleiben", fügt ein Experte hinzu.

Der Tisch auf der Terrasse ist für fünf Personen gedeckt. Die Zeit vergeht rasch. María muss nicht auf die Uhr schauen, sie hat ein gutes Zeitgefühl. Ein Junge kommt angelaufen. Mit schmutzigen Schuhen, nicht mehr sauberen Hosen. Aus seinem Beutel holt er ein weiteres Paar Schuhe, Fußballschuhe, ein verschwitztes Hemd, das man auswringen kann, Socken, Hosen usw. – alles, was für diesen intelligenten Sport nötig ist. María muss man nicht sagen, was sie zu tun hat. Dieses ganze schmutzige Sportzeug wandert in die Waschmaschine, die schon geglaubt hat, ihre Arbeit für heute beendet zu haben.

Der Tag geht zur Neige. Die Schatten werden länger. Die klugen Tiere begannen, ihren Instinkten folgend, sich an einen Ruheplatz zurückzuziehen. Die anderen "Tiere", dieser verhätschelte Homo sapiens, müssen noch weitere vier bis sechs Stunden aktiv sein. Wozu? In diesem Gewirr von Straßen, Ecken, Kiosken, Ampeln, Autos, Bussen, Motorradfahrern, U-Bahn, diesem Monster, das dem Irrsinn einiger Erfinderhirne entsprungen ist. Sie alle setzen ihren unbegreiflichen Lebensrhythmus fort. Die Menschen werden weiterhin irgendein Fahrzeug besteigen, das sie von einem Ort ihres Unglücks an einen anderen, nicht weniger unglückseligen bringt.

Der Türriegel bewegt sich. Es ist die Hausherrin, die von ihrer wichtigen Aufgabe zurückkehrt: dem Einkaufen einiger Schweinereien, die hergestellt wurden ... nein, wir brauchen nicht noch einmal zu erwähnen, wo. Sie ist erschöpft. "Wo hast du gesteckt, María? Komm schnell und hilf mir, die Einkäufe aus dem Auto zu holen. Schau, Julio, unser Chauffeur, hat mich ohne Pause den ganzen Tag begleitet. Wenn du kannst, bleib ein Momentchen länger, ich werde dir all diese zauberhaften Sachen zeigen, die ich gekauft habe. Alles im Sonderangebot, natürlich!" María beeilt sich, ihrer Herrin zu helfen. Auch sie ist in

Zeitnot. Doch sie hat keinen Chauffeur, der sie rasch nach Hause fährt. "Gnädige Frau. Zeigen Sie mir alles besser morgen. Es ist schon spät, und ich muss gehen. Meine Familie wartet zu Hause schon auf mich."

Ohne auf Marías Bitte einzugehen, fragt die Hausherrin: "Und was hast du den ganzen Tag gemacht? Ich sehe einige Tassen auf dem Tisch. Wie schön, dass du den Imbiss mit den Kindern genommen hast." – "Gnädige Frau, verzeihen Sie mir, aber ich möchte, dass wir ernsthaft über meinen Lohn sprechen. Heute ist Freitag und ich möchte mit etwas Kleingeld nach Hause kommen." – "Und damit kommst du jetzt? Kannst du nicht bis Montag warten? Außerdem bin ich es, die mit dir über den Lohn sprechen möchte. Ich muss dir sagen, dass wir dir weniger geben werden. Im Grunde weißt du, dass es nicht viel ist, was du zu tun hast, und zudem habe ich letztlich in der Zeitung gelesen, dass eine schreckliche Krise auf uns zukommt! Ich weiß nicht, ob wir dich behalten können. Hast du nichts im Radio gehört?"

Lassen wir die Hausherrin mit ihren wirtschaftlichen Sorgen. Lassen wir María und Carmela mit der Krise; wie viele in ihrer Situation werden sie es sein, die wie alle Armen der Welt aushalten müssen, was man auf ihre Schultern packt. Das ist nicht neu. Es gab Millionen von Frauen, die nach dem Krieg in Deutschland das Land wiederaufgebaut haben, mit ihrer Arbeit, mit ihrer Kraft, mit ihrem Wesen. Und die María in meiner Geschichte ist dazu und zu noch vielem mehr imstande.

10 Liquinten

Es ist schwierig, eine einfache und unschuldige Geschichte zu erzählen, besonders wenn sie sich schon vor sehr vielen Jahren zugetragen hat – in einem Dorf, genannt Liquinten, wenn ich mich richtig erinnere. Ein Ort, den man sogar im näheren Umkreis nicht kannte. Das sage ich allerdings mit größter Vorsicht, denn die dort lebenden Menschen hatten ihren Stolz und nutzten jede Gelegenheit, dies auch zu zeigen. Um jedoch ehrlich zu sein: Es gab nicht viele dieser Gelegenheiten. Niemand kam, um diesen Ort zu besuchen, weil sich kein Grund dafür fand, denn hier landete man am Ende der Welt, verloren und einsam und sofort vergessen von all jenen, die vielleicht zufällig dorthin gelangt und dann so schnell wie möglich wieder abgereist waren.

Bestimmte Tage boten eine besondere Gelegenheit: die Pensionierung des alten Schuldirektors, die Einsetzung einer neuen Lehrerin aus Santiago (einer Stadt weit weg, nicht weniger als zweitausend Kilometer entfernt), der Tod eines berühmten alten Mannes, der von außerhalb gekommen war und im Gegensatz zum vorher Gesagten aus sehr persönlichen Gründen diesen Ort als würdig befunden hatte, zu bleiben, und auch als geeignet, um eines Tages seine sterblichen Überreste der duftenden, feuchten Erde zu übergeben. Es konnte auch der

Geburtstag eines reichen Geschäftsmannes sein (sicher der einzige in der Gegend), oder eine Hochzeit, kirchlich natürlich, zwischen einer der unvorstellbar schönen Frauen und dem anmutigsten Jüngling, in diesem Fall nicht nur des Dorfes und der Umgebung, sondern im Umkreis von Meilen – sagen wir bis mindestens zur argentinischen Grenze, wenn nicht noch weiter weg. Oder die Taufe eines gesunden, hübschen Babys, in das man die ganze Hoffnung dieser kleinen Welt setzte. Und so weiter. Viel mehr dieser "und so weiter, und so weiter" gab es nicht, vor allem weil es, wie ich schon sagte, wahr ist, dass in diesem Dorf nie wirklich etwas Ungewöhnliches passiert war. Alle waren glücklich. Es wäre sinnlos gewesen, sie zu fragen, ob sie glücklich seien, denn ohne die Möglichkeit, jemals etwas miteinander vergleichen zu können, hätten sie nie verstanden, welche Antwort der Fragende von ihnen erwartete.

Man las die Tageszeitung. Die Mütter spazierten mit ihren Kleinen auf dem Dorfplatz hin und her. Die Großeltern erinnerten sich an die alten, beinahe vergessenen Zeiten. Die Jungen und Mädchen spielten, wie man es ihnen gestattete: die Mädchen mit den Puppen, die Jungen mit dem Kreisel oder den Murmeln. Räuber und Gendarm? Nein, dank des nicht vorhandenen Fernsehers waren sie immer noch Cowboys. Fußball war plebeyisch, und man hatte auch nicht genügend Platz für das Spiel, weil dabei die Blumen zertreten werden könnten. Großmütter, Mütter und Tanten, stolz auf ihre Herkunft, pflegten mit erhobener Stimme zu sagen: "Jungs, vergesst nicht, dass niemals ein" – und hier fiel der Name eines Edelmannes – "Fußball gespielt hat!" Das andere Argument, nämlich dass die Blumen nicht zertreten werden durften, war indes glaubhafter. In jenen glücklichen Zeiten jedoch diskutierte man nicht mit den Großmüttern, Müttern oder Tanten, wenn man gerade mal elf Jahre alt war. Wer hätte es schon gewagt, sich gegen althergebrachte Gepflogenheiten, fast schon Rituale in diesem Ort, zu erheben?

Einige Männer saßen im Schatten dickstämmiger Bäume und lasen die Zeitung, die unter großem Einsatz ihres Chefredakteurs täglich erschien und über die Geschehnisse in weit entfernten Städten und Ländern berichtete. Die Politik, das Einzige, was sie mit den Menschen an anderen Orten der Nation verband, hatte es in den letzten Jahren geschafft, diese friedfertigen Männer zunächst zu vereinen, dann zu verwirren und schließlich auseinanderzubringen.

Liberale, Konservative, Radikale, zentrierte Liberale, die fast Linkskonservativen mit den Extremnationalisten, die absoluten Linken sowie drei oder vier Kommunisten, sie alle schworen, den einzig wahren Weg für die Rettung der Nation zu kennen. Rettung? Von was? Das war nicht ganz klar. Die Großgrundbesitzer machten problemlos ihr Geld. Sie organisierten Volksfeste, übernahmen die Rechnungen für die medizinische Behandlung ihrer Arbeiter und deren Frauen sowie weitere Kosten für zahlreiche schwere Geburten. Auch Stipendien für die Ausbildung in der Stadt stellten sie zur Verfügung. Nicht zu vergessen die Spenden für die Kirche, die jetzt ein Kreuz hatte. Es fehlten zwar noch immer viele Pesos, um die Glocke finanzieren zu können, doch alle waren davon überzeugt, dass man diese Herren, die vom Glück bedacht und von Gott beschenkt und auch reich geworden waren durch einige Tricks hier und das Betrunkenmachen der Indios dort, nicht als Feinde dieser kleinen Gesellschaft bezeichnen konnte. Schließlich spendeten sie Geld, wenn es gebraucht wurde.

Den zentrierten Radikalen und den Linken, die die Opposition in der Hauptstadt bildeten, war es gelungen, eine Summe für den Bau eines Sportzentrums mit Toiletten und Umkleidekabinen aufzutreiben. Die Mädchen, vor allem die älteren, konnten doch unmöglich ihre Häuser in Sportkleidung verlassen oder sich mit dem Risiko, den heimlichen Blicken der Jungen ausgesetzt zu sein, im Vorgarten der Schule umziehen! Die Jungen fanden immer eine Ausrede, die Klasse während des Unterrichts verlassen zu können, um aus einem Versteck – wenn auch nur von Weitem – diesem wunderbaren Schauspiel der entzückenden Entblößung junger Damen zu folgen, die in nicht einmal ganz so weit entfernter Zukunft ihre Ehefrauen sein würden.

Kehren wir zur Politik zurück. Niemand konnte sich dem edlen Vorhaben dieser großzügigen Partei widersetzen, denn in der Hauptstadt war Schreckliches passiert. Mit Hilfe eines fremden, weit entfernten Landes hatte ein nichtdemokratischer Regierungswechsel stattgefunden, und der neue Präsident war, sagen wir es vorsichtig, ein Diktator. Die Diskussionen im Schatten der großen Bäume fanden schon längst nicht mehr statt. Beim Spaziergang blieb man stumm und der Vorbeigehende beschränkte sich auf ein herzliches "Guten Tag!". Nachts konnte man nicht mehr aus dem Haus gehen. Die Mütter gingen lustlos mit ihren Sprösslingen umher. Beim Einkauf, bei dem man früher immer Neuigkeiten ausgetauscht hatte, beeilte man sich jetzt. Allerdings trotz der von den Radikalen gebauten Umkleidekabinen und Toiletten wechselten gewisse Gewohnheiten nicht: Die älteren Mädchen zogen sich weiterhin in einer einsehbaren Ecke um, wo Jungenaugen von weit entfernt sie beobachten konnten. Eines Tages werden diese Jungen ihre Ehemänner sein.

In jenen Tagen organisierte man ein Fest. Ein großes Fest, das alle vorangegangenen Feste an Glanz und Gloria weit übertreffen sollte. Nicht nur die Dorfbewohner, auch alle wichtigen Grundbesitzerfamilien wurden persönlich eingeladen. Es würde das Fest der Feste werden. Der Bürgermeister bereitete seine Rede mit Hilfe eines Gymnasiasten vor, des klügsten von allen, der in der sechsten Klasse Unterricht nahm, und gab sehr darauf Acht, dass mit keinem Wort, und sei es noch so unbedeutend, der Verdacht entstehen könnte, dass er mit den, sagen wir mal, regierenden Parteien sympathisiere.

Der Pfarrer, der eine Messe halten würde, war schon dabei, die Obersten der Kirche zu konsultieren. Von den Politikern wollte keiner öffentlich reden, "nicht mal gefesselt!". Die Grundbesitzer kamen erst gar nicht. Viele machten sich unter dem Vorwand schlechter Gesundheit auf zu den Britischen Inseln; auch die Schweiz stand hoch im Kurs. Am Mittelmeer traf man ebenfalls viele reiche Großgrundbesitzer an, die dort abwarten wollten. Der im Ort lebende Italiener besuchte seine Verwandten in Sizilien. Die Landstreicher verzogen sich nach Puerto Mont. Der Doktor machte eine Fortbildung in Madrid. Die wenigen Deutschen hatten sich vorsichtshalber in der Colònia Dignidad versteckt.

Rückblickend kann man sagen, dass nur diejenigen

ausharrten, die kein Geld hatten, um sich aus dem Staub zu machen. Die Mütter spazierten lustlos mit ihren Kindern umher, die Alten saßen auf dem Dorfplatz und lasen törichte Zeitungen. Die Farmarbeiter meinten mit leisem Spott: "Man muss den Chef würdig vertreten, nicht wahr? " Und auch die wenigen Staatsangestellten hatten keinen Vorwand gefunden, um für einige Zeit verreisen zu können.

Die größeren Jungs, die immer die Mädchen des Gymnasiums belauerten, würden auf einem riesigen, extra für diesen Anlass errichteten Podium die Nationalhymne singen – mit ihren lächerlichen Sopranstimmen, die sich mitten im Stimmbruch befanden! Die Mädchen bereiteten eine Tanznummer mit Musik von Tschaikowsky vor (wahrscheinlich ohne zu wissen, dass der Komponist ein Russe war). Ein sehr hübsches Mädchen, klein und unschuldig, blass und voller Angst, versuchte einen Gruß an den großen Besucher auswendig zu lernen.

Ein Schüler von schöner Statur, das vollkommene Abbild der starken Rasse, die von den Eroberern so schrecklich behandelt worden war, wollte aus "La Auracana" von Alonso de Ercilla rezitieren, aber dieser Beitrag wurde noch diskutiert. Die Kulturbeflissenen von Liquinten, die das Stück gelesen hatten, meinten, im Inhalt fände sich "ein Hinweis auf Volksverrat. Der Tod von Caupolicán und die Folterung Galbarinos könnten gewisse Empfindlichkeiten in einem intelligenten Zuhörer hervorrufen."

Man hatte einen der populärsten Fernsehstars, Raimundo Largo del Campo, mit seiner Sendung "Chile lacht und singt" eingeladen. Dieser übermittelte jedoch sein tiefstes Bedauern und versprach, bei nächster Gelegenheit herzlich gern nach Liquinten zu kommen. Auf der Suche nach etwas Heimatlichem wurden Verse von Pablo Neruda und Gabriela Mistral vorgeschlagen. "Aber nein! Mensch, das wäre eine Provokation! Und wenn wir die größte Nummer aller Nummern, das Chilenischste und Beste einladen? La Verduzca Pera!" – "Unglücklicherweise ist die Sängerin nicht in Chile." Die Kontroversen wollten nicht enden. Gott sei Dank führten sie nicht zum Abbruch der Vorbereitungen. Die Zeit verging wie im Flug. Man konnte keine Spitzenqualität bieten, aber die Vorführungen des Ortes konnten sich dennoch sehen lassen, auf Volksniveau eben.

Der ersehnte Sonntag wird kommen, konnte man eines Tages nicht mehr sagen — es war bereits Sonntag. Pünktlich um zehn Uhr morgens wurde der Helikopter mit dem hohen Besuch erwartet. Der nächstgelegene Flugplatz war achtzig Kilometer entfernt, aber mit Hilfe der neuen Technik konnte der Gast, der wohl mitten in der Nacht seine Reise zum Fest hatte antreten müssen, an einem nahegelegenen Ort sicher landen.

Diejenigen, die über eine Uhr verfügten, waren die Einzigen, die beobachten konnten, wie die Zeit unaufhaltsam verging. Ein Glockenturm gehörte zwar zu den vielen Versprechen der einen Partei, aber die Glocken waren weit und breit nicht in Sicht. Und eine Kirchturmuhr war das großzügige Angebot einer anderen Gruppierung.

Plötzlich gab es ein Problem. Wie eine kleine Bombe tauchte es auf, die nur darauf wartete, gezündet zu werden. "Wo ist das Klavier geblieben? So ein Mist!", brüllte völlig außer sich einer der brillanten Organisatoren dieses rauschenden Festes, das er für den größten Besucher aller Zeiten vorbereitet hatte. Das Klavier, mit dessen bezaubernder Intonierung der "Blauen Donau" man die schüchternen Schritte eines Ballett tanzenden Mädchens hatte begleiten wollen! (Man muss erwähnen, dass dieser Walzer von den Organisatoren einstimmig angenommen wurde.) Das Klavier war nicht dort, wo es sein sollte, es stand nicht auf der Bühne, auch nicht darunter, und auch nirgendwo sonst auf diesem Platz, der sich an diesem wunderbaren, unvergesslichen Tag mit begeistertem Publikum füllen sollte. Ebenfalls unerlässlich war das Piano für das Ballett von Tschaikowsky. Nur die Jungen (jene, die gewöhnlich die Mädchen in den Umkleidekabinen des Sportzentrums beobachteten) konnten auf die Klänge des nicht vorhandenen Klaviers verzichten. Ihre Stimmen würden a capella zu hören sein. Zu Beginn aber – also sobald der Besucher, der Volksrepräsentant, erschiene und mit ihm sowohl chilenisches als auch ausländisches Militär, das ihn sonst unterstützte, jetzt aber beschützte – würde eine Musik, die der Atmosphäre den neutralen Ton geben sollte, unverzichtbar sein. Der spektakuläre Besucher würde sich an dem Gehörten erfreuen und, wer weiß, sogar von sich aus die Nationalhymne anstimmen.

"Ohne Klavier geht gar nichts, ihr Eierköpfe!", hörte man den Organisator toben. Es gab also eine Panne in dem ansonsten perfekt einstudierten Ablauf. Ein verflucht widriger, nicht einkalkulierter Vorfall.

"Die Schule hat kein Klavier!" Für das Sportzentrum hatte man einst die Anschaffung eines Klaviers geplant, doch wurden diese Pläne bald zunichte gemacht. "Wenn ihr singen wollt, dann singt 'trocken', und wenn ihr tanzen wollt, dann stellt das Radio an und tanzt danach, von uns aus inklusive der Werbung!", lautete der Kommentar eines Oppositionspolitikers. Man munkelte, einer der protzigen Reichen habe einen wunderbaren Steinway-

Flügel aus Deutschland kommen lassen. Es ging das Gerücht, dass der Flügel von keinem Geringeren als Claudio Arrau ausprobiert worden war, bevor er verschifft wurde. Aber der Herr war verreist, und ohne die Erlaubnis des Besitzers konnte man unmöglich den Flügel aus dem Haus holen.

Aber halt! Es gab ja ein Klavier in Liquinten! Es befand sich im Besitz von Clarita de la Fuente, die früher Lehrerin an der Schule gewesen war. Eine allseits respektierte Person im Dorf, die selbst mit sämtlichen Tugenden, die sie mit viel Geduld Generationen von Kindern beigebracht hatte, gesegnet war. Das Problem war schon aufgetaucht, als man sich angeschickt hatte, das große Fest zu organisieren. Die Mädchen, die tanzen sollten, hatten in Claritas Haus geübt. Sie war es, die Tschaikowsky vorgeschlagen hatte. Aber nie wurde offiziell festgehalten, dass die Leitung und Verantwortung für die Tänzerinnen ausschließlich in den Händen der neuen Lehrerin aus Santiago lag. (Damit nicht alter Klatsch wieder auflebt, nenne ich den Namen dieser ebenfalls sehr vornehmen Dame hier nicht.) Dazu muss man natürlich auch wissen, dass "An der schönen blauen Donau" von Johannes Strauß das Lieblingsstück der Clarita de la Fuente war.

Die Mütter, die ihre Kinder spazieren fuhren, und auch die

mit ihren Puppen beschäftigten Mädchen sowie die Jungen, denen man das Fußballspielen verboten hatte, um die Blumenrabatten zu schonen, und die jetzt mit Murmeln spielen mussten, hatten die Melodie schon Tausende von Malen von Claritas Balkon herunter gehört. Der Auftritt der schüchternen Fünfjährigen und auch jener der schon etwas größeren Tänzerinnen war allein ihre Sache, und Clarita beanspruchte für sich, die Einzige zu sein, die diese unsterbliche Melodie richtig interpretieren könne.

Dazu muss man wissen: Es gab eine politische Rivalität, die in diesem Dorf jedoch nie öffentlich demonstriert wurde. Hier tat man immer so, als ob nichts geschehen wäre. Aus purer Diskretion wurde nicht einmal nach den Leichen der Vermissten gesucht. Das Verschwinden einiger Leute wurde geflissentlich verschwiegen, und diejenigen, die in der Kirche, die weder Uhr noch Glocken besaß, weinten, verbargen ihren Schmerz und taten so, als weinten sie über andere Tote.

Nur Clarita de la Fuente öffnete ihr Herz und gab neben ihrer politischen Haltung auch ihre Gefühle und den über Jahre aufgestauten Schmerz preis. Als der brillante Organisator des großartigen Festes sie besuchte, sagte sie deutlich und mit klarer Stimme: "Anhängern dieses Besuchers helfe ich nicht!"

Man erzählt sich, dass bei derartigem Widerstand schon Pistolen gezückt und Aufsässige vom Tatort entfernt und die Blutspuren verwischt worden waren – falls das Opfer überhaupt Zeit gehabt hatte, zu verbluten –, und kein Mensch wusste irgendetwas, niemand hatte etwas gehört oder gar jemanden gesehen, erst recht keinen mit einem Revolver! Es gab keinerlei polizeiliche Bestandsaufnahme, und niemand wagte es, den Vorfall öffentlich zu erwähnen.

Aber wie anders war es in Liquinten! Dort hatte man, trotz aller Veränderungen in der weiten Welt, noch immer Respekt vor der Meinung der im Dorf lebenden Menschen. Das Böse hatte von diesem kleinen Paradies noch nicht Besitz ergriffen, und man besaß hier noch Hirn und Herz.

Clarita de la Fuente wurde nicht ermordet – weder jetzt noch später. Der Organisator schlug ihr einen ehrbaren Pakt vor. "Sie und niemand sonst als Sie werden auf dem Klavier spielen, Señora. – Falls Sie Lust dazu haben ..." Doch Clarita sagte Nein. Der oberste Verantwortliche flehte sie an. Er schaute auf die Uhr. Der Besucher war bereits unterwegs. Es blieb nicht einmal mehr Zeit, das Klavier mit Gewalt herbeizuschleppen und auf das Podium zu stellen. Der Organisator barmte weiter: "Señora, ich möchte Ihnen einen ehrwürdigen Vorschlag

169

machen. Spielen sie doch hier Klavier und öffnen Sie das Fenster. Dann werden wir sehen, was passiert."

Der hohe Staatsbesuch traf ein. Er wurde gebührend empfangen, so wie sich das gehörte. Einige klatschten sogar. Clarita spielte Klavier, man sang die Nationalhymne, tanzte "An der schönen blauen Donau" mit so viel Beifall, wie ihn nicht einmal Strauß selbst in Europa gehört haben dürfte. Tschaikowskys Ballett erhielt neuen Glanz durch die Vorstellung der hiesigen Tänzerinnen, die ein solideres Podium und ein besseres Publikum verdient hätten.

Nun gut, in kleinen Dörfern ist das nun mal so.

Das kleine blasse Mädchen überwand seine Ängste, hielt fehlerlos seine Rede und überreichte dem Besucher die Blumen. Dieser gab dem Mädchen einen väterlichen Kuss auf die Wange, den das Mädchen sogleich abwischte.

So sind sie, die Kinder.

Die Messe des Pfarrers wurde wegen Zeitmangels abgesagt und weil sie nicht ins Programm passte. Niemand lauschte der Mistral oder gar Neruda. Der Junge mit dem schönen Körper eines Caupolicán beobachtete das ganze Spektakel im Schatten der Bäume.

Der Besucher spendierte weder die Glocken für den

Kirchturm noch das Klavier für das Sportzentrum.

Böse Zungen behaupteten, dass er wegen seiner dunklen Brille nie herausgefunden habe, woher die Musik gekommen ist. Vielleicht war es ja gar nicht die Brille, die ihn daran gehindert hat, die Realität zu sehen. Vielleicht war es das ganze mehr oder weniger naive Spektakel, das, abgesehen von dem Umweg über die Organisatoren, tief aus den ehrlichen Herzen der einfallsreichen Einwohner von Liquinten zustande gekommen war. Und um das schätzen zu können, war es unerlässlich, mit den Augen des Herzens hinzusehen ...

Ganz zum Schluss möchte ich meine Bewunderung für die Standhaftigkeit der Clarita de la Fuente aussprechen.

11 Auf Dächer klettern, kann in den Himmel führen

In dieser Nacht hatte der alte Noel eine besondere Arbeit zu erledigen. Das machte ihn sehr glücklich. Dabei war er es keineswegs leid, auf Dächer klettern zu müssen, um sich dann durch die Schornsteine, die natürlich nach Rauch stanken, hinuntergleiten zu lassen. Tatsächlich war dies schon seit vielen Jahren sein Beruf, den er mit viel Freude ausübte. Er genoss es, die Kindergesichter zu sehen, ihre Bewunderung für ihn und ihre kaum zu bändigende Neugierde. Da die Kleinen noch nicht sprechen und deshalb ihre Gefühle nicht beschreiben konnten, nahmen sie die Augen, die Backen, den Mund, die Hände und Arme, die Beine und eigentlich den ganzen Körper zuhilfe. Dieses Phänomen hatte er sein ganzes Leben lang mit Vergnügen immer wieder beobachtet.

Aber die Zeiten haben sich geändert, die Wünsche der Kinder und die der Erwachsenen ebenfalls. Sie wurden so anspruchsvoll, dass sie für den alten Noel fast nicht mehr zu verwirklichen waren. Ich sage "fast", denn ich weiß, dass er über einige beinahe magische Kräfte verfügte, um einen Teil dieser ungewöhnlichen Begierden doch zu erfüllen. Aber die Wünsche der Menschen waren andere geworden. Demut, Einfachheit und Armut gehörten nun nicht mehr unbedingt zusammen, denn – zum Glück! – hatte die bittere Armut abgenommen. Jetzt war man nur noch seelisch arm. Arm an Gefühlen, arm an Mitleid. Das erschien dem alten Mann sehr fremd, und er glaubte gar, dass diese so materiellen und verworrenen Vorstellungen von Wesen eines anderen Planeten stammten, weit weg und den Kindern unbekannt.

Die Spielzeuggeschäfte waren voll mit diesen seltsamen modernen Objekten. "Das sind die neuen Zeiten", entschuldigten sich die Kollegen achselzuckend. Wenn einer fragte "Und was wird mit den Kindern geschehen?" lautete die Antwort tröstend: "Es passiert nichts, sie spielen ja bereits damit." Natürlich verteilte der alte Noel diese ganze Kollektion an Neuerscheinungen – obwohl er eine gewisse Enttäuschung dabei empfand.

Er war glücklich, dass man ihm eine interessante, außergewöhnliche Arbeit angeboten hatte. Tatsächlich hat man ihm aufgetragen, den idealen Empfänger zu suchen, jenen, der den weihnachtlichen Geist besäße. Sobald er ihn gefunden habe, könne er sich pensionieren lassen und künftig Weihnachten als einfacher Beobachter genießen, ohne auf Dächer klettern und sich durch verrauchte Kamine fallen lassen zu müssen – was für seine müden Lungen nicht gerade gesund war. Er war im Übrigen ziemlich alt geworden und litt unter einigen

173

Gebrechen. Man sollte auch nicht die Gesetze der Natur vergessen und den Platz der Jugend freiräumen, die auf Arbeit wartete. Noel war sehr neugierig darauf, mehr über diese interessante Aufgabe zu erfahren, die man ihm gestellt hatte.

All diese Veränderungen der Gewohnheiten der Gesellschaft waren Ihm nicht recht. (Auch wenn es dort oben nicht gern gesehen wird, sollten wir Ihn beim Namen nennen: Er, der Allmächtige.) Die Art und Qualität der so heiß begehrten Geschenke waren im Grunde genommen nicht das Problem. Aber der Verlust der wirklichen Werte wie Gefühle, Empfindsamkeit – die Liebe inbegriffen –, der Verlust des Sinns des Lebens machten Ihm große Sorge. All diese Werte, für die Er das Unmögliche möglich gemacht hatte, um den Menschen Freude und mehr Lebensinhalt zu geben, hatten sich gewandelt.

Noel hatte den Inhalt seiner Tasche beinahe schon verteilt. (Wir dürfen nicht vergessen, dass diese in Wirklichkeit niemals leer sein würde.) Er wusste, dass die Heilige Nacht sich dem Ende zuneigte. Er freute sich über die Tausende von Lächeln und jede Art von Glücklichsein all dieser Unschuldigen, die er beschenkt hatte. Aber es bekümmerte ihn, die besondere Aufgabe dieser Nacht noch nicht gefunden zu haben. Er sah sehr empfindsame

Kinder, die das Spielzeug nach dem Auspacken mit unbeschreiblicher Liebe annahmen. War es dies, das er finden musste? Er erhielt kein Zeichen von "oben". Einige Menschen schickten einen Dank an ihn. Als ob es nicht seine Pflicht gewesen wäre, ihnen bringen zu müssen, was sie sich wünschten! Aber auch hier hatte er kein Signal vernommen. Ein Mann saß allein an einem Tisch, ein Buch lag vor ihm, und er schlief beinahe. Auch dieser dankte ihm und wünschte ihm fröhliche Weihnachten. Ein anderer, so empfand er, meinte fragen zu müssen: "Wanderst du noch immer durch die Welt, um diesen Einfältigen Freude zu bereiten?"

Ein Großvater sagte: "Verlier nicht Zeit damit, mir Dinge zu bringen, die ich nicht mehr brauche. Meine Enkel sind bei ihren Eltern. Vielleicht schlafen sie schon und träumen von all dem, was du ihnen unter das Kissen legen wirst. Ich danke Gott, dass sie gesund sind an Leib und Seele. Sie haben die Bosheit der Welt noch nicht erleben müssen und wissen nicht, dass das Leben hart und schwer ist. Wenn es in meiner Macht läge, würde ich sie mit allen Kräften des Universums lehren, zu verstehen, was das Leben ist. Könntest du mir dieses Geschenk machen?" Noel erklärte dem alten Mann, dass er fast alle Wünsche der Kinder und Erwachsenen erfüllen könne, es aber Grenzen gäbe. Man kann hübsche, teure und sehr schöne Sachen verschenken. Natürlich auch einfache Dinge, die nichts kosten und keinen materiellen Wert haben. Es gibt Menschen, die über Kleinigkeiten glücklich sind – sie sind aber heute immer seltener zu finden.

"Dein Wunsch kann nur im Laufe der Jahre erfüllt werden und nicht in einer kurzen Weihnachtsnacht. Deine Enkel werden viele Weihnachten brauchen, um mit der Zeit das zu lernen, was du das Leben nennst. Sie werden Erfahrungen sammeln und Kenntnisse erwerben müssen. Dazu gehört auch, Schmerz und Freude kennenzulernen. Sie werden lernen müssen, die Menschen zu akzeptieren und zu tolerieren. Auch werden sie lernen müssen, die Werte, die ihnen das Leben bietet, zu bewundern: die Demut, das Schöne vom Hässlichen unterscheiden, das Große schätzen, das die Menschheit geschaffen hat. Mein Alter, wir werden viele Jahre mehr brauchen. So viele, bis deine Enkel deinen Platz eingenommen haben und in einer Weihnachtsnacht, die noch in weiter Ferne liegt, die gleichen Wünsche wie du äußern werden."

Genau in diesem Moment wusste der alte Noel, dass er ab sofort im Ruhestand war.

Von heute an würde er eine noch höhere Arbeit verrichten als jene, die daraus bestanden hatte, auf Dächer zu klettern und sich durch Kamine hinuntergleiten zu lassen, um die materiellen Wünsche der Menschen zu erfüllen. Er würde der Sekretär eines Engels oder sogar von Gott selbst sein – wie man sich das hier auf der Erde manchmal ebenso vorstellt.

12 Die Wurzel meines Problems

Immer wenn ich etwas mache, finde ich – oder jemand anderes –, dass viele wichtigere und dringlichere Dinge zu erledigen sind. Zum Beispiel in dem Moment, in dem ich gerade dabei bin, eine Bank zu schrubben, die längst schon sauber und mit allen Schrauben versehen an ihrem richtigen, ganz besonderen Ort stehen sollte, um jenen, die etwas müde sind vom Einkaufen und im Schatten sitzen und sich ausruhen wollen, Platz zu bieten. Die Damen würden vielleicht ihre Pakete und Taschen ordnen, einen Handspiegel aus einem kleinen Beutel hervornehmen und sich prüfend betrachten. Die Herren würden sich vielleicht eine Zigarre anzünden (damals war es noch nicht verboten, öffentlich zu rauchen) und in einer mitgebrachten Zeitung blättern, um sich über das Tagesgeschehen zu informieren, zum Beispiel:

Über Prinzen, die sich von ihren frischangetrauten Ehefrauen trennen. Über einen Minister, der nicht zurücktreten will, obwohl er unfähig ist, seine Aufgaben zu erfüllen.

Über ein Feuer, das zu schnell gelöscht wurde, weshalb die *Versicherung den Schaden auf mehr als die Hälfte der zu erstattenden Kosten reduziert hat.*

Über die Regierung einer mächtigen Nation, die die Aufständischen kleiner Länder, die für ihre Freiheit kämpfen, weiter kriminalisiert.

Über Chemiker, die in Suppenkonserven Gift gefunden haben.

Über eine Gruppierung, die eine Demonstration gegen die Gleichgültigkeit des Staates gegenüber der Misere der benachteiligten Klassen organisiert.

Über einen König, der gerecht regieren will, dessen Macht aber vom Parlament soweit eingeschränkt wurde, dass fast nichts von all dem, was er vorschlägt, durchgeführt wird.

Über einige unbedeutende Autounfälle.

Über das Fernsehprogramm, wo viel Unnützes ständig wiederholt wird.

Eine kleine Spalte würde über Radiosendungen berichten – in vergangenen Zeiten war das Radio ja ein wichtiges Kommunikationsmittel. Und so weiter und so weiter.

Nach all diesen "und so weiter" faltet der Leser seine Zeitung sorgfältig zusammen (es könnte ja später noch immer etwas Wichtiges darin zu finden sein). Die Zigarre war schon ausgegangen, der Stumpen liegt gut sichtbar dort, wo er ein wenig die Reinlichkeit stört. Anständig steht der Herr auf, um seinen Platz einer Dame anzubieten, die keineswegs zuerst auftauchte, wie ich das oben irrtümlich beschrieben habe.

Kehren wir zu meinen eigenen Aktivitäten zurück. Die Wahrheit ist, dass die Bank noch immer nicht sauber ist. So stehe ich da, zwischen der Wirklichkeit und meinen Träumereien. Ich schaue mich um und sehe, dass es andere, wichtigere Dinge zu erledigen gibt. An der Wand zum Beispiel klettern genau da, wo man sich hinsetzt, die kleinen Wurzeln einer Pflanze hoch. Um sie zu entfernen, müsste ich in die Garage gehen und nachsehen, ob ich dort eine Stahlbürste finde, mit der ich kraftvoll die Reste jener Kletterpflanze, die in den vorangegangenen Frühlingen diese Fassade geschmückt hat, entfernen kann.

Ich entdecke auch, dass der Rasen im Garten ziemlich hoch steht. Für diejenigen, die in einen gepflegten und ordentlichen Garten schauen wollen, ist dies ein unschöner Anblick. Reiche Leute besitzen neben den strengen Vorstellungen, wie ein schöner Garten auszusehen hat, auch einige Euro extra, um sich einen Gärtner leisten zu können. Doch hier handelt es sich um Arbeiten, die ich selber verrichten muss. Sie anderen zu überlassen, haben mir meine Ersparnisse nie erlaubt. Wie auch immer, ich werde derjenige sein, der diese Wurzelreste entfernen muss.

Wie es mir so entspricht, schaue ich mich nochmals um.

Oh, mein Gott! Das Glasdach der Terrasse ist voller Flecken! Es reagiert sehr empfindlich auf die kleinsten Regentropfen. Ich will meine finanzielle Lage nicht erneut erwähnen, doch es ist klar, dass ich und nur ich derjenige bin, der dieses Dach würde reinigen müssen.

Apropos Reinigung: Gerade erinnere ich mich daran, dass meine angebetete Ehefrau mir den Auftrag gegeben hat, unserem Auto neuen Glanz zu verleihen. "Vergiss nicht, Efrain, dass wir diesen Abend ins Konzert gehen werden. Es wäre eine Schande, ein schlecht gewaschenes Auto neben all den anderen zu parken, die glänzend auf ihren Plätzen stehen." Ich schaue auf meine Uhr und stelle fest, dass die Zeit wie im Flug vergangen ist – wie immer. Der hohe Rasen des Gartens wird warten müssen. Die Würzelchen der Kletterpflanze werden vorläufig auch dort bleiben, wo sie sind, bis ich eine sanfte Stahlbürste guter Qualität für diese Arbeit gefunden habe. Die Bank werde ich so lange reinigen müssen, bis sie sauber genug ist, dass sich die Damen mit dem Spiegelchen und ihren Paketen dorthin setzen können – allerdings erst, nachdem der Raucher mit seiner Zeitung den Platz freundlicherweise freigegeben hat. Und wenn ich mit all dem fertig sein werde, werde ich das Auto waschen, selbstverständlich mit dem Gartenschlauch.

In diesem Moment kommt mir etwas in den Sinn, das ich

niederschreiben könnte. Nicht so intelligent und bemerkenswert wie die Schriften von Oliver Sacks, aber auf jeden Fall einige Ideen – wie jene, die ich nicht notiere, weil ich immer irgendeinen einfachen, aber dringenden Auftrag zu erledigen habe. – "Natürlich nur, wenn du Zeit hast, Efrain. Ich weiß, dass du Wichtigeres zu tun hast, und das ist die Wurzel deines Problems."

13 Verwechslungen und Missverständnisse

Ich war in meinem Leben das Opfer zahlreicher Verwechslungen, aber zum Glück konnte ich immer darüber lachen. Wenn ich mich trauen würde, alles aufzuschreiben, was ich in solchen Situationen erlebt habe, wüsste ich kaum, wo ich anfangen sollte.

Von manchen habe ich erzählt; ich habe aber auch von anderen, sehr interessanten Vorkommnissen gehört, die mein eigenes Repertoire bereichert haben.

Beginnen wir doch mal so: Meine Frau und ich hatten eine Einladung zur Lesung eines Schriftstellers bekommen. Er war einer der Protagonisten der deutschen Literatur der letzten Jahre. Meine Frau bat mich, mit meinem Freund Francisco schon mal vorauszugehen und drei der besten Plätze zu reservieren. Wir wollten so nahe wie möglich beim Autor sitzen, um seinen Ausdruck, seine Mimik, kurz gesagt: seine Interpretation des eigenen Buches miterleben zu können.

Es gibt durchaus Autoren, die wirklich sehr gut lesen und die es die Mühe wert sind, dass man ihnen zuhört und zusieht. Meine Frau sollte deutlich später nachkommen und erst einige Minuten vor Beginn der Lesung eintreffen. In der Zwischenzeit wollte sie sich zu Hause noch umziehen. Welcher Frau gefällt es nicht, sich zurechtzumachen, die schönsten Kleider zu tragen und ein Schmuckstück anzulegen? Parfum darf natürlich auch nicht fehlen. "Ich verstehe dich", sagte ich und versprach ihr, rechtzeitig dort zu sein. Das war ihr außerordentlich wichtig.

Mein Freund und ich trafen mehr als rechtzeitig am Veranstaltungsort ein. Vor der Bibliothek, wo die Lesung stattfinden sollte, war noch kein Mensch zu sehen, zumindest keiner, der aussah wie ein Zuhörer oder Schriftsteller. Wir überprüften irritiert, ob wir auch am richtigen Ort waren, in der richtigen Straße, am richtigen Tag. Unsicher näherten wir uns noch einmal der Bibliothek, wo wir neben anderen die groß aufgemachte Ankündigung vorfanden, dass genau dieser Autor an genau diesem Abend um genau acht Uhr Passagen aus seinem neuen Buch vorlesen würde. Alles stimmte.

Weil es so früh war, beschlossen wir, ein nahe gelegenes Café aufzusuchen, um dort Platz zu nehmen, zu reden und über alles zu diskutieren, was uns interessant erschien. Laut nachzudenken eben. Leider fanden wir kein Café, deshalb gingen wir zurück, dorthin, wo die Lesung stattfinden sollte. Es war Sommer und es würde noch etwa drei Stunden dauern, bis die Sonne untergehen würde. Wir unterhielten uns angeregt und bummelten von einem Schaufenster zum anderen und wagten es nicht, uns weit zu entfernen. Manche, die vorbeischlenderten, betrachteten uns mit Neugierde. Es fiel uns kaum auf, denn es war uns bekannt, dass jeder Mensch seltsam auf andere wirken oder zumindest deren Interesse wecken kann.

Einige Frauen kicherten, schließlich wagten sie es, sich zu nähern. "Für Sie muss es ja langweilig sein, hier warten zu müssen." Mein Freund suchte nach einer Antwort. "Wenn man nicht viel zu tun hat, spielt es keine Rolle, wo man wartet." Die Frauen lachten und entfernten sich leise tuschelnd. "Er sieht ihm gar nicht ähnlich." – "Ein Bild in der Zeitung und die Wirklichkeit, da gibt es einen großen Unterschied." Eine andere meinte: "Man muss das aus dem richtigen Blickwinkel sehen. Ein Foto ist so eine Sache … Warten wir es ab." Wir hörten kaum noch zu, denn ihre Meinung interessierte uns eigentlich nicht.

Weitere Besucher trafen ein, und auch sie betrachteten uns aufmerksam, wenn nicht sogar neugierig. Vor dem Eingang hatte sich inzwischen eine Warteschlange gebildet und mein Freund sagte: "Vergiss nicht, wir wollen die Ersten sein. Reihen wir uns ein ..." Wir steuerten auf die fünf, sechs Leute zu, die bereits dort standen und darauf warteten, dass die Tür geöffnet wurde. Inzwischen kamen weitere Passanten auf mich zu. Sie begrüßten mich herzlich und erklärten mir: "Leider werden wir nicht kommen können. Wir hätten gerne Ihre Vorlesung gehört." Ich war sehr überrascht und wollte richtigstellen, dass ich nicht der Autor sei. Mein Freund aber blinzelte mir zu, als ob er sagen wollte, ich solle einfach mitspielen. Bevor ich irgendetwas erwidern konnte, hatten die Leute ihre Bücher ausgepackt und baten mich, diese zu signieren. Es war harte Arbeit, sie davon zu überzeugen, dass es sich hier um eine Verwechslung handelte. Nie wäre mir in den Sinn gekommen, dass zwischen mir und dem Schriftsteller eine derart verblüffende Ähnlichkeit besteht ... "Sicher handelt es sich hier um einen dieser Scherze, die sich nur Berühmtheiten erlauben können, ja?" – "Meine Herrschaften", sagte ich, "ich bedaure es sehr, aber ich bin nicht die Person, auf die Sie warten. Das ist traurig, aber wahr." Sie entfernten sich unter tausend Vermutungen und glaubten nicht, dass ich tatsächlich nicht der Autor war.

Als sich die Türen öffneten, sprach uns ein Paar an, das diese ersten seltsamen Begebenheiten nicht mitbekommen hatte: "Aber meine Herren, Sie müssen sich doch nicht anstellen! Haben Sie die Güte und gehen Sie durch. Wir werden erst nach Ihnen eintreten." Warum sollten wir uns denn nicht in die Warteschlange stellen? Wir waren noch verwirrter.

Bald konnten wir die große Halle, die fast leer zu sein

schien, betreten. Einige Büchertische und Regale hatte man zur Seite, andere hatte man in die Ecken geschoben. In der Mitte waren etwa fünfzig Stühle im Halbkreis aufgestellt worden. Wir nahmen die Plätze ein, die uns als die besten erschienen.

Andere Besucher setzten sich ebenfalls. Mein Freund wollte draußen noch etwas Luft schnappen. Auch ich hatte das Bedürfnis nach frischer Luft und bat eine Dame: "Könnten Sie bitte auf unsere Plätze aufpassen? Meine Frau ist noch nicht da, und ich möchte am Eingang auf sie warten." – "Aber ja doch, mit Freuden", erwiderte sie. Dann nahm sie allen Mut zusammen und meinte: "Aber mein Herr, Sie benötigen doch gar keinen Platz in dieser Reihe. Sie werden von dort vorn, wo das Mikrofon steht, lesen." Schon wieder werde ich verwechselt, dachte ich. Ich dankte ihr und sagte: "Das sehen wir dann ja." Sie lachte. Ich ging zur Tür, wo mein Freund bereits neben meiner Frau stand. Beide genossen die frische Luft.

Bevor ich die Gelegenheit hatte, meiner Frau von den amüsanten Verwechslungen zu erzählen, begrüßte Minuten später die Dame, die auf unsere Plätze geachtet hatte, meine Frau mit übertriebener Herzlichkeit. Sie freute sich darauf, die nächsten neunzig Minuten an der Seite des Autors und seiner Frau verbringen zu dürfen.

"Was, Sie werden von hier aus lesen?", fragte mich die Dame, die sich ihrer Entdeckung so sicher war. Genau in dem Moment, als ich die Sache erneut berichtigen wollte, trat zum Glück der Autor auf und ich konnte mir lange Erklärungen sparen. Die Dame reagierte liebenswürdig und sagte: "Aber Sie ähneln sich so sehr. Mein Gott, wie seltsam die Dinge doch manchmal sind!"

Ein anderes Mal, während der Präsentation eines Buches (ich besuche mit Wonne solche Veranstaltungen) und einiger Bilder – wir warteten gerade auf die Gäste – beobachtete ich eine Frau, der es schwerfiel, die interessanten Aquarelle zu fotografieren. Ich ging hin zu ihr und bot ihr meine Hilfe an. Sie war einverstanden und reichte mir ihre Kamera. Es war schwierig für sie, die Kamera mit ihren zittrigen Händen ruhig zu halten, denn sie war schon etwas älter und deshalb erfreut, dass ihr jemand helfen wollte. "Das Bild rechts auch, bitteschön. Wenn Sie so freundlich sein wollen und jene drei auf der anderen Seite knipsen könnten? Ich finde, diese Bilder sind wunderbar." Ich fürchtete schon, dass sie mich, liebenswürdig und sympathisch wie sie war, dazu bringen würde, die ganze Ausstellung zu fotografieren. Lächelnd, aber freundlich, machte ich ihr vor: "Meine Dame, ich bin nicht sicher, aber ich glaube, dass das, was wir hier machen, verboten ist." – "Ach was! So berühmt wie Sie sind, wird Ihnen das keiner übel nehmen." Ich genoss das

188

Spiel. "Sie haben mich also erkannt?"

Sie streckte ihre Hände nach der Kamera aus und sagte: "Ich verpasse Ihre Fernsehsendungen nie." Sie hätte sicher gerne noch weiter geplaudert. Zum Glück näherten sich meine Freunde, auf die ich gewartet hatte, und retteten mich vor weiteren Lügen, denn ich hätte diese reizende Bewunderin meiner vermeintlichen Fernsehauftritte nicht enttäuschen wollen.

So können Irrtümer entstehen.

Sie kennen sicher diese öffentlichen Duschen am Strand, die ohne Sichtschutz und deshalb für jedermann einsehbar sind. Die Badegäste sind der vielen Nackten jedoch überdrüssig und völlig desinteressiert, sie wissen schon gar nicht mehr, wohin sie schauen sollen. Ganz sicher nicht dorthin, wo einer sich unter zwei aus Gießkannen führenden Schläuchen fröhlich den Sand und die Algen, die nach dem Schwimmen im Meer am Körper kleben, abspült.

Ziehen wir die Geschichte nicht in die Länge. Andrés steuerte glücklich nach seinem Bad auf diese zwei Schläuche zu, um sich noch einmal zu erfrischen. Er stellte sich darunter, und während er einen der damals aktuellen Hits pfiff (vermutlich "Eviva España") öffnete er den Hahn und ließ mit geschlossenen Augen das klare Wasser über seinen Körper strömen. Nach diesem Akt der Säuberung streckte er, noch immer mit geschlossenen Augen, seinen Arm aus, um den Hahn zu schließen. Aber – "Ah!" – er stieß auf eine andere Hand. Sofort öffnete er Augen und Ohren und sah und hörte eine fröhliche, bereits schon ältere Dame. Verwirrt entschuldigte er sich, aber seine Duschpartnerin meinte belustigt: "Ach nein, es ist ja nichts passiert! Wenn ich meinen Enkeln erzähle, dass ich mit einem jungen Mann geduscht habe, sogar mit einem gutaussehenden Touristen, werden sie mir nicht glauben! Und dann ist er auch noch ein berühmter Schauspieler! Wenn Sie – oder wir – hier fertig sind, würden Sie bitte so freundlich sein und mir ein Autogramm geben?!" Andrés traute sich nicht, diese reizende ältere Dame ihrer Träume und Illusionen zu berauben.

So können Irrtümer entstehen.

Denken wir einmal darüber nach. Ist es nicht ein bisschen tragisch, berühmten Menschen ähnlich zu sehen und dann doch nicht berühmt zu sein? Vielleicht stoßen wir auf noch mehr solcher Geschichten.

Bis zum nächsten Mal.

Unentschlossen stand ich an einer Straßenecke im lärmenden Verkehrsgewühl ohne zu wissen, ob ich die Straße bei Grün überqueren oder zurückgehen sollte in die Richtung, aus der ich gekommen war. Plötzlich winkte mir jemand zu und kam mir entgegen. "Mensch, lass dich umarmen! Ich hatte so ein Gefühl, dass ich dich hier treffen würde." Kühl und gleichgültig ließ ich mich umarmen. Wer war das denn? Ist der aus einem Zirkus entlaufen? Er trug eine dunkle Brille, seine Augen konnte man nicht einmal ahnen. Ich wagte nicht, ihn abzuweisen und wollte Zeit gewinnen, damit er, wie ich hoffte, etwas mehr erzählen und Andeutungen machen würde, wer er sei. Auch wenn ich, ehrlich gesagt, nicht wirklich daran interessiert war.

"Wie war dein Flug? In ein Flugzeug zu steigen für einen nur halbstündigen Flug ist schon lästig genug. Deshalb wollte ich dieses Mal nicht einfach an dir vorbeigehen, sondern dich begrüßen." – "Ich fürchte, ich saß nicht in dem Flugzeug, von dem Sie sprechen. Ich glaube, Sie verwechseln mich mit jemandem." – "Aber Abelardo, fang nicht wieder mit deinen Versteckspielen an! Diese Spielchen hatten in jenen Zeiten, über die niemand mehr sprechen will, viele Konflikte zwischen uns zur Folge." Musste ich ihm nun unbedingt erklären, dass ich nicht Abelardo heiße? Mir wurde bewusst, dass mich dieser Typ mit seiner dunklen Brille mit jemandem verwechseln musste, den er intensiv gesucht hatte. Ruhig und ernst sagte ich zu ihm: "Fragen Sie mich alles, was Ihnen dabei helfen könnte, Abelardo zu identifizieren, und beenden wir dieses Theater à la 'ich war sicher, dass wir uns wieder einmal treffen' und das Gerede über den halbstündigen Flug, auf dem Sie mich nicht grüßen wollten." – "Moment mal, bitte. Sprechen Sie nicht in diesem Ton mit mir!", unterbrach er mich, und dies zeigte mir, ohne dass er es wollte, dass er sehr irritiert war. Meine Argumente ließ er nicht gelten. "Schauen Sie sich um! Wie Sie sehen, sind wir nicht allein." Es wunderte mich nicht, in gewissem Abstand drei weitere Typen seiner Art zu entdecken. "Sie können mir keine Angst machen, Sie tun mir nur leid", sagte ich. "Was ich möchte, ist, Sie über diesen Irrtum aufzuklären. Sagen Sie mir: Wen suchen Sie eigentlich? Aber im Grunde spielt das keine Rolle, denn ich werde Ihnen sowieso nicht helfen können. Wenn Sie übrigens einen suchen, der gefährlich ist, hat dieser Sie sicher schon längst erkannt und freut sich darüber, dass Sie einen unschuldigen Fußgänger belästigen."

"Sind Sie bewaffnet?", fragte er mich leise. "Sie können mich gerne durchsuchen", erwiderte ich. "Noch nie in meinem Leben habe ich etwas besessen, dass Sie als Waffe bezeichnen würden. In keinem Land, in dem ich bisher gelebt habe, wäre dies nötig gewesen." Meine Ironie verstand er natürlich nicht. "Es ist mir nicht erlaubt, jemanden öffentlich zu durchsuchen. Ich bin kein Polizist." – "Wie angenehm! Können Sie mir sagen, für welche Organisation Sie arbeiten und warum?" – "Ich bin es, der hier die Fragen stellt!"

"Ich mache Ihnen einen Vorschlag", meinte ich. "Es ist warm geworden. Was halten Sie davon: Ich ziehe vor all den Zuschauern hier meine Jacke aus und reiche sie Ihnen, damit Sie sich, fachkundig wie Sie sind, davon überzeugen können, dass ich unbewaffnet bin. Sie werden mir dann die Jacke zurückgeben. Ich werde sie jedoch nicht wieder anziehen, sondern über meinem linken Arm tragen. Ich sagte bereits, es ist sehr heiß. Das sollten Sie auch tun. Tragen Sie vielleicht eine kugelsichere Weste?"

"Sie können die Jacke ausziehen, wenn Sie wollen. Es wird nicht nötig sein, sie zu durchsuchen." – "Besten Dank." Ich schaute auf die Uhr, es war 12.45 Uhr. Ich sagte zu diesem verärgerten Mitglied einer Geheimorganisation, das den Auftrag hatte, einen Kriminellen aufzuspüren, der einmal mehr die demokratischen Qualitäten dieser Nation, in der ich mich gerade aufhielt, in Gefahr zu bringen drohte: "Ich schwöre Ihnen, dass ich in kürzester Zeit, nämlich in wenigen Minuten, einen Termin habe. Und zwar im neunten Stock dieses Gebäudes dort, wo man eine ovale Malerei sehen kann und den Eindruck hat, es handle sich um die Dekoration eines gewöhnlichen Balkons."

Ich zeigte ihm den Balkon und sagte, dass ich zum

Konsulat der Republik Chile gehöre. "Ich bedaure, dass mir keine Zeit geblieben ist, mich ordentlich und wie sich das gehört auszuweisen. Wir hätten uns einige wertvolle Minuten voller Missverständnisse und ich mir einige Schweißtropfen sparen können. Ach ja, diese Sommertage werden jedes Jahr schöner!"

Einige Kinder rissen sich von der Hand des Vaters los und rannten auf mich zu, um mich mit liebevollen Umarmungen und Küssen zu begrüßen. Ich wollte endlich gehen und wendete ich mich noch einmal an den Typen mit der dunklen Brille: "Es stimmt, dass ich gestern einen halbstündigen Flug unternommen habe. In der Reihe neben mir saßen Ihre Kollegen mit den gleichen Brillen und den gleichen Anzügen. Sie aber waren nicht dabei, und keiner Ihrer Kollegen umarmte mich mit einem 'Hallo Abelardo, so lange haben wir uns nicht gesehen, aber ich war sicher, dass ich dich heute treffen werde'. Darf ich mich vorstellen? Alfredo Abelardo Sanhueza. Ach, hier ist meine Visitenkarte. Grüßen Sie Ihre Kollegen aus dem Flugzeug."

Ich folgte meinen Enkeln, denn ich wollte weg von der glutheißen Straßenecke und die Freiheit genießen, die nur derjenige spürt, der nichts zu tun hat mit diesen eifrigen Friedensstiftern dieser Welt, die sie selbst in Unruhe versetzen.

14 Die Rückkehr

Eine Rückkehr in ein Land, das (zu jener Zeit) kaum noch existierte, das eher Erinnerung ist und in dem man auf einen Neuanfang hoffen kann. Einige Koffer, die nicht mehr enthalten als das, was man braucht, und die Argwohn erregen. Ein paar Leute, die ausgefragt werden, weil sie zu den fünftausend Heimkehrern gehören. Auch Berichterstatter von Funk und Fernsehen sind mit den besten Absichten gekommen. Alles soll auf einem gewissen kulturellen Niveau stattfinden. Es darf keiner gekränkt werden, nicht mal durch ein flüchtiges Missverständnis, das Erinnerungen wecken könnte, die jemanden ausrasten ließen und imstande wären, eine unpassende Atmosphäre zu schaffen – was gegen das Gesetz und das gute Benehmen wäre. Und bestraft werden würde. Überlegungen, Verwirrung und Missverständnisse soll es hier ebenso wenig geben wie Scherze oder gar Sarkasmus, denn niemand weiß, worüber man lachen sollte.

Die Lage aller Menschen war in dieser Zeit ungewiss und barg viele Zweifel. Wenn man zu zweifeln wagte. Man hatte keine Ahnung, wie sich die Situation entwickeln würde, das schleppte sich hin. Alles war nur so lange von Dauer, bis sich einer traute, öffentlich nachzudenken, was es bedeutete, diese Ungewissheit zu benennen statt sie zu ignorieren.

Laut denken jedoch war gefährlich! Der Neubeginn war die Realität, seine Umstände und Vorstellungen trieben uns an und ermunterten uns, weiterzudenken; von da an war es zu den gewagtesten Gedanken nur noch ein kleiner Schritt.

Wir wollen jetzt aber nicht anfangen, tiefgründig zu werden, zu grübeln oder gar in Frage zu stellen, ob wir überhaupt fähig sind, einen vernünftigen Gedanken zu fassen. Wer von uns hat sich nicht schon einmal in einer ähnlichen Lage befunden?

Wo waren wir stehen geblieben?

Auf der Reise, besser gesagt: auf der Rückreise nach einer langen Zeit der Abwesenheit. Wir sitzen auf unseren Koffern, die nicht mehr enthalten als einige wenige Dinge, von denen man sich nicht trennen kann. Dabei handelt es sich weder um interessante Andenken noch um sonst etwas Nennenswertes, sondern um Kleinigkeiten, an denen man hängt und die zwischen benutzter Unterwäsche, den Anzügen und sonstigen Utensilien verstaut sind: nie umgebundene Krawatten, eine Jacke, die mit einem alt geworden ist und die durch die wirklich kalten Winter begleitet hat – eine Zeit, in der man an Leib *und* Seele zitterte! Und trotzdem vermisst man die zurückgelassenen Dinge, die damals ausgesprochen nützlich schienen: völlig zerschlissene Strümpfe mit Löchern in den Fersen –

niemand hat je Zeit gehabt, sie zu stopfen –, die man sich nicht mehr traut, anzuziehen; ein altes Unterhemd, das einem während all der Abenteuer treu geblieben ist, und das, wenn es in aller Eile ausgezogen und in eine Ecke geworfen wurde, fortfuhr, einen von dort aus zu beobachten. Es gibt auch ein paar Hosen, die viel erzählen könnten, wenn sie indiskret wären, aber sie schweigen über das selbst noch so unschuldige Geheimnis.

Mit diesen ganzen Sachen im Koffer sowie unseren Gedanken in der Enge unseres Gehirns warten wir auf den Zollinspektor, der uns fragen würde, ob wir etwas zu deklarieren hätten. Die Nationalpolizei, auch wenn sie kaum mehr Interesse hat als die Beamten vom Zoll, würde uns ausquetschen und wissen wollen, woher wir gekommen sind, warum wir gekommen sind und wie lange wir bleiben. Der Koffer würde so oder so geöffnet werden müssen, egal wie unsere Antwort ausfiele, und man würde unsere intimsten Dinge ans Licht zerren und uns auf diese Weise bloßstellen. Der Geruch nach getragener, gebrauchter Kleidung würde unsere bescheidenen finanziellen Verhältnisse offenbaren. Wir überlegen uns, was das kalte und unbeteiligte Interesse dieser Inspektoren wecken könnte. Aber da gibt es nichts, keine Pistolen, keine Batterien oder Drähte, mit denen sich vielleicht eine mörderische Bombe zünden ließe. Nichts, mit dem man jemanden um die Ecke hätte bringen können. Und wen auch? Wir haben keine Feinde, genauer gesagt: *Wir* müssen uns vor den anderen fürchten. Nämlich davor, dass sie nicht im Koffer, sondern in unserem Gehirn, in unseren Gedanken hermschnüffeln, die ihnen sicher fremd, um nicht zu sagen komisch und unpassend erscheinen.

Haben sich schon wieder Grübeleien in meine Überlegungen eingeschlichen?

Würden wir hier bleiben, in dieser unserer Heimat, die uns ermüdet mit Fragen, die wir fast nicht beantworten können? Aber vielleicht mögen wir ja gar nicht Rede und Antwort stehen, weil wir unsere Gedanken nicht preisgeben wollen. Wie die an jenes Weib, das mich auf diesen schmerzhaften und kuriosen Abenteuern durch fremde Länder begleitet hat. Einfach so, ohne etwas zu erwarten. Es verwöhnte mich mit seiner Herzlichkeit, mit tröstenden Worten, wir machten uns gegenseitig Hoffnungen, an die wir selbst nicht glaubten. Denn im Grunde genommen wusste es, dass wir in dieser Welt nichts zu sagen hatten und auch nichts Großes erreichen würden. Da stehen wir nun, gefangen in dieser Unfähigkeit, mit einem Ballast erfolgloser Anstrengungen und diesen Buchseiten, die wir begonnen haben zu schreiben, und die nie fertig werden würden, weil uns die Fähigkeit und der Mut fehlen, unsere Einfälle in die Tat umzusetzen: krude Theorien, mit denen wir beabsichtigen, die Zukunft zu ordnen, indem wir unfähige Regierungen stürzen und nutzlose Politiker entlarven, und fromme Träume, friedliche Kämpfe zu organisieren ohne Waffen, ohne Schmerz und – das war uns das Größte und Wichtigste – ohne Verrat.

Das waren unsere Gedanken, die auf direktem Weg vom Herzen zum Hirn sprangen.

Ein fleißiger Fotograf erfüllt gehorsam seinen Auftrag, er entfernt sich einige Schritte, bittet uns um ein Lächeln und merkt an, dass es nicht nötig sei, direkt in die Kamera zu schauen. Er wiederholt dies noch einmal für eine junge Frau, die etwas abseits der Gruppe steht.

"Oh, Sie gehören nicht zu den Herrschaften, die aus Europa kommen? Entschuldigen Sie, aber mir wurde gesagt, ich müsste acht Personen fotografieren. Mit Ihnen wären es neun. Oh, pardon ... eins, zwei ...", zählt er weiter, "ja, Entschuldigung, es sind acht. Der Reporter erwartet Sie in einem speziellen Saal. Ich werde Sie dorthin begleiten. Machen Sie sich keine Sorgen, Ihre Familien sind informiert und werden sich in Kürze mit Ihnen in jenem Saal treffen." Einer aus der Gruppe unterbricht ihn spöttisch: "Und der Champagner? Der wird jetzt wohl nicht geöffnet? Er könnte ja Flecken machen auf dem roten Teppich, der für uns ausgelegt wurde." Niemand lacht. Warum auch?

"Entschuldigen Sie, aber ich möchte noch einige Bilder mehr machen." Der Fotograf fährt in seiner Arbeit fort, ohne sich irritieren zu lassen. "Man kann nie wissen, ob die anderen Fotos gelungen sind. Vielen Dank! Folgen Sie mir bitte in diese Richtung. Oh, Verzeihung, der Zollinspektor gibt mir ein Zeichen. Er will wissen, ob diese Koffer zu Ihnen gehören."

Aufs Neue entspinnt sich in meinem Kopf ein nicht enden wollender Monolog voller Hinweise, Argumente und Zweifel – wie immer finde ich keine Antwort. Was soll ich machen? Jeder muss seiner Funktion nachkommen, so gut er kann. Und anders als der Fotograf oder der Inspektor wissen wir wenigen nicht, was zu tun ist, wenn diese lang ersehnte Rückkehr vorbei und untergegangen sein würde in einem See voller Desillusionen.

Das Foto soll in einer Zeitung abgedruckt werden und einige der aus dem Exil Zurückgekehrten zeigen, fünftausend waren es, glaube ich, bis zu diesem Moment. Entschuldigen Sie, aber die genaue Zahl finde ich nicht wichtig. Eigentlich gibt es weder einen Grund, draußen zu bleiben, noch einen, drinnen zu sein oder gar sich an einem anderen Ort niederzulassen. Die meisten von uns, abgesehen von einigen Jugendlichen und Kindern, haben schon die Vierzig erreicht oder sogar mehr. Was kann man schon in einem Land anfangen, das jetzt dank ... – und hier schreibt sich jeder Politiker einen Erfolg auf die Fahne, wenn man das überhaupt so sagen kann. Denn jeder von ihnen glaubt, der einzig Richtige zu sein, der gewählt wurde, um die schwierigen Aufgaben zu lösen.

"Was glauben die denn? Wir leben doch nicht mehr in vergangenen Zeiten!", hört man jemand in arrogantem Ton sagen. Es ist nicht klar, ob er die ehrbaren alten Zeiten meint, die klar und rein waren, das heißt: in denen es sauber zuging, oder ob er sich auf die danach kommende Fäulnis bezieht, die alles verdorben und verdreht und diesen Ekel hat aufkommen lassen, für den sich nicht wenige in diesem kleinen Land schämen – vor allem diejenigen, die die Situation von Weitem beobachten. Obwohl man sich fragen muss, ob es überhaupt möglich ist, das verlorene Vaterland von Weitem und auch noch neutral zu beobachten.

Irgendwo in einem Museum hängt ein Bild, das, inspiriert von Fotos wie sie in diesem Augenblick geschossen wurden, in der Absicht gemalt wurde, dieses Thema nicht vergessen zu machen; man erwarb es mit bestem Vorsatz, ich glaube, weniger des Wertes wegen als aus Solidarität mit der Institution, die die Ausstellung organisiert hatte und damit eine Gruppierung unterstützen wollte, die ich hier nicht nennen sollte.

Ich bin tief versunken in meine Grübeleien über die Bedeutsamkeit von Rückkehr, meine Gedanken hüpfen von einem Ort zum anderen, von dem Zeitabschnitt, der in meinen Erinnerungen lebendig geblieben ist, zum nächsten, den ich im Exil verbracht habe. Das übervoll war mit Fakten, Anekdoten und dem Kleinkram eines langen Lebens, das ganz sicher nicht arm war an Erlebnissen aller Art. Mit anderen Worten: Auch dort hat man gelebt. Ich habe einzelne Blätter, zusammenhängende Seiten und nahezu ganze Bücher gefüllt mit all jenen Zweifeln, die an mich herangetragen wurden von den Menschen, die mir in diesem fernen Land nahegestanden haben. Nach einigen Gläsern Rotwein – nicht unbedingt aus Chile – offenbarte mir der eine oder andere, der Vertrauen gefasst hatte, sein Leid und zeigte die unfassbar beschämenden Verletzungen. Die beschriebenen Seiten bergen aber auch ungezählte schöne Ereignisse. Man lebte nicht nur von trocken Brot und litt nicht nur unter Entbehrungen. Die Sonne, von der wir das Gefühl hatten, dass sie hier weniger schien, wärmte dennoch. Die eisigen Winde und Stürme hatten ihre eigene Poesie. Die Freundschaften waren zwar andere, doch gab es Freunde – wir wollen dies dankbar erwähnen –, die echte Seelenverwandte waren. Unter jenen Fremden fand man Freundlichkeit und Aufrichtigkeit und auch Menschen, die uns ihre Zuneigung ohne Voreingenommenheit schenkten, genauso treu und stark, wie man dies vom eigenen Land her kannte.

Aber das ist längst noch nicht alles. Es herrscht Unklarheit darüber, was wir wohl erlebt hätten, wenn wir dort im Exil geblieben wären. Das ist in diesen Gesichtern, die sich hier fotografieren lassen, unschwer zu erkennen. Die einen beginnen ihr Leben gerade, die anderen sind erfüllt von Erlebnissen, und der Rest ist auf der Suche nach Reife. Klar haben Letztere noch die meisten Hoffnungen – oder nennen wir es Illusionen. Aber ist das nicht ein Widerspruch?

Ein junger Mensch ist bereit zu lernen. Das Gehirn ist nicht belastet mit Kummer wie das der Älteren, die gekommen sind, um zu sehen, was zu tun ist – jedoch lustlos und mit dem Wissen, dass man das Beste dort zurückgelassen, wo man eine sichere Arbeit gehabt hat und eine real existierende und nicht nur von den Politikern herbeigelogene Sozialversicherung. Wir gehörten einer sozialen Gruppierung an, die man akzeptierte, Menschen, die nicht mehr so fremd erschienen, und die keine seltsamen Ausländer waren, sondern Freunde und mehr, Freunde jeglicher Couleur, jeden Alters und aus verschiedensten Schichten. Letzteres, das möchte ich ausdrücklich betonen, war das Beste daran.

Aber die Berge waren nicht so hoch wie in der Heimat, der Himmel hatte ein anderes Blau, die Regenschauer liebkosten uns nicht wie die unseren, die Brise war eine andere, die Meere rochen nicht nach Jod und Phosphat, die Flüsse waren nicht wie unsere, von den Stränden ganz zu schweigen. Die Sprache hatte nicht diese Schimpfwörter und Spezialausdrücke, die uns ohne lange nachzudenken aus den Mäulern purzelten.

Dem Maler des zuvor erwähnten Bildes fiel es leicht, darauf mehr darzustellen, als es das Foto je wiedergeben kann, denn einige Gesichter verraten alles: die Liebe, die der wahre Antrieb ist, um zu widerstehen, fest zu bleiben, etwas zu wagen, dorthin zurückzukehren, wo praktisch keiner weiß, was es bedeutet, allein leben zu müssen, weit weg und getrennt von all dem, was einem so am Herzen liegt. Haben die Liebe, die Herzlichkeit und die Achtung eine Daseinsberechtigung? Ja, und das ist das Schöne an der Unvernunft.

Aber fahren wir fort.

Müsste man nicht diejenigen, die keinen Gedanken daran verschwenden, was die Ausgewanderten erlebt haben mögen, wegen fehlenden Interesses und Gleichgültigkeit schuldig sprechen? Man weiß, dass einige, sogar viele derjenigen, die hiergeblieben waren, auf andere Art gelitten haben, was sich ebenfalls unbeschreiblich und tief und unauslöschlich in ihre Herzen eingegraben hat. So ist es einfach unmöglich, sich zu erklären oder zu verständigen. Sicher wird Hollywood darüber einen Film drehen und natürlich auch Geld machen mit diesen Geschehnissen, die nicht verschwiegen werden können. Und so lassen sich bis in alle Ewigkeit unsere Theorien aufstellen, die, von einer Seite zur anderen springend, uns an das, was wir zurückgelassen haben, erinnern. An das Gute, das uns dort einfach so gegeben wurde. Ohne einige Minuten stehen zu bleiben, um ein kleines Dankeschön zu sagen, wie es für uns Chilenen so typisch ist.

Wenn man einen von ihnen fragen würde, ob er sich manchmal an das Land und seine Probleme erinnert hat, bekäme man das Gleiche zu hören wie von allen anderen gerade Angekommenen. Ich kann nicht ermessen oder vergleichen, wer von uns allen sich am meisten an dieses oder jenes erinnert. Auch wenn wir uns zusammentun würden und über alles redeten, könnten wir kein Maß festlegen. Aber ich bin sicher, dass wir alle viele intensive Erinnerungen haben: Manchmal erinnern wir uns an einen Freund, andere Male an eine Landschaft, vielleicht auch an Ereignisse und unvergessliche Momente. An die Großmutter, die unseren Abschied beweinte, weil sie sich all die neuen und fremden Dinge, die uns begegnen sollten, vorstellte wie eine Mauer, die man vor uns aufbauen und gegen die wir laufen würden. An Brüder und Eltern, die nicht mit zum Flughafen gekommen waren, um zu vermeiden, dass es Tränen gab, die wir für keinen Preis der Welt hätten zeigen wollen. An einzelne Freunde, die versuchten, diesen "Akt" in eine lustige Komödie zu verwandeln. Und auch an ein Mädchen, vor einigen Tagen erst zur Frau gemacht, das mit großen Augen fragte: "Warum gehst du nicht mit mir bis ans Ende der Welt, wie du es mir versprochen hast?" Man spaziert nicht herum und führt seine Erinnerungen mit wie ein Fotoalbum, in dem man jederzeit blättern kann. Es sind die Geschehnisse und Umstände, die gelebt werden und Gefühle und Erinnerungen in uns wecken.

Vergessen wir bitte nicht diejenigen, die ohne Abschied und ohne ein scheues Winken, die nicht mal mit einem schäbigen Rucksack weggegangen sind, weil dieser sofort den Verdacht auf Flucht hätte aufkommen lassen. Hätte man die leiseste Idee gehabt, dass die Institutionen nicht nur grausam, sondern auch dumm waren, hätte man nicht daran gezweifelt, dass nicht einmal die Nacht Lust aufbrachte, einen zu schützen, sodass der bestgesonnene Nachbar uns in eine Ecke zerren und dort stehen lassen würde, wo andere erschossen wurden, weil sie in der Hitze ihrer Seele andere Ideale bargen.

Der geschickte Journalist hält das Mikrofon schon in die

andere Richtung. Er will klare, konkrete Antworten. Hier stehen nicht Kafka oder Camus oder Vargas Llosas! Pech! Ein anderer Neuankömmling versucht dieselbe Frage zu beantworten und fügt nichts Neues zum bereits Gesagten hinzu.

"Es passiert auch, dass, ohne zu wissen warum, eine Erinnerung auftaucht. Ohne Grund. Eine Serie verwirrender Erinnerungen. Gehen wir oder gehen wir nicht? Was habe ich hier? Was erwartet mich dort? Was lasse ich zurück und was hielt mich hier so viele Jahre fest? Alles hat doch eigentlich nur materiellen Wert. Das Leben besteht ja schließlich nicht nur aus Arbeiten und Schlafen oder anderen Instinkten, die an jedem anderen Ort auch befriedigt werden könnten. Oder zumindest fast ... Es gibt noch mehr, aber ich glaube, ich habe noch nicht auf Ihre Frage geantwortet. Ist es besser, wenn ich schweige?" – "Nein, nein, fahren Sie bitte fort." – "Schlussendlich waren es diese Illusionen, die in uns die Lust, zu bleiben, töteten und uns überzeugten, gehen zu müssen." Mehr wollte er nicht sagen. In seinem Kopf brodelten die Widersprüche in einem Tränensud, den man zum Glück nicht sehen konnte.

In der Gruppe befindet sich noch eine andere Person, die nicht weiß, wie sie sich für das Foto hinstellen soll. Es scheint, also würde ihr Gesicht und ihre Haltung mehr preisgeben, als sie sagen will. Dieser Mann hat begonnen, sein Leben neu zu ordnen auf dieser seiner "Erde", so wie es ihm gefällt in seinem Land. Wie viele andere auch kann er sich nicht zielsicher für etwas Großes, Fantastisches, Herrliches und Glanzvolles entscheiden, damit die Familie ihn bewundern und die Nachbarn ihn mit mehr Respekt grüßen würden, damit die Freunde mit Stolz von ihm sprechen und die meistbegehrte und schönste Frau sich räkeln würde, um seine Aufmerksamkeit zu erregen.

Die Gruppe begibt sich sehr langsam zu einem speziell zu diesem Zweck vorbereiteten Saal. Es scheint, als ob man diesen Heimkehrern nicht ihr Leben leben lassen wolle. In jedem Fall gibt es viele Umarmungen, Küsse, Begrüßungen, Erinnerungen.

Viel gäbe es zu erzählen, jedoch ohne Fernsehkameras, ohne unpassende Fragen. Die Umstände aber sind andere. Jeder will endlich nur nach Hause gehen, duschen und sich frisch machen nach dem langen anstrengenden Flug. Sich umziehen und alle Ideen zusammen mit der schmutzigen Wäsche irgendwohin legen und versuchen, nach so vielen Jahren das Leben hier in der Heimat, das wir mit grausamer Sehnsucht so schrecklich vermisst hatten, wiederaufzunehmen.

Der fünftausendste Gast! Wie das Glück ebenso spielt! Er

erhält eine hohe Prämie in Dollars, es wird nicht erklärt von wem (vielleicht ist es nicht nötig oder der Stifter will für seine schöne Geste nicht erwähnt werden), einen Blumenstrauß, Einladungen von einigen Unternehmen, die er sich aussuchen kann. Viele weitere Dinge werden aufgezählt, alles gratis und geschenkt: Gutscheine bekannter Restaurants für ein Essen mit Freunden nach Wahl. Eine berühmte Zeitung, die älteste in spanischer Sprache, spendiert ein Abonnement auf Lebenszeit, und die internationale Polizei bittet den Gewinner, sich unverbindlich und ohne Eile im Polizeibüro einzufinden, um die ein oder andere Frage über seinen Wohnort im Land zu beantworten. (Scheinbar ohne Grund gemessen an dieser Ehre, an die wir uns nicht noch einmal erinnern wollen.)

15 Diese Geschichte ist fast wahr

Falls es einen Chef in der Redaktion geben sollte – was sicher der Fall ist, denn es gibt immer einen Chef –, hat man seinen Anordnungen und Instruktionen zu folgen. Wenn es sich sogar um den Chefredakteur handelt, sollten wir, die Angestellten, sehr vorsichtig sein. Nicht aus Angst, die begehrte Stelle zu verlieren. Denn diese Chefredakteure sind weder schlecht noch rachsüchtig. Im Gegenteil, sie sind sehr, wirklich sehr, sehr sensibel. Auch die Stunden, die man braucht, um etwas zu schreiben, sind kein Problem. Häufig sind es mehr als man glaubt, denn man muss nachdenken, recherchieren, abwägen, in nur noch in Fragmenten existierenden Archiven suchen, sich auf das Thema konzentrieren – und gar zu oft ist man in Gefahr, abzuschweifen, so wie es mir just in diesem Moment passiert ...

Wenn es denn wirklich so gewesen ist.

Als Andrés sein Büro betrat und zu seinem Schreibtisch ging, fand er eine Notiz neben seiner Schreibmaschine: "Andrés, ich habe es eilig, und ich kann nicht warten. Bitte verstehen Sie dies nicht als Verwarnung, weil Sie um acht Uhr noch nicht an Ihrem Arbeitsplatz sind, verzeihen Sie, wenn ich das erwähne. Betrachten Sie es als eine Art

Scherz eines gutmütigen Chefs, der auf keinen Fall seine Angestellten in der Redaktion belästigen möchte. Aber kommen wir zur Sache. Ich brauche einen kurzen Entwurf für eine lange Novela. Wir werden später gemeinsam daran schreiben. Es ist wichtig zu wissen, dass diese Novela sich über ein ganzes Jahr hinziehen wird. Aber wir werden das Kind schon schaukeln! Das Wichtigste ist: Finden Sie ein Thema! Es muss etwas Neues sein und trotzdem immer verwandt mit der vorhergehenden Novela, die jetzt schon fast abgeschlossen ist. Aber das ist nicht das Dringendste. Was wirklich eilt, ist ..." Und er verlor sich in weiteren Instruktionen, man kannte das nur zu gut.

Andrés lächelte. Er stellte sich seinen Chef vor, wie er seinen dummen Scherz schon bereute. Diese Art von Aufträgen war er gewohnt, solche, in denen er gebeten wurde, dem Chef einen kleinen Gefallen zu tun. Zum Beispiel dieser: "In der linken oberen Schublade finden Sie drei Bücher. Ich habe angefangen, eines kritisch zu kommentieren. Wenn ich aber alles lesen und überdenken müsste, würden mir dreizehn Stunden nicht reichen, um zu einem Schluss zu kommen. Bitte überfliegen Sie es, dann könnten Sie etwas über diese drei Bücher, die schon kommenden Montag erscheinen werden, schreiben. Ich bitte Sie, alter Freund, krempeln Sie die Ärmel hoch – und ran ans Werk!" Ein anderes Mal war es das fünfte Kapitel einer Komödie. Das Schlimme daran war nicht der Inhalt des Werkes – übrigens sehr leicht und oberflächlich –, sondern dass die Sprecher bereits im Studio standen und darauf warteten, dass aufgenommen werden würde.

Bei diesem Auftrag handelte es sich jedoch um ein langfristiges Projekt. Folgendermaßen begann die Instruktion: "Die Geschichte soll anfangen wie eine romantische lateinamerikanische Novela. Eine wunderschöne Beschreibung der Landschaft. Die Darsteller müssen typisch für ein Land sein. Es gibt eine SIE und einen ER und weitere "SIEs" und "ERs". Sie lieben sich, sie mögen sich, sie langweilen sich ohne zu wissen warum, sie trennen sich. Manche verschwinden und hassen einander, ebenfalls ohne zu wissen warum. Sie beginnen ein anderes Leben, um sich letztlich bewusst zu werden, dass dieses nicht besser ist als jenes, das sie zurückgelassen haben. Mit der Zeit begreifen sie, dass die Liebe nicht wie ein Sport ist, bei dem ein Ziel erreicht wird und mit viel Glück Medaillen oder Pokale errungen werden, die man in einer Vitrine für Freunde und Bewunderer zur Schau stellt."

Andrés sagte: "Alles ist so kitschig wie immer, alles ist genauso, wie wir es bis jetzt angeboten haben. Armes Publikum! Zum Glück merkt es nicht, dass es schon seit

Jahren dasselbe hört." Und mit dieser Vorausschau zu jenem neuartigen Projekt des Chefs wird schon verraten, was geschehen wird. Es ist wie mit dem Programmheft, das man am Eingang des Theaters kauft, weil man fürchtet, dass das, was man zu hören und zu sehen bekommt, nicht zu verstehen ist; deshalb vertieft man sich schon vor Beginn des Stückes in das Heft.

Weitere Instruktionen des Chefs lauteten: "Die Sonne ging früh auf an diesem wunderbaren Frühlingsmorgen. Vorsichtig leuchtete sie das Land aus mit ihren noch zarten Strahlen, die sich schnell von einem schwachen Grau in ein helles Gelb verwandelten und dann auf ein paar kokette Wölkchen stießen, die wiederum dankbar für diese Aufmerksamkeit rötlich und orangefarben jedes noch so traurige Herz erfreuten."

"Wie romantisch!", dachte Andrés und überlegte, wie der Radiosprecher anfangen würde, die Szene, die sich die Zuhörer vorstellen sollten, zu beschreiben. Er kannte auch die anderen Novelas und wusste, dass diese "Tagesanbrüche" vielen Zuhörern Optimismus vermittelten.

"Es war fast sieben Uhr morgens", wird der Erzähler vorlesen müssen. Und der arme Textbuchautor würde nicht anders können als einfältig zu formulieren: "Elenas

Tag begann mit den Routinearbeiten einer Ehefrau und Hausbesitzerin. Efrain stand bereits unter der Dusche und summte leise einen aktuellen Hit vor sich hin. (Unvermeidbar.) Er hatte nicht den Mut, lauter zu singen – obwohl er dies mit seiner Bassstimme gern getan hätte –, um Elena nicht zu stören, diese charmante Frau, in die er immer noch, und das schon seit siebzehn Jahren, von ganzem Herzen verliebt war." (Wir bleiben beim Herzen, damit wir nicht aufzählen müssen, wo in unserem Gehirn solche Gefühle ausgelöst werden.)

Die Kommentare in den Klammern sind nicht für den Sprecher bestimmt, die soll er nicht lesen.

Andrés, der diesen Auftrag etwas lästig fand, dachte: "Es gibt doch Experten, die einen Vortrag über dieses Thema halten und Literaturempfehlungen aussprechen können, damit wir in der Lage sind, uns genauer darüber zu informieren, wo diese Wahrnehmungen gespeichert werden!" Aber das Radio hatte mit dieser Art von Sendungen nicht die Absicht, zu informieren oder gar zu bilden, auch wenn die Themen Psyche oder Anatomie etlichen Zuhörern nicht unbekannt sein dürften. Angeödet hörte Andrés auf, die Instruktionen zu lesen, und er erinnerte sich an ein lang zurückliegendes Gespräch, in dem sein Vater, sogar seine ganze Familie auf keinen Fall und unter keinen Umständen in diese vulgäre, billige, primitive ...

Er unterbrach seine Abschweifungen, und ohne dass es ihm richtig bewusst war, fing er an zu schreiben:

Während er dabei war, seine Schulzeit auf dem Gymnasium zu beenden, dachte er immer an dieses Metier, das Schreiben, das damals etwas Neues und Kurioses war. Er studierte nicht Medizin, wie es seinem Vater, seiner Mutter und seinen Großeltern, seinen Onkel und Tanten gefallen hätte. Er entschied sich vielmehr, nichts zu studieren. Er war überzeugt davon, dass das Radio und der Journalismus sein Schicksal waren. Dies hatte viel mit der alten Schreibmaschine zu tun, die er von einem Onkel geerbt hatte (der nicht so viele Bücher herausbringen konnte, wie er meinte, schreiben zu müssen). Irgendwo in einem vollen Bücherregal standen neben anderen Büchern von Schriftstellern mit etwas mehr Erfolg unter dem Buchstaben "S" wie Salinas dessen "Träume einer vegetativen Welt", "Die Realität imaginärer Visionen", "Der wahrhaftige Gott dieser Menschen", "Distanzierter Freund", "Die süßen Frauen dieser vergessenen, verlorenen Rasse", "Die Liebe, wo ist sie?" und so weiter.

Niemand kannte Hernàn Salinas als Schriftsteller (ausgenommen die Druckerei), niemand kannte seine

Bücher. Die standen entweder in einem Bücherregal unter dem Buchstaben "S" oder befanden sich im Archiv eines Untergeschosses, wo man seinen Misserfolg als Autor aufbewahrte.

"Möchtest du als Schriftsteller enden und dabei verhungern wie dein Onkel?", fragte ihn sein sehr verärgerter Vater, als er diesem seine Pläne mitteilte. Einen ganzen Vormittag lang ging der Vater im Salon auf und ab, setzte sich, um kurz danach wieder aufzustehen. Auf diese Weise legte er Kilometer zurück, die eines Sportlers würdig waren in einer Sportart, die es damals noch nicht gab. Er trank literweise Tee, der ihm von den Bediensteten in regelmäßigen Abständen serviert wurde. Er argumentierte und diskutierte mit sich selbst. Er ließ seinen Sohn nicht zu Wort kommen. Sein Gesicht wechselte die Farbe von einem bleichen Weiß über das Gelb der Hepatitiskranken zu einem kränklichen, fast ein bisschen femininen Rosa und weiter zu einem undefinierbaren Blau und schließlich zum Violett der Blitze eines Südsturms, um dann wieder zum bleichen Weiß zurückzukehren, das sein Sohn noch viele Stunden vor Augen haben würde.

"Und was wirst du tun, du Unglücklicher? Vor Hunger sterben oder von der Familie leben wie schon andere, die sich eingebildet haben, Schriftsteller zu sein?" Nun

216

meinte sein schwacher Gesprächspartner, ein Argument zu seiner Verteidigung gefunden zu haben, doch er konnte nicht mal Luft holen geschweige denn etwas sagen, um sich gegen die ernsten und rationalen Gründe zu wehren. Der Vater hörte nicht auf: "Einer dieser Schreiberlinge bittet uns fast jede Woche, ihm Geld zu leihen, um seine arme Frau ernähren zu können, die den Fehler begangen hat, sich in diesen Taugenichts – zugegeben von guter Statur, aber mit einem Intellekt, für den sich diese moderne Welt nicht interessiert – zu verlieben. Geld muss man sich verdienen, egal wie. Diese intellektuellen Ideen, die nur dazu da sind, in anderen Menschen Gefühle der Solidarität zu erzeugen: Freiheit, Gleichheit und was weiß ich noch für dummes Zeug! Man muss den Kopf auf den Schultern und starke Hände und kräftige Beine haben, die dich bei der täglichen Arbeit tragen. Mit solchen Qualitäten kann man etwas anfangen, und damit kann man auch studieren. Nur so bringt man es zu etwas. Aber nicht mit Schreibereien für diese Käseblätter, die zu nichts nütze sind, und ..." Hier hielt er inne, weil er nie, selbst in noch so hitzigen Diskussionen, ein Schimpfwort gebrauchte.

Der Vater hat es anfangs schwer gehabt im Leben. Sein eigener Vater hatte in der Weltwirtschaftskrise seinen gesamten Besitz verloren, sodass der Sohn sehr jung arbeiten musste, um den Vater, die Mutter und auch seine jüngeren Geschwister zu ernähren, bis diese ihr Leben selbst in die Hand nehmen konnten – bis auf den Schriftsteller natürlich.

Und nun kam der Sohn mit dieser Idee an, die seinen Vater beinahe umbrachte. Der war ein guter Mensch, er liebte seine Familie, er war korrekt und in seiner Arbeit Stufe um Stufe aufgestiegen. Das hatte ihm sicherlich etwas strikte und harte Umgangsformen verliehen. Zudem war er ein fast schon fanatischer Freund der Realität. Es fiel ihm schwer, zu träumen oder über etwas Abstraktes zu reden. Aufgrund seiner bitteren Lebenserfahrungen fühlte er sich verpflichtet, ein loyaler Getreuer der Wirklichkeit zu sein. Seiner eigenen Wirklichkeit, fand sein Sohn. Aber damit endet die Szene jetzt nicht ...

Der Vater rief Alberta zu, sie solle ihm noch mehr Tee bringen und vielleicht auch einige Kekse, die noch vom Vortag übrig waren. Ohne seinem Sohn zu gestatten, seinen Platz zu verlassen, auf dem er bereits seit zwei Stunden saß, streckte der Vater seinen Kopf aus der Tür und rief die Familie zusammen, die an diesem Sonntag bereits aufgestanden war. Es erschienen die Mutter, die Großmutter, der Großvater – sonntäglich gekleidet mit Krawatte und weißem, gestärktem Hemd –, einige Tanten, die Schwestern und natürlich Alberta. Sie ahnte, dass bei einer Zusammenkunft außerhalb des sonntagmorgendlichen Programms das Schicksal dieser Familie, der sie sich zugehörig fühlte, auf dem Spiel stand. Jeder setzte sich auf seinen gewohnten Platz: die Großmutter und der Großvater auf das breite Sofa, die Mutter neben den Missetäter, die Schwestern und Tanten in die Nähe der Tür. Alberta schließlich, halb sitzend und halb stehend, versuchte sich nützlich zu machen.

Der Vater räusperte sich wie vor einer Rede in einer politischen Versammlung und, sich an den Versager wendend, sagte er: "Dieser junge Mann teilte mir soeben mit, dass er nicht studieren will." Er unterbrach sich, um sich noch einmal zu räuspern, und tat so, als ob nur er allein zu entscheiden hätte. Der Sohn wollte etwas sagen und blickte hinüber zu seinen Großeltern. Sie waren die Einzigen, die ihn anschauten, ruhig, nicht überrascht, ohne Furcht oder Ärger. "Es ist nicht so, dass ich nicht studieren will", begann er zu erklären. "Ich arbeite seit einigen Monaten, und es gefällt mir. Ich glaube daran, dass ich Talent habe, und ich würde sehr gerne damit weitermachen."

Der Großvater streichelte die Hände der Großmutter, so, als ob er ihr mitteilen wollte, sie solle noch nichts sagen und zuerst müsse man den Enkel zu Wort kommen lassen. "Man muss dem Jungen die Möglichkeit geben, seine eigenen Erfahrungen zu machen. Wir leben nicht mehr in Zeiten, in denen du, mein Sohn, verantwortlich dafür bist, die Familie zu versorgen. Jetzt gibt es andere Möglichkeiten, und falls es nicht klappen sollte mit seiner Idee, sind wir viele, die ihm helfen können." In aller Ruhe fuhr der Großvater fort, zu argumentieren. Er war sich sicher, dass dieser Enkel, den er so sehr mochte, die Familie nicht enttäuschen würde. "Es gibt viele Wege im Leben. Man kann nie im Voraus sagen, was geschehen wird." Er hielt inne. "Nur sehr selten können wir schon vorher erkennen, ob wir den besten Weg zum erhofften Ziel gewählt haben."

Es wurde noch mehr Tee serviert, es wurden noch mehr Kekse vom Vortag gebracht, vom Rest der Familie kamen keinerlei Kommentare. Der Vater erholte sich langsam, sein Gesicht nahm wieder Farbe an. Er rieb die Hände, als ob ihn frieren würde. Langsam ging er auf und ab und wartete darauf, dass etwas geschähe. Irgendetwas Unerwartetes, das ihm ein weiteres Argument zuspielen würde. Wie ein Politiker, der auf die Reaktion des Volkes wartet, das ihm zwar zugehört hatte, aber nun schwieg. Meine Schwestern lächelten vor sich hin. Sie waren etwas überrascht, dass man ausgerechnet mit diesem Bruder, dem Liebling aller, der großen Hoffnung der Familie, diesem begehrten Jüngling, mit dem sich alle Mädchen gern verloben würden, so hart zu Gericht zog. So dachten sie zumindest. Eigentlich verstand keiner so genau, was schlecht daran sein sollte, wenn jemand seinen Platz gefunden hatte. Klar, alle waren davon ausgegangen, dass er studieren würde, denn so war es von der Familie geplant worden.

In jenen Jahren wurde in der Mittel- und etwas gehobenen Schicht vor allem das Thema Studieren oder Arbeiten sehr sorgfältig durch die Familie geprüft, ganz zu schweigen von anderen Verwandten, die aufgrund ihrer machtvollen Position, ihres Einflusses bei der Regierung, ihrer wirtschaftlichen Beziehungen oder ganz einfach nur durch ihre Bekanntschaft mit den Größen dieser Gesellschaft auch etwas zu sagen hatten.

Das "Volk" schwieg. In dieser Familie fand soeben eine stille Revolution statt. Alberta brachte noch mehr Tee. Die Kinder halfen ihr, appetitliche Häppchen anzurichten, die dieses schlaue Mädchen anzubieten wusste wie ein Magier, der Kaninchen aus dem Zylinder zaubert. Der Tisch in der Mitte des Raumes füllte sich. Immer mehr dieser duftenden Häppchen servierte Alberta. Man spürte die Sommerhitze durch die Fenster, die Temperatur passte sich dem improvisierten Fest an. Einige Nachbarn, die an diesem Sonntagvormittag aus welchen Gründen auch immer nicht zur Kirche gegangen waren, erschienen — gefolgt von einer Kinderschar, die herausgeputzt war wie zur Erstkommunion. Ihr Hund begrüßte unseren Hund, wie es eben Brauch ist unter Leuten mit gutem Benehmen. Von Weitem klangen die Kirchenglocken, die das Ausbleiben einiger Gläubiger zu bedauern schienen. Man hörte auch den Lärm von Trommeln, Trompeten, Klarinetten und anderen, etwas verstimmten Instrumenten, mit dem Zirkusartisten auf das Nachmittags- und Abendprogramm hinweisen wollten. Ab und zu ertönte eine Hupe, die wohl einen zerstreuten Passanten warnte, die Straße zu überqueren. Einige damals noch unbekannte Vögel verkündeten mit ihrem Pfeifen und Zwitschern ihre Ankunft. Eine Katze, die es bereute, durch ihr Mauzen versehentlich eine verspielte Maus gewarnt zu haben, miaute enttäuscht vor sich hin.

Einer der soeben eingetroffenen Nachbarn zündete unter Entschuldigungen eine Zigarre an, und der Großvater sagte lächelnd zu seinem Sohn: "Mensch, lassen wir doch den Jungen lernen, seine eigenen Entscheidungen zu treffen. Es ist ja schließlich sein Leben. Es wird eine seiner wichtigsten Entscheidungen sein unter all jenen, bei denen er nicht die Gelegenheit hat, selbst wählen zu können." Er hielt inne und schaute seinen Sohn an, als ob er sich bei ihm entschuldigen wollte, dass er in seinen jüngsten Entscheidungen herumgestochert hatte.

Eine Hand legte sich auf die Schulter von Andrés. Es war

sein Chef, der seit einer Weile hinter ihm gestanden und das, was dieser niederschrieb, gelesen hatte. "Bravo!", meinte er. "Das ist die Geschichte, die ich gesucht habe! Ein bisschen kitschig, aber das ist es ja, was unsere Zuhörer wollen.

16 Komm doch mal mit, es wird schön sein

Die Erinnerungen an seine Kindheit und Jugend waren vielfältig und wurden ohne Zweifel auch durch seine Freundin O. hervorgerufen. All die schönen Ereignisse waren in seinem Gedächtnis gespeichert, ganz einfach so, ohne sie zu katalogisieren oder zu klassifizieren. "Mit Vorsicht, Respekt und Liebe", wie Arnaldo viele Male zu sich selbst sagte.

Sie war wirklich seine erste Freundin gewesen. Schon bei den ersten Treffen, mit zwölf, dreizehn Jahren, hatte er ein unbeschreibliches Gefühl gehabt, das aber zunächst nicht mehr als Befangenheit war, hervorgerufen durch eine den Jugendlichen völlig unbekannte Seelenverwandtschaft. Mit der Zeit wuchs das Gefühl, ganz ohne Hast, mit dieser Ruhe, mit der sich Rinder bewegen, selbst wenn sie missgelaunt getrieben werden, um wer weiß wo anzukommen. So war es bei einer ihrer ersten Begegnungen, die ihnen das Leben bescherte: Ohne ein Wort schauten sie sich an und trauten sich nicht, etwas zu sagen. Warum musste denn auch gesprochen werden? Sie sahen sich an, und das genügte.

Sie kam von oben, von einer breiten Straße mit großzügigem Schatten stieg sie einige steinerne Stufen hinab zum Strand mit seiner Sonne und seinem heißen

Sand, seiner frischen Brise, seinen Wellen und allem, was er den Sommergästen, die vor der Hitze, dem Staub und dem Schmutz ihrer Städte geflüchtet waren, bieten konnte.

Als Kind sieht man alles mit anderen Augen. Mit Neugier allem Unbekannten gegenüber, und mit einer gewissen Hemmung, die es verbietet, weiter als bis zu einem gewissen Punkt zu fühlen und zu denken. Genauso einfach begann diese Freundschaft. Und auf eine nicht weniger einfache Art hörte mit den Jahren und mit dem Abstand zueinander alles wieder auf. Nein, nicht alles. Es blieben einige Briefe voller Versprechungen, Blätter voller Hoffnungen, "wie es sein könnte eines Tages, wenn all das Erträumte wahr würde, ob wir frei sein und uns immer noch mögen werden ..." Heute könnte man meinen, dass davon nicht mehr als nur ein paar schöne Erinnerungen an einige leichtsinnige Versprechen geblieben sind. Wirklich nicht mehr!

Und jetzt diese fast bedrohlich wirkende schriftliche Mitteilung: "Ich bin auf der Reise nach Santiago, um mich mit dir zu treffen und dir alles, was ich erlebt habe, zu erzählen. Es gibt Probleme." – "Gut, sie wird kommen, wir werden uns treffen, und sie wird mir alles, was in den letzten Jahren geschehen ist, berichten", sagte Arnaldo zu sich selbst. Was war geschehen? Jedem passieren irgendwelche Dinge. So unzählige Dinge, wenn man erst einmal anfängt, darüber nachzudenken!

Einige verarmen mehr, als man es dulden kann. Andere bleiben reich, ohne zu merken, dass sie zu viel haben. Etliche werden krank und wie durch ein Wunder wieder gesund, während manche plötzlich und so schnell sterben, dass sie keine Zeit haben, über den bevorstehenden eigenen Tod zu weinen oder sich von den Menschen, die sie lieben, verabschieden zu können.

Wieder andere verreisen, um vor ihren neuen Feinden, die sie bisher Freunde genannt hatten, zu flüchten.

Dann gibt es jene, die Hals über Kopf fliehen müssen, um sich selbst zu retten und nicht an die Zurückgebliebenen denken können.

Nicht wenige heiraten und setzen Kinder in die Welt, und zwar viel mehr als sie ernähren und erziehen können. Andere sind seit Jahren verheiratet, haben alles, aber keine Kinder. Es gibt auch welche, die ihre Schwiegereltern hassen, einfach nur um jemanden zu hassen, weil sie die wahren Verachteten und Verhassten unserer Gesellschaft noch nicht gefunden haben. Etliche kommen voller Hoffnung und bereuen später, gekommen zu sein. Und dann sind da auch die, die Gott anflehen, ihnen ein bisschen Glück zu bescheren, ohne zu wissen,

226

um was sie den Herrn bitten sollen.

Das alles ist nur ein wenig von dem, was man so erzählen könnte.

Probleme. "Du sagst, du hättest Probleme gehabt." Sicher, Probleme, aber lasst mich weiter an all das, was uns passiert, denken. Die Jahre des Gymnasiums enden gut oder schlecht, mit einem Diplom, das man sich nicht getraut, jemandem zu zeigen. Das Leben zwingt uns, ernsthaft über die Möglichkeiten nachzudenken, die sich in diesem Moment bieten. Man blickt in eine völlig unbekannte Zukunft, die man sich in keiner Weise vorstellen kann. Man sucht Unterstützung und denkt daran, was einer ist oder was einer sein wird. Doch sind diese Faktoren wie zu niedrige Krücken, auf die man sich nicht stützen kann, selbst wenn man sich nach unten beugt. Probleme, Oriana.

Einigen ist ein bisschen mehr passiert. Sie haben das Gymnasium mit einem guten Abitur abgeschlossen. Alle erinnern sich noch an jenen Klugscheißer. Er, der auf jede Frage eine konkrete Antwort wusste und den Neid der ganzen Klasse schürte, als er mit dem Philosophielehrer auf gleicher Ebene diskutierte. Der sich in einem harten Kampf verteidigte, indem er die mitbrachte, die ihm helfen konnten, Säcke, gefüllt mit Kant, Nietzsche,

Schopenhauer, Sokrates, Platon, Descartes und Sartre. Man nahm an, dass ein solches Genie wie Mateo es war, an der Universität studieren würde, und jeder wünschte ihm, weit, sogar sehr weit zu kommen. Vielleicht würde er Direktor des größten Krankenhauses der Region werden oder Dekan an derselben Universität, an der er studierte. Oder aber einen Preis von einem der Kulturzentren dieser Welt bekommen. Oder er würde der großartigste Konzertpianist werden. Oder jener Schauspieler, der uns mit den schwierigsten Interpretationen der kompliziertesten Figuren des Theaters beschenkt. Oder ein Schriftsteller, vorgeschlagen für den nächsten Literatur-Nobelpreis. Oder, wer weiß, vielleicht sogar einer, der sich als wahrhaftiger Retter unserer gebeutelten Demokratie erweist. Ohne Probleme.

Und auf der anderen Seite stehen wir, die Mittelmäßigen, die frühmorgens, wenn die Lichter der Straßenlaternen noch immer brennen, zur Metro hetzen, um pünktlich im Studio anzukommen und auf Sendung zu gehen, wie man das in der Radiomoderatoren-Sprache nennt.

Oder jener, der in sein Büro bei der Bank eilt.

Oder sie, die versuchen, sich unter einem Schirm gegen Wind und Wetter zu schützen und dabei nasser werden als im Regen selbst.

Oder das gut gekleidete Söhnchen, das den Chauffeur verabschiedet, indem es auf seine goldene Uhr zeigt, um ihn daran zu erinnern, dass er pünktlich wieder da zu sein habe.

Oder die Frau, die, über ihr Elend jammernd, ihre Kinder zur Krippe bringt, um anschließend den Bus zur Arbeit zu nehmen, die sie zum Glück und mit Hilfe einiger Freunde gefunden hat.

Oder die Dame, die an der strategisch bestgelegenen Ecke des Zentrums ihre Birnenwecken mit Sirup und einige Gläser süßen Pfirsichsaft verkauft.

Oder jene Frau, die, in aller Eile und ohne lange stören zu wollen, die Wäsche bei den Nachbarn abholt, die sich in dieser gesegneten Zeit noch immer keine elektrische Waschmaschine anschaffen wollen, und die verspricht: "Wenn die Sonne scheint, bringe ich Ihnen morgen früh alles trocken und gebügelt zurück."

Oder der Junge, der im Supermarkt seine Dienste anbietet, indem er mit seinem Karren reichen Damen die Einkäufe nach Hause liefert und als Gegenleistung ein nicht immer großzügiges Trinkgeld erhält, das er nicht behalten wird, sondern in die Haushaltskasse einzahlen wird, um der Familie zu helfen, den Großvater mit einbezogen, desgleichen die Großmutter, einige Tanten und die – kein Mensch weiß, von wem – schwangere Nachbarin.

Und all jene mit oder ohne Zukunft, die sich auf den Stufen dieser hohen, steilen Leiter befinden, die eher den Abstieg als den Aufstieg ermöglicht. Der Schuhputzer mit seiner Schachtel, auf der er mit den Händen einen heißen Rhythmus trommelt und sein "trialo, patrón" demjenigen zuruft, der ein bisschen mehr Glück gehabt hat in dieser Gesellschaft.

Oder der Tellerwäscher, der Essensreste aus den Abfalleimern fischt, die immer voll sind mit dem, was nicht mehr in die gefüllten Mägen der Reichen passt, und die nie daran denken, dass es immer einen Hungrigen gibt, der sich an jenem, was sie zurücklassen, bedienen könnte.

Oder der Straßenmusikant, der diese alten Tangos spielt, die uns so sehr gefallen und die selbst den Ohren der Achtzigjährigen noch schmeicheln, und der darauf wartet, dass man einige Pesos in seinen Sombrero wirft.

Oder der Mann, der an der Kirchentüre steht und dem man großzügig erlaubt, mit zitternden Händen um Almosen zu betteln – auch er hat seine Geschichte.

"Es gibt Probleme, meine alte Freundin, und ich bin dir

dankbar, dass du mich mit deiner Botschaft zum Nachdenken bringst, wie und wo dieser kleine Kosmos existiert, glücklicherweise weit entfernt von den bösen, im Namen anderer Größen konzipierten Plänen, die den bescheidenen Leidtragenden keine staatliche Hilfe gewähren, obwohl sie davon wissen. Helden gibt es auf der anderen Seite, in Kriegen, die sie nie selbst erklärt haben. 'Soldaten' von Bankern, Wirtschaftsbörsen und dieser ganzen globalen Mafia, die die Welt regiert. Finanzjongleure, die einen Bankrott hingelegt haben und die nun scham- und ehrlos es wagen, öffentliche Gelder in einer Höhe einzufordern, die die Bildungsprobleme der Armen für die nächsten zwanzig Generationen lösen würde. Es gibt Probleme, Oriana. Natürlich bin ich bereit, mir die deinen und deine Klagen anzuhören und zu sehen, was man machen kann. Wie gut, dass du noch nicht hier bist! Das gibt mir Zeit, nachzudenken. Und dieses tägliche Elend, das fast jeder Mensch ertragen muss, mit Händen zu greifen.

Wie gut, dass du noch nicht da bist. Kommst du mit der Bahn? So wie all jene Male, als du kamst, um mich zu lieben und mir das Gefühl gabst, ein Mann zu sein und mir bewusst machtest, wie schön die ersten Jahre unserer Begegnung waren. Niemals vergesse ich, wie du diese Stufen hinabgestiegen bist, um mich ganz zufällig zu finden.

Ich habe einige Verse geschrieben, in denen ich den Wind lobte, die Brise, die deinen Rock hob und mir erlaubte, dich für eine Sekunde mit anderen Augen zu sehen, nicht mehr mit den Augen eines Kindes. Ich kann diese Brise riechen und sehe einmal mehr diese Sonnenstrahlen, die mich fast blind machen, fühle den heißen Sand unter meinen Füßen, bestaune die einladenden Wellen, in die man sanft hineingleiten kann. Ich weiß, dass sich alles verändert hat: Die schöne Küstenstraße ist im Lauf der Jahre verfallen, die Stufen verloren den Kampf gegen die Wellen und liegen nun dort, vergessen und verloren.

Die Frau, die mich besuchen kommen wird und mir über ihre Probleme berichten will, bist nicht du. Aber es ist dieses Mädchen, das mich einst ermunterte, einige der ersten Freuden des Lebens zu entdecken. Dein Besuch wird uns viele Jahre kosten. Aber komm nur, denn wir haben über viele Probleme zu sprechen."

17 Von Abenddämmerungen und Zweifeln

Und so unterhielten sich die beiden alten Freunde in der Bar an der Ecke, wohin sie sich in letzter Zeit zurückzuziehen pflegten, je nach Lust und Laune, wenn das Bedürfnis nach Konversation da war oder andere Gefühle, die diese Zusammenkünfte notwendig machten. Hier sprachen sie über sämtliche Themen, die man sich vorstellen konnte. Über die schmutzige Politik der einen und die guten Absichten der anderen in ihrer Güte, mit ihren Hoffnungen, ihren guten Wünschen und ihren Illusionen: Da gehe es nicht mehr um ein Spiel, in dem die Guten gegen die Bösen antreten. Beide Gruppen kämpften heute gemeinsam Seite an Seite, ohne sich klarzumachen, was sie eigentlich wollten. Vielleicht die Probleme derjenigen, die wirklich Hilfe brauchen, lösen? Denn die seien nicht mehr in der Lage, auch nur einen Finger zu rühren, um aus dem Labyrinth ohne Ausgang, in das sie sich ohne Wissen hineinbegeben hätten, herauszufinden. Keinem sei klar gewesen, was geschehen würde, erst am Schluss könne man das Elend erkennen. Würden sie ohne Hoffnung bleiben? Manch andere würden sich nicht so offen äußern, aber wenn man ihnen genau zuhöre, erkenne man deutlich, dass es für sie das Wichtigste sei, ihre Position in dieser Demokratie zu nutzen, um Vorteile für sich selbst zu schaffen, und unter dem Vorwand hehrer Ideen alles für ein langes Fortbestehen ihrer Partei zu tun. Hier aber endeten dann die hohen Ideale. Ja, so sei die Politik, oder besser gesagt: die Politiker.

Für Alfredo und Jaime war das Thema schon lange erschöpft, und sie machten eigentlich nichts anderes mehr, als ihre Klagelieder immer noch einmal zu wiederholen. Auch der Sport war Gesprächsstoff und ein Beweis für den Verfall der guten Sitten: Jenen jungen Männern zuzuschauen, die auf der Straße *Pichanga* spielten und ihre athletischen Körper zur Schau stellten, ihnen zuzusehen, wie sie bis zur Erschöpfung rannten, um nach einer kleinen Pause und einem Schluck Wasser noch viel motivierter weiterzuspielen, das sei früher für jeden Fußgänger ein Spaß gewesen. Man sei stehen geblieben und habe – die Zeit und etwaige Verpflichtungen vergessend – diese Gestalten voller Lebenslust und Freude bestaunt. Und ... das sei es dann auch schon gewesen. Mehr habe man nicht gebraucht in jenen Zeiten, wenn man irgendeinen Sport vor Publikum habe betreiben wollen.

Erst später seien die Experten hinzugekommen, die Manager, die Geschäftsleute, quasi in Engelsgestalt und voller Versprechungen. Mit ihnen seien auch die Trainer aufgetaucht und die Masseure sowie ein Sportarzt, der den Leib inspiziert habe auf der Suche nach Gesundheit, psychischer Stabilität und anderen Tugenden, die er wohl selbst nicht gekannt habe. Damit habe das Selektieren der Besten begonnen und die Schicksale hätten sich gewendet; von da an sei nicht mehr gespielt worden, um Haut und Schuhsohlen zu schinden, bis sie nichts mehr hergaben. Man habe nur noch mit vorgegebenen Zielen und um den Fortschritt, den Erfolg und den Durchbruch gespielt.

Alles habe sich geändert oder sei mit List verändert worden, es sei sogar Pflicht gewesen, diese neuen speziellen Fußballschuhe zu tragen. Wie sehr habe sich doch alles gewandelt – und das keineswegs hin zum Guten! Selbst vor Spezialstrümpfen sei nicht Halt gemacht worden, nicht vor Schnürsenkeln, den Hosen, den Hemden, den Tüchern, den Sporttaschen. Spielfelder seien entstanden, Flaggen und andere Wahrzeichen, die Auswahl der Mannschaft und der Organisatoren, die nationalen und die internationalen Begegnungen und die Weltmeisterschaften – und nicht zu vergessen: die Berichterstattung in Radio und Fernsehen. Ach ja, und die langen Seiten der Zeitungen, in denen über nichts anderes mehr berichtet würde.

Und die Werbung, beispielsweise die der um Konsumenten buhlenden Getränkehersteller, die mit unglaublichen Versprechungen ihre Durstkiller anböten und glauben machen wollten: Nur diese Marke ist die richtige!

Ganz zu schweigen von anderen Sportarten, von jenen mit dem Tennisschläger, mit Bällen und Netzen auf weichem Boden, fast elegant. Auch hier sei die Kleidung vorgeschrieben worden, die Hose hatte weiß zu sein, ebenfalls das Hemd und die Socken und die Schuhe. Ein Wunder, dass keiner auf die Idee gekommen sei, für ein Waschmittel zu werben, das dieses blendende, unvergleichliche Weiß zustande bringt.

Andere wiederum hätten den Schnee für sich entdeckt. Die atemberaubende Schönheit des Gebirgspanoramas sei kaum beachtet worden, auch nicht der See mit seinem klaren blauen Wasser, den die Natur vor etwa zwei Millionen Jahren hier geschaffen hatte, umgeben von einigen schönfarbigen Felsen – all das habe man nicht wertgeschätzt. Vielmehr sei es um den Luxus der für diese noble Sportart ausgerüsteten, miteinander konkurrierenden Hotels gegangen. Die Industrie habe auch hier nicht vergessen, spezielle Bekleidung auf den Markt zu bringen, die man auf keinen Fall bei einer anderen Sportart tragen dürfe.

Alfredo und Jaime wurden nicht müde, ihre Meinung zu äußern. Mehr als nur einer der unfreiwilligen Zuhörer beobachtete sie mitleidig und dachte: "So alt sind sie eigentlich gar nicht!" Es gibt doch andere, bessere Themen, wie zum Beispiel die Familie und diese Menschlein, die aus den schönen Bäuchen der herrlichen Frauen kommen, kleine Wesen, uns so ähnlich und doch so anders. Darüber ließe sich, ohne traurig zu werden, wunderbar reden. Auch über die Natur mit ihrer Perfektion, über die wir nur höchstens die Hälfte wissen, halb studiert, kaum verstanden, wenig erforscht, ohne auch nur deren Sinn erraten zu können. Es ist freudig und gleichzeitig traurig, dass wir sie zu verantworten haben, diese ernsthafte, verspielte, feinfühlige, aktive und unbekümmerte Generation, die es zu etwas bringen will. Einige gehen schlecht miteinander um, sind einfach intolerant. Andere bitten die Älteren um Rat und Hilfe – ohne zu wissen, dass alles schon einmal da gewesen ist. Dass jede Diskussion, jeder Streit, und sei er noch so heftig, schon einmal stattgefunden hat. Das wäre doch ein interessantes Thema, so nahe liegend und lebendig!

Nun ja, unsere beiden Freunde kamen auch mit dem technischen Fortschritt kaum noch mit. Dennoch widmeten sie diesem Thema ebenfalls etliche Stunden. Der eine meinte, die Welt werde anders untergehen als man es erwarte und als es von einigen religiösen Institutionen angekündigt würde. Der Mensch werde es sein, wir, die wir uns in unserer unermesslichen Gier dieser Welt bemächtigt hätten. Und zwar mit diesen neuen Erfindungen: Maschinen, Computer, Roboter.

Jaime behauptete, dass alles schon viel früher angefangen habe. Nämlich als die weißen Europäer gekommen seien und die Indios im Namen einiger nicht mal mächtigen, aber ignoranten Könige erobert hätten. Als sie diesen waghalsigen Seemann geschickt hätten, mutig, aber absolut in Unkenntnis der Folgen, die seine Entdeckung mit sich bringen würde. Er habe ein Ideal gehabt und die Theorien einiger Weiser in die Praxis umsetzen wollen. Jene Weisen aber hätten nie beabsichtigt, das Leben der Gesellschaft zu verändern. Aber nach und nach sei dann doch alles anders geworden.

"Glaubst du wirklich, dass die Katastrophe schon mit der Ankunft der Seeleute begonnen hat?" - "Ich wiederhole: Keiner hat sich das Maß oder die Konsequenzen dieses Schrittes vorstellen können. Entdeckungen wurden gemacht, man hat sich fremder Erde bemächtigt und sogar befohlen, an die Götter der Eroberer zu glauben. Man hat die Menschen beraubt und sie enteignet. Am Anfang hat sich die Gier auf Bodenschätze wie Gold und Silber beschränkt, später sind ganze Kulturen zerstört und neue eingeführt worden, die bis heute keiner als besser empfindet."

"Mein Freund, du wirst prähistorisch und philosophisch."

"Vergessen wir die Wurzel allen Übels! Mich bekümmert, was heute geschieht. Die vielen Transportmittel verschmutzen die Luft, die wir einatmen und die einmal sauber war. Der Abbau von Mineralien und Metallen verwandelt die Erde in unfruchtbares Land. Ganze Wälder werden abgeholzt, saubere und klare Wasser werden verseucht, Landschaften, die uns einmal gehörten, werden zerstört, ohne dass man uns auch nur einen einzigen Centavo gibt. Flüsse werden vergiftet, die Tiere zu Wasser und zu Lande ausgerottet. Millionen Insekten werden getötet, ohne ihre Funktion im Kreislauf der Natur zu kennen."

"Mein Freund, wir sind an einem Punkt angelangt, an dem uns bewusst wird, dass diese Kreatur, der eingebildete und pedantische Homo sapiens, diejenige ist, die diese vielen Irrtümer begeht. Es ist ein Glück, dass wir nie weit gekommen sind, nicht mal zum nächstliegenden Nachbarplaneten, um dort unsere sogenannte Zivilisation zu etablieren. Wir sprechen von weit entfernten Universen, wo ein Leben für uns möglich wäre, wenn wir dort ankommen sollten – nach einer Reise von fünfhundert Jahren."

"Großvater Alfredo, hör auf zu diskutieren! Großmutter

wartet mit einer Tasse heißen Tee auf dich, damit du schlafen kannst und eine ruhige Nacht hast."

"Jaime, mein Freund, die häuslichen Verpflichtungen zwingen mich, dich mit deinem tiefen Schmerz über diese Welt, die nächste Woche immer noch existieren wird, zurückzulassen."

"Vergiss nicht, morgen wieder herzukommen. Es gibt ein Fußballspiel, das wir uns im Fernsehen, dieser fantastischen modernen Erfindung, anschauen müssen. Ich verspreche dir, dass ich, wenn du kommst, nicht versuchen werde, die Welt zu retten, und dass ich auch nicht über korrupte und unfähige Politiker sprechen will. Diese Abenddämmerungen sind sehr angenehm, wir sollten sie uns nicht vergällen mit unseren Zweifeln und anderen Dingen, die uns durch den Kopf gehen. Gute Nacht, mein Freund."

Und Alfredo ging, um gehorsam die Pflichten eines alten Mannes zu erfüllen: sich die Zähne zu putzen, sich zu entkleiden, den Schlafanzug anzuziehen und sich langsam ins Bett zu begeben und dann "Gute Nacht, Matilde" zu sagen. In der Hoffnung, dass sie, falls sie nach dem langen Warten nicht schon eingeschlafen war, antwortete: "Gut, Alfredo, bis morgen." Dieses Mal jedoch hörte er eine freundliche Stimme: "Der Tee ist sicher schon kalt. Ich hatte dir auch einen Teller Suppe auf den Tisch gestellt. Aber warum sorge ich mich um dich? Ich weiß doch, dass dir diese nicht enden wollenden Plauderstündchen wichtiger sind. Bis morgen."

18 Die Ankunft der Statue

Seit neun Uhr morgens, eigentlich schon viel früher, hatten sich die Menschen an den Anlegeplätzen des nicht sehr breiten Hafendamms versammelt. Und das im größten Hafen unseres Landes! Die Wahl des Ortes, wo man das wertvolle Geschenk in Empfang nehmen würde, hatte bereits Anlass zu heftigen Diskussionen bei den intellektuellen Gruppierungen und den Treffen der Nachbarn gegeben; es waren übergeordnete Korrespondenzen geführt und die größten politischen Parteien des Landes in zwei Lager gespalten worden, die aufgrund dieser Veranstaltung für immer verfeindet geblieben sind (jedenfalls bis heute). Schließlich empfing man ja nicht einfach ein Päckchen von einer Tante, die seit Jahren im Ausland lebte und sich nun an ihre arme Verwandtschaft in diesem fast vergessenen Winkel dieser Welt erinnerte. Vielmehr handelte es sich hier um ein Geschenk, um die Anerkennung durch eines der bedeutendsten Länder, mit dem wir befreundet waren. Wir sollten nie vergessen, dass wir große und kleine Freunde haben auf diesem Planeten.

Die Ehre, diese Statue geschenkt zu bekommen, war die eine Sache. Aber das Land, aus dem sie kam, zwang einen, sich Gedanken über jede Einzelheit zu machen: über die Ankunft im Allgemeinen, den passenden und gebührend ehrenvollen Ort im Besonderen sowie über das Festprogramm und den Platz, wo das Objekt aufgestellt werden würde, damit jeder Einwohner mit Stolz dieses Geschenk bewundern könnte. Die Gabe eines befreundeten Landes – ein Dankeschön für unsere Verbundenheit, für brüderliche Gastfreundschaft, für die Toleranz gegenüber jenen, die vor vielen Jahren von weit hergekommen waren und Wurzeln geschlagen hatten in unserem regnerischen Süden – war ein Thema für lange und wirre Gespräche. Zuerst dachte man daran, die Statue in einem Hafen aufzustellen. (Damit war klar, welches Ausmaß an Aufmerksamkeit ihr zuteilwurde.) Aber in welchem? Das war die große Frage. Es sollte ja jeder Reisende von Weitem nicht nur unsere Landschaft bewundern, sondern auch den Preis für Harmonie und Anerkennung ermessen können – das Wort "Hochachtung" passt besser, glaube ich.

Die Frage des Wohin führte zu Feindschaft, Rivalität, Neid und sogar Hass zwischen zwei Orten, von denen sich jeder für den besten hielt. In unserem langgestreckten Land gab es zahlreiche strategisch günstige Punkte, wo man dieses so außergewöhnliche Monument hätte aufstellen können. Im äußersten Süden wäre es eine Touristenattraktion für die nicht weit entfernte Stadt Puntas Negras, Tausende Kilometer weg von der Hauptstadt. Aber wer weiß, vielleicht würde man damit zu viel Aufmerksamkeit erregen an diesem Ort, wo gewisse Demarkationslinien, Trennlinien oder Grenzen verteidigt wurden. Deshalb verwarf man diese Idee aus politischen Gründen. Ein paar Klügere behaupteten, dies wäre eine Kampfansage an ein Nachbarland, das etwas hochnäsig und empfindlich war und von wo aus ein hirnloser kleiner Militarist ein paar Kriegsschiffe geschickt hatte, um den Helden des Kontinents zu spielen. Gott sei Dank ohne Erfolg, nur einige Vernünftige hatten etwas zu lachen. Es war weder zu Kriegen noch zu Schlachten noch zu Verschiebungen der Grenzen gekommen, die vor vielen Jahren von einem europäischen König festgelegt worden waren. Die Regierung von Chile hatte den König von England gebeten, als Unparteiischer zu helfen, ein Problem mit den Grenzen Argentiniens zu lösen. Deshalb wäre es falsch gewesen, längst verrauchten Zorn wieder neu zu schüren. Alle waren damit einverstanden, dass die Stadt Puntas Negras keine Chance hatte.

Und weitere großartige Städte wurden in Erwägung gezogen, die verträumt an einem Flussufer lagen. Im Norden gab es eine Stadt, die man mit Subventionen wieder aufgebaut, verschönert und zu architektonischem und historischem Glanz gebracht hatte – der ganze Stolz eines seit Jahren im Ruhestand befindlichen Präsidenten. Diese Stadt, sehr sonnig gelegen und nur wenig eingeschränkt durch Grenzen, die die Geschichte gezogen hatte, könnte in Frage kommen. Aber sie war viele Male von Erdbeben erschüttert und fast gänzlich zerstört worden. Wäre es empfehlenswert, dieses wertvolle Monument dort unter diesem Risiko aufzustellen? Nein und nein und drei Mal nein und basta!

Es existierten noch mehr schöne Orte, zum Beispiel, wenn man die hohen Berge überquerte und sich auf die andere Seite begab. Hier lag meistens Schnee, viele Monate lang bedeckte er die Höhen und ließ sie bizarr aussehen. Auf jeden Fall könnte man das Objekt auf einen dieser Berggipfel stellen und, ohne zu übertreiben, es wäre sogar einer der höchsten der Erde. Ja, so ist unsere Welt, liebe Freunde!

Aber dort würden wir erneut bereits vergessenen Groll bei unseren guten Nachbarn hervorrufen, die mit mehr "Zaster", wie man in jenen Jahren sagte, drei oder vier solche Monumente hätten errichten können, ohne dass ihnen irgendein befreundetes Land ein Geschenk machen musste. Auch dieser Vorschlag wurde schnell verworfen. Das Ministerium für öffentliche Arbeiten war kategorisch dagegen und argumentierte so: "Wo sollen wir das Geld hernehmen, um eine ägyptische Pyramide auf dem höchsten Berg zu errichten?"

Blieben noch andere Städtchen, die sich ebenfalls als

Kandidaten für den "geweihten Ort" präsentierten. Wenige Kilometer von der Hauptstadt entfernt gab es einen wirklich legendären Flecken, dort waren die historischen Geschicke dieses Landes, von dem ich erzähle, bestimmt worden. Es hatten bereits Bauarbeiten begonnen, um ihn rechtzeitig nicht nur in einen geweihten Ort, sondern in den "Ehrenplatz" des ganzen Landes zu verwandeln. Aber mein Herr, wenn dieser Platz so nahe bei der Hauptstadt liegt, warum sollten wir ihn nicht gleich in der Hauptstadt selbst errichten? Und auch dieses historische Dörfchen hatte keine Chance. "Das ist nicht nötig", lautete der Kommentar der Lokalzeitung. "Wir sind bereits in die Geschichte eingegangen." So war es, und so wird es sein.

Es gab eine andere Stadt ganz oben im Norden, die das Tor in dieses langgezogene Land bildete. Warum nicht dort? Die Argumente waren genauso plausibel wie die aller anderen Kandidaten. "Wir haben das Meer, einen Hafen, und hier gibt es keinen Schmuggel! Wir planen eine Universität und sind Nachbarn von..." – "Nein, nein, meine Herrschaften, aus Gründen des Nachbarschaftsrechts haben wir schon andere Offerten zurückgewiesen", und das Ministerium, das dies beschied, mied das Wort "bessere".

So blieben, wie anfangs erwähnt, nur zwei Orte: die

Hauptstadt oder der Hafen. Und – keiner weiß mehr warum, weil diese Geschichte schnell vergessen wurde – die Hauptstadt gewann. Dem Hafen wurde Jahre später ein Bau, der aussah wie eine gigantische Tankstelle (die Idee eines in Sachen Architektur und Kunst absolut banausenhaften Militaristen) geschenkt, wo die Zusammenkünfte des Senats stattfinden sollten. Dies alles konnte ich den Fotos und Artikeln entnehmen, die man mir zuschickte.

Zu jenem Zeitpunkt aber hatte der Hafen die glanzvolle, nicht zu unterschätzende Ehre, den Empfang der Statue zu organisieren. In der Hauptstadt gab es hervorragende Orte für Monumente dieser Größenordnung. Die Anhöhe Pilpil zum Beispiel. Noch war sie nicht berühmt, doch hatten bereits Pilgerreisen begonnen, die sogar die Wallfahrten zur Jungfrau von Lourdes in den Schatten stellen würden. Die Statue würde von jedem Punkt der Stadt und ihrer herrlichen Umgebung aus zu sehen sein. Es gab auch andere Hügel, auch andere Latifundien mit noch immer berühmten Weinbergen. Es gab Gelände jeder Art: von glücklichen Reichen, von unglücklichen Armen, von Gesegneten, von Politikern (kein Kommentar!), von Dieben und anderen Gestalten, die ich vorsichtshalber nicht benennen möchte und, so Gott will, auch nie werde benennen müssen. Die Stadt war reich an Ehrenplätzen für solche Monumente.

Das alles ist aber nur die Vorrede für den Empfang eines Geschenkes als Zeichen der Freundschaft. Kehren wir zum Hafen zurück, wo schon die ersten Programmpunkte spielten. Das Schiff war am Horizont noch kaum zu sehen, als eine Wolke spielerisch die Kraft des Sonnengottes zunichtemachte. Die zerstreute Wolke sank viele Meter tiefer und verwandelte sich in Nebel. (Im Norden dieses Landes nennt man ihn *Camanchaca.* Typischer Nebel, der an wunderbar sonnigen Tagen aufkommt und die Küste bedeckt, sodass den Touristen die Lust vergeht, morgens an den Strand zu gehen, um ihre Leiber zur Schau zu stellen. Aber ein *Pisco sour* in einer Hafenbar war für einen solchen Vormittag ein göttlicher Ausgleich.)

Die Minister – sowohl jener der Öffentlichen Angelegenheiten als auch die des Auswärtigen und der Bildung – waren dabei, sich zu räuspern und ihre Stimmen für die Festreden zu präparieren. Diese Vorkehrungen wurden im Luxushotel Mega-Super-Continental getroffen. Der Bürgermeister, der sich noch in seiner Villa aufhielt, dachte darüber nach, ob man, um Zeit zu gewinnen, mit der Zeremonie anfangen sollte, bevor die "*Caleuche*" anlegen würde. Seinen Erfahrungen zufolge benötigte ein Schiff, sobald es am Horizont auftauchte, mindestens vier Stunden, bis es in den Hafen einlaufen konnte. Und bis die letzten Handgriffe des Manövers beendet waren, würde mindestens eine weitere halbe Stunde vergehen. So war das damals in den Häfen.

Es gab noch weitere Persönlichkeiten, die ihre freundschaftlichen Grüße zum Ausdruck bringen wollten und ihren Dank für die brüderliche Anerkennung. Das Programm hatte sich zu einem Riesenfest entwickelt. Gasthöfe in der Umgebung hatten schon eine Nacht zuvor ihre Bars geöffnet, Orchester, Gitarristen und Provinztänzerinnen hatten ihr Können zum Glück an anderen, weit vom Hafen entfernten Orten dargebracht.

Lehrerinnen übten noch einmal die Nationalhymnen der betreffenden Länder. Der Universitätschor aus der Hauptstadt war gekommen wie auch der einer weiteren Hochschule vom Hafen. Man hörte Melodien, sehr schöne Volksmelodien, für diesen Moment auf klassisch adaptiert. Der Komponist hatte in den Notenheften der Symphonien von Tschaikowsky und Strawinsky gestöbert und imitierte – warum auch nicht? – die Stücke. Er übernahm das "Ay, ay, ay" aus einem ziemlich interessanten Werk für große Orchester, das später mit Sicherheit im Gemeindesaal zu hören sein würde.

Gott sei Dank begann das Fest, der Bürgermeister gab das Zeichen, pünktlich um zehn Uhr. Allerdings mit dem Risiko, dass die Reden zweimal gehalten werden mussten. So kam es dann auch. Es wurde gesungen und getanzt, man hielt Ansprachen, jede zwei oder drei Mal, und das Schiff ließ sich Zeit, damit gemacht werden konnte, was gemacht werden sollte. Ungefähr um ein Uhr war das Anlegemanöver endlich beendet. Ein Kran legte für die Passagiere, denen die Bedeutung des Ereignisses nicht bewusst war, eine Rampe an das Schiff. Ein weiterer, viel mächtigerer Kran bugsierte aus dem Bauch des Schiffes einen Gegenstand mit einer Größe von drei Meter mal ein Meter fünfzig mal ein Meter fünfzig. Er platzierte ihn vorsichtig auf dem Kai. Der Kapitän des Schiffes zog die Mütze und gab ein Zeichen, das man als Startschuss für die Aktion interpretieren konnte. Die Zuschauer waren verunsichert und enttäuscht. "Das also soll das große Monument sein?" Die Optimisten unter ihnen meinten, es handele sich nur um einen Teil der riesigen steinernen Statue, die der kolossale Kran im Laufe des Tages befördern würde; sozusagen nur ein Muster, ein Symbol, damit das Fest beginnen konnte.

Die Lehrer gaben ihren Schülern ein Zeichen, damit diese die Nationalhymnen der betreffenden Länder sängen. Die Chöre brachten ihre Nummer dar. Das "Ay, ay, ay" erntete unerwartet enthusiastischen Applaus. Brillant! Bravo! Viva! Überzeugt davon, genug gesehen zu haben, begann das Publikum sich langsam vom Schauplatz zu entfernen. Nur die letzten Neugierigen beobachteten, wie ein Lastwagen vorfuhr, mit einem kleinen Hebekran das

Geschenk auflud und in Richtung Hauptstadt verschwand.

Wenn ich die Gelegenheit habe, diese interessante Stadt zu besuchen, verpasse ich nie die Gelegenheit, jenen Hügel zu erklimmen, wo vor Jahren eine Statue von drei Meter mal ein Meter fünfzig aufgestellt wurde.

Die Spaziergänger beachten sie heute kaum. Und alle haben längst vergessen, zu welchen Diskussionen diese schöne kleine Statue vor fünfundvierzig Jahren geführt hatte. Nur ich frage mich, ob es nicht ein Irrtum desjenigen war, der den Auftrag hatte, die Statue zu schaffen. Vielleicht wurden die Maße des Entwurfes falsch interpretiert? Oder fehlte es plötzlich an Geld? Was mag wohl passiert sein? Warum fällt es mir so schwer zu glauben, dass diese so großartige Freundschaft zwischen zwei Ländern, deren Bürger sich ohne Vorurteile und Diskriminierung begegnen – so, wie es eigentlich sein sollte zwischen zwei Dörfern, wo man sich mag und respektiert –, es nicht geschafft hatte, die Größe der Statue so zu bemessen, wie es beide Seiten verdient hätten?

19 Wir sind am Ende angelangt

Er war vor wenigen Tagen eingetroffen. Von Nahem wollte er sehen, was man ihm über sein Land erzählt hatte. Es fiel ihm schwer, alles zu glauben.

Da er in Europa, wo er jetzt lebte, den Arbeitgeber gewechselt hatte, war es ihm möglich, ins Ausland zu reisen, bis er seine neue Stelle antreten würde. Der erste Eindruck: Nicht alles war unbekannt. Konnte man wirklich so weiterleben, als ob nichts geschehen wäre? Der Verkehr funktionierte genauso wie in jeder anderen Stadt. Die Probleme, die in diesen aufstrebenden Metropolen auftraten, waren ebenfalls dieselben. Noch nicht geleerte Mülltonnen in den Straßen, Autos, die an jeder freien Ecke parkten. Hunderte von Bussen verlangsamten den fließenden Verkehr, Menschen rannten, um den Bus zu erwischen, andere stiegen eilig aus. Man sah nur wenige Kinderwagen, denn meistens wurden die Kleinen an der Hand geführt. Schnell brachte man sie zum Kindergarten, wo sie zurückblieben, während ihre Mütter — oder wer immer für sie verantwortlich war — einer Arbeit nachgingen.

Die Menschen waren fast dieselben, ihr Humor, wenn sie Witze erzählten, war der gleiche. Viele Neuerungen, so sollte man meinen, waren mehr dem Lauf der Zeit zu verdanken als dass man Veränderungen hätte haben wollen. Darüber wurde nicht direkt gesprochen. Man warnte nur vor, indem man sagte: "Wenn du nachts aus dem Haus gehst, pass auf dass ..." Nach einer Pause der vorsichtige Hinweis: "Nun ja, es ist nicht immer so." Und wenn man fragte "Was ist nicht immer so?" kam eine nichtssagende Antwort, die mit einem "Das wirst du dann schon selber sehen!" endete. Und wenn man hartnäckig blieb – "Sag mir schon, was passieren könnte!" –, war die Reaktion ausweichend: "Ach! Ich weiß nicht, warum ich anfange, dir deinen Eindruck von diesem Land, den du dir selbst verschaffen musst, zu vermiesen." Und lustlos wurde von etwas anderem gesprochen, aber spontan gewählt war das Thema nicht.

Egal wo man gerade war – sobald der Wunsch entstand, über etwas zu reden und etwas zu erzählen, wurde man hastig unterbrochen: "Vorsicht! Wir sind hier nicht allein!" Oder mit einem: "Warte, bis wir zu Hause sind, dann kannst du mehr wissen." Auch wenn die Beteiligten dies nicht beabsichtigten, so war dies doch die beste Art, Misstrauen, Zweifel und Unruhe zu schüren. Automatisch dachte man: "Ah, ich verstehe. Es ist einiges passiert!"

Natürlich war etliches vorgefallen! Davon haben wir sogar in Europa gelesen. Hunderte von Informationen waren im Umlauf, ob wir sie glauben wollten oder nicht. Vieles schien von der Presse aufgebauscht worden zu sein. Warum dieses "Wehwehchen" ausgerechnet in unserem Land aufgetaucht war, dem letzten, von dem wir geglaubt hatten, in dem dieser Grad an Grausamkeit möglich sei? Unser Land war doch mehr oder weniger ruhig!? Trotzdem ist es passiert. Dass man die Diktatur aufgefordert hatte, das Hungerproblem zu lösen, erschien uns als die Theorie von Träumern oder Unwissenden oder gar Gottlosen, die darauf warteten, andere Probleme, vielleicht die eigenen, zu lösen.

Ich hatte im Fernsehen Frauen gesehen, die mit klappernden Kochtöpfen lärmend durch die Straßen zogen, um auf ihren Protest aufmerksam zu machen. Von früher wusste ich aber von armen Müttern, die nie die Würdelosigkeit besessen hätten, auf die Straße zu gehen, um ihr Elend zur Schau zu stellen. Auf keinen Fall auf derart schräge, kabarettistische Weise. Es sei denn, sie mussten wirklich betteln gehen, aber selbst dann wahrten sie trotz der Armut ihre Würde. So, wie ich mich erinnere, waren das die wahren Armen. Wie könnte man je die Bilder der Armut vergessen? Die schmutzigen und zerlumpten Kleider, die Schuhe, die schon so viele Kilometer hinter sich gebracht hatten, und die nicht mal der beste Schuster hätte flicken können. In den Armenvierteln hatte ich Mütter mit Eimern oder Plastikkanistern gesehen, die Wasser holten, während ihnen bei diesem entmutigenden Geschehen ganze Scharen von Kindern folgten, damit sie nicht allein zurückblieben.

Man telefonierte einige Male mit diesen Frauen mit den Kochtöpfen, viele stammten aus dem engeren Freundeskreis. Nie aber konnte man in ihrer Stimme Schwäche aufgrund von Hunger hören. Ihre Telefone waren angeschlossen und funktionierten perfekt. In unserem Verständnis von Armut gibt es weder Telefone noch Autos und auch kein Geld, um einen Autobus bezahlen oder ein Taxi nehmen zu können, damit man zu dem Platz gelangte, wo die Demonstration stattfand. Mit ungläubigem Staunen registrierten wir diese schwer nachzuvollziehenden Entwicklungen.

Dies alles beobachtete ich von Europa aus; es zeigte mir, dass es Ungereimtheiten geben musste zwischen den wirklichen Kämpfern und dem Wunsch einiger fast schon elegant gekleideter Damen (deren Noblesse ich an sich bewunderte), ihre Rechte verteidigen zu wollen, und von denen ich dachte, sie müssten eher geben statt nehmen. Das Bild kam mir seltsam vor, meine Gesprächspartner konnte ich mit meinen Zweifeln aber nicht kränken. In den Kommentaren waren nur einige sehr indiskrete, nicht sehr feine Bemerkungen verborgen: "Und? Was mischst du dich ein? Du lebst ja auf der anderen Seite des Planeten, du ..."

Schließlich gelang es dieser Gruppierung von demonstrierenden, scheinbar hilflosen Kochtopf-Frauen, den Volksvertreter zu entmachten. Meinen Informationen aus Radio und Presse zufolge galt dies trotz mangelnder Mehrheit als demokratische Wahl. Warum auch nicht? Die Frauen gehörten einem sehr gut organisierten Glauben an und sollten auf Gottes Güte zählen dürfen.

Die Fernsehbilder zeigten Demonstrierende, die frisch geduscht und parfümiert zu sein schienen. (Applaus! Hygiene muss durch ein Gesetz kontrolliert werden!)

Sagen wir es mal so: Zweifellos verwechselten diese Frauen und ihre Ehemänner etwas. Das glaube ich jedenfalls. Wenn sie sich nur im Entferntesten hätten vorstellen können, was auf sie zukommen würde, hätten sie ihre Töpfe im Küchenregal stehen gelassen und besser für saubere Grundsätze gekämpft. Ehrenhaft und klar und mit derselben Hingabe, wie sie dies für diesen Betrug getan haben.

Einen Militär zu wählen war nicht der entscheidende Fehler. Chile war schon immer stolz gewesen auf seine ehrbaren bewaffneten Kräfte. Und wird es auch wieder sein, nämlich dann, wenn wir diesen unangenehmen Vorfall vergessen haben werden. Die militärischen

Einheiten haben in unserer Geschichte schon oft Treffsicherheit, Behutsamkeit, Würde und Respekt vor dem menschlichen Leben bewiesen. Dabei hat es keine Rolle gespielt, mit welchem Land wir uns unglücklicherweise im Konflikt befanden.

Nicht alle Menschen sind gleich. Und jener – ich glaube durch sich selbst – Auserwählte war keineswegs, wie sich später zeigen sollte, das, was man von einem Retter der Wirtschaft, des Wohlstands und anderer Hoffnungen erwartet hatte. Und ich denke, ich drücke mich hier mit viel mehr Vorsicht und Respekt aus, als es einige Akteure in unserer Stadt verdienten.

Ich war voller Zweifel, Schmerz und mit wenig Hoffnung in meinem Chile eingetroffen. Aber neben meinen Erinnerungen an die besondere Landschaft waren es in erster Linie auch die an meine Familie, an Freunde und Kollegen, an alte Schulkameraden, Nachbarn, an den Italiener an der Ecke (fast schon ein Verwandter), an den Türken mit seinem Geschäft, an einen brummigen, aber achtbaren Deutschen, an einige arme Chilenen, an weitere Chilenen, die noch ärmer waren, sowie an den einen oder anderen Indio, der seine Herkunft zu verbergen suchte. All diese Menschen, Menschen in meiner Seele und meinen Gedichten, waren in Aufruhr, und auch wenn ich sie liebte wie meine Geschwister,

257

ließen sie mich irre werden bis in die verborgensten Windungen meines Gehirns.

Diese Ungeheuer in meiner Seele waren gespalten. In jene, die aufseiten der Regierung standen, ohne zu wissen, warum. In Idealisten, die mehr litten als sie beschreiben konnten, weil das Verbrechen entweder verschwiegen, verheimlicht oder nicht gehört und nie gesehen oder im besten Fall befürchtet worden war. Was eine gewisse Hoffnung weckte. Andere waren widerwärtige Opportunisten, auch von ihnen gab es welche unter meinen Freunden; andere wiederum waren einfach nur ignorant, es war unmöglich, mit ihnen zu diskutieren. Dann gab es noch die Gleichgültigen, unempfänglich für jeglichen menschlichen Schmerz und überzeugt von ihrem kalten "Selbst schuld!".

Der Türke mit seinem orientalischen Humor, bestens integriert, kam mir kaum fremd vor, auch nicht der Deutsche, der versuchte, die schreckliche Wahrheit und die Gräuel zu verdrängen, aus denen sein Land gerettet worden war und das sich mit der Zeit aufs Neue das Vertrauen und den Respekt anderer Nationen erworben hatte. Die Chilenen aus dem Viertel hatten nichts gesehen. Behaupteten sie jedenfalls. Sie freuten sich, mich zu sehen, aber sie fragten mich auch: "Und was machen Sie denn nun hier, *Señor*?" Das sagte mir mehr als die langen Nachmittage, die ich mit anderen im Gespräch verbracht hatte. Die Andeutungen der Indios ließen mich aufhorchen: "Wenn Sie hier etwas zu tun haben wegen Ihrer Arbeit, tun Sie das, aber lassen Sie sich mit niemandem ein, Chef!" Und Punkt.

Das also war jetzt mein schönes Chile. Ich konnte niemandem die Schuld geben. Jeder war Opfer geworden von etwas, das absolut unerwartet, unverdient und, schlimmer noch, unabänderlich war. Chile war beileibe nicht das tollste Land ganz Südamerikas, wie wir es so gern in unseren patriotischen Wunschträumen sehen wollten. Trotzdem gab es einige Beispiele von Ordnung, Freundschaft und menschlichem Respekt. Und wir hatten mit den dunklen Seiten in ganz Amerika etwas gemeinsam. Für die Indios gab es, nachdem man sie nahezu ausgerottet hatte (nennen wir es ruhig legalisierten Mord sowohl in Chile als auch im ganzen übrigen Amerika), nie eine Möglichkeit, ihren eigenen Boden zurückzufordern. Boden, von dem sie von den aus allen Himmelsrichtungen kommenden Fremden vertrieben worden sind, Fremde, die als Eroberer, als Piraten oder ganz einfach als Diebe und Räuber aus Europa gekommen waren. (Selbstverständlich ging das alles sauber und legal vor sich, wenn auch aufgrund fremder Gesetze.)

Ich befand mich in meinem so sehr geliebten Land, aber ich fühlte mich wie ein Fremder, der hier zu leben versuchte und Macken, Gebräuche und Traditionen zu akzeptieren, die man als Ausländer eben tolerieren musste. An einem anderen Ort zu leben, bedeutet nicht, im Himmel zu sein, meine Freunde! Übrigens, fragen Sie doch die Tausende von Zurückgekehrten. Es gibt keinen Zweifel daran, dass sie gearbeitet und Geld verdient haben. Sie hatten sich jedoch in jeder Hinsicht anzupassen und mussten feststellen, dass dies bei der Sprache und der Mentalität am schwierigsten gelang. Ihre Kinder besuchten die Schule und erhielten eine ordentliche Erziehung; doch erst die dritte Generation erntete wunderbare Früchte. Chilenen waren und sind immer respektierte Einwohner.

Was also konnte ich tun? Viele Male habe ich in meinen Kalender geschaut. Ich schämte mich dafür, dass ich hoffte, dass das Abreisedatum nicht mehr allzu weit entfernt wäre. Doch ich genoss auch die Einladungen von überall. Gutes Essen, meine geliebten *Empanadas* aus dem Ofen, und Gitarrenmusik. Endlich wurde das Radio, das meine Ohren malträtierte mit einem Tamtam, das nicht aus Afrika stammte, ausgeschaltet. Ein guter chilenischer Wein, Mariniertes mit Zwiebeln in Essig und Unterhaltungen, bei denen ich das Wort führte und von diesem Deutschland erzählen musste, dem ich immer dankbar sein werde. Über das, was in Chile vor sich ging, wurde wenig, sehr wenig gesprochen. Es blieben nur ein paar Themen: die Schule der Kinder, die Marktpreise, einige Verliebte, die heiraten würden. Sonst nichts.

Ich fuhr fort damit, Besuche zu machen. Hier eine lustige Begebenheit: Eines Abends wurde ich zu einem Interview in den Radiosender eingeladen. Es war alles sehr schön. Ich erinnerte mich an meine eigenen Zeiten, als ich die Interviews führte. Die Fragen waren sehr gut formuliert. Auf jeden Fall musste ich viel über mein Gastland berichten. Man war interessiert und wollte mehr wissen, und es gab ja auch nichts, was man nicht erzählen konnte. Zum Schluss stellte mir einer meiner Kollegen und Freunde die Gretchenfrage: Ob es mir gefallen würde, hier zu bleiben. Und ich Dummkopf, anstatt einfach nur zu sagen "Ja, mit Freuden!" oder "Nein, ich habe andere Verpflichtungen!", meinte: "Ich bin gespalten wie alle Chilenen." Das kam einer Kriegserklärung gleich! Mir wurde klar, dass man nicht so offen von einem gespaltenen Chile sprechen durfte. Ein anderer Kollege bot an, mich nach Hause zu bringen. Nach dem Interview, versteht sich. Ich antwortete, dass ich nach einer solch angenehmen Plauderstunde die Luft von Santiago, die Erinnerungen und all das Leben dort genießen wollte. Etwas verwundert meinte mein Freund: "Ich rate dir, ein Taxi zu nehmen, wenn du den Sender verlässt, und dich nach Hause bringen zu lassen." Wir umarmten uns herzlich zum Abschied, und ich ging zum Ausgang.

Ich hatte nicht auf die Uhr geschaut, aber es war schon ziemlich dunkel. Als ich so in Gedanken versunken meinen Weg ging, hörte ich Schritte, die martialisch klangen. Sie folgten mir. In diesem Moment erinnerte ich mich an diese eigenschaftslose "Ausgangssperre". Die Soldaten ebenfalls. Sehr kurz angebunden fragten sie mich, ob ich vielleicht die Ausgangssperre vergessen habe oder – fast einen Witz reißend – ob meine Uhr nicht richtig ginge. Indem ich meine Hände auf Kopfhöhe erhoben hatte, antwortete ich, dass beides nicht richtig funktioniere, weder meine Uhr noch mein Kopf. "Ich nehme an, Sie sind Ausländer", stellte einer der Soldaten fest. Ich führte meine Hand zu meiner Tasche, um ihnen meinen Pass zu zeigen, aber ein anderer winkte ab: "Nein, mein Herr, das ist nicht nötig." – "Wir nehmen an, dass Sie über die finanziellen Mittel verfügen, sich ein Taxi zu nehmen", fuhr der erste fort. Ich beeilte mich, ihnen zu antworten: "Natürlich, das wäre die Lösung." Einige Sekunden später, als ob das Taxi uns gefolgt wäre, hielt es neben uns an. Einer der Soldaten sagte zum Chauffeur: "Der Herr wird Ihnen sagen, wohin Sie ihn bringen müssen." Die anderen, sehr korrekt, riefen fast wie im Chor: "Gute Nacht, mein Herr!"

Ich nahm im Auto Platz und schon fuhren wir los. Der Taxifahrer wagte es, mich zu fragen: "Sie müssen eine wichtige Persönlichkeit sein, nach dieser Behandlung zu urteilen?" – "Ich bin dabei, es zu glauben", erwiderte ich und bat ihn, mich nach Vitacura zu fahren. Während der gesamten, nicht sehr langen Fahrt dachte ich an diese Begegnung mit den Soldaten während der Ausgangssperre. Ich hatte viele sehr unangenehme Geschichten in diesem Zusammenhang gehört. Habe ich ein Wunder erlebt oder war etwa nichts von alledem, was man mir erzählt hatte, wahr?

Es fanden weitere Begegnungen statt. Ich fuhr fort, mich mit diesen widersprüchlichen Menschen, die sich zwar nicht gegenseitig verstehen konnten, aber niemals zu Todfeinden wurden, zu treffen. Die gut gekleideten Damen und ihre Ehemänner waren mehr darüber verärgert, dass man sie im Fernsehen gezeigt hatte, als über die Tatsache, die falsche Position in ihren historischen Demonstrationen vertreten zu haben. Letzteres konnten sie natürlich nie zugeben. Diejenigen, die ihre Vermissten beweinen mussten, wollten mir nicht mehr von ihrem unerträglichen und unfassbaren Leid erzählen. Ich selbst fand einmal einen halben Kieferknochen; ich las ihn auf und zeigte ihn einem Herrn an diesem einsamen Strand. Zufälligerweise war er Zahnarzt. Er bestätigte: "Das ist ein linker menschlicher

Kieferknochen." Nach einigen Sekunden des Grübelns meinte er: "Wir leben in anderen Zeiten, mein Herr."

Die Heuchler waren weiterhin Heuchler, und ich lernte, dass dieses Phänomen nicht nur ein chilenisches war.

Ich erinnere mich, dass einer meiner besten und ehrbarsten Freunde während eines Besuches zu mir sagte: "Armando, du warst schon immer ein wenig blauäugig." Das war ein passender Hinweis, denn auch ich lebte in dieser Welt in einer anderen Zeit.

Ich aß sehr gute *Curantos* bei den Indios in einer Straße, an deren Namen ich mich nicht mehr erinnere, und begann, mich langsam von all diesen Menschen, die ich manchmal mit stürmischer Herzlichkeit umarmte, zu verabschieden. Mir war danach, mit ihnen den Tanz der Indios zu tanzen, und es gab Zeiten, da hätte ich sie am liebsten alle mit mir zusammen in ein Irrenhaus gesperrt.

Die letzten Tage rückten näher. Ich ging in das Reisebüro eines sehr amüsanten Deutschen, er war freundlich und etwas verrückt. Ich glaube, er ist noch nie verreist, höchstens ein einziges Mal nach Valdivia. Er behandelte die Deutschen aus Deutschland, als ob sie ihm unterlegen seien. Seiner Meinung nach musste man als Deutscher in Valdivia gewesen sein. Er war eine brillante theatralische Persönlichkeit. Anstatt hinter einem Schreibtisch zu sitzen, müsste er auf einer Bühne mit riesigen roten, mit goldenen Kordeln verzierten Vorhängen stehen. Ich kannte ihn schon von meinen ersten kleinen Tripps, bevor ich die große Reise nach Europa antrat, und er war immer noch da, stets darauf wartend, dass der Dirigent des Orchesters grünes Licht gab für die ersten Akkorde des Meisterwerkes von Wagner, um mit dem Auftritt beginnen zu können.

Aber nur ich war erschienen. Er tat sehr beschäftigt, und seine Sekretärin empfing mich. Sie erledigte alles, was erledigt werden musste, und überreichte mir das Ticket mit den korrekten Flugdaten und verabschiedete mich.

Der leidige Tag des Abschiednehmens war gekommen. Mir war klar, dass ich eigentlich gar nicht weg wollte. Noch nicht. Als ich am Flughafen aufkreuzte, waren schon alle meine Freunde da. Und die Verwandten. Und die Nachbarn. Nur das Flugzeug war noch nicht eingetroffen. Dies verzögerte den Abschied, der sich in eine lange Zeremonie verwandelte und damit beinahe schmerzhafter wurde, als ich es ertragen konnte. Es wurden Weinflaschen geöffnet, *Empanadas* verteilt und man bemerkte: "Wie gut, dass wir immer unpünktlich sind!", es wurde Gitarre gespielt und Geige und Panflöte und auf einen ausgehöhlten Kürbis getrommelt. Diese Instrumente hatten nicht viel mit unserer Folklore zu tun, aber man wollte sich auf diese Weise von mir verabschieden. Einige, die mich vor weiteren unberechenbaren Katastrophen retten wollten, warfen mich regelrecht hinaus: "Komm nie wieder zurück, du Trottel ..." Das klang sehr melodisch und harmonisch und brachte mich zum Weinen bis hin zu einem"... und in Til Til töteten sie ihn, ermordeten sie ihn ...".

Das passte sicher nicht hierher, aber wer stoppt die Menschen in ihrem Enthusiasmus? Andere sangen im Chor und ohne Instrumente "Dank an das Leben", das Lied der unvergesslichen Violeta.

Es begann, wie man in Chile sagt, der Betrieb. Koffer wurden auf ein Band gehievt, alles musste überprüft werden; zum Glück waren die Kleider rechtzeitig und sorgfältig von den unvergesslichen – und meiner Meinung nach unbezahlbaren – Hausmädchen gewaschen worden. Schließlich kreuzte die Polizei auf. Ich konnte passieren, denn ich hatte nichts Böses getan. Wie auch! Schließlich gehörte man zu den Guten. "Ihr Pass." Ich zeigte ihn. Eingehende Betrachtung. "Gehören Sie zu der Sängergruppe?" Ich erwiderte lachend: "Ich kann sie nicht mitnehmen, das sind meine Freunde, die sich von mir verabschieden." – "Und wer sind Sie? Vom Radio? Von der Presse oder jemand anderes Wichtiges?"

Dummerweise antwortete ich: "Mit diesem Abschied meiner Freunde fühle ich mich wichtig. Aber wie Sie im Pass sehen, bin ich ein Niemand." – "Zeigen Sie mir Ihr Ticket." Ich legte es vor. Alles wurde genauestens geprüft, so kurz vor Abflug, der außerordentlich verspätet war. Bis sie ... etwas fanden. Oh Du großer Gott, der Du Dich manchmal mit der Bosheit verbündest! Der Polizist hatte bemerkt, dass ein Stempel fehlte. Ein wundersamer Stempel, der das Verlassen des Landes erlaubte. Ich hatte bis soeben noch nie davon gehört oder gelesen. Das Reisen innerhalb Europas war sehr unkompliziert. Aber mir fehlte es an Erfahrung, was den Besuch meines Landes anging. "Sie können nicht fliegen, so lange Sie nicht diese Erlaubnis haben." Er machte ein Zeichen und sagte: "Folgen Sie mir." Dort wurde ich, der "Blauäugige", der nie auch nur einer Fliege etwas zuleide getan hatte, konfrontiert mit dieser "ungerechten Kacke". – "Armando, Vorsicht!", hörte ich ein paar Mal. "Wir regeln das morgen in der Behörde für Identifizierung und Zivilregister." Ich sagte nichts, aber ich dachte: Diese Hurensöhne, von ein paar dummen Hausfrauen mit Geld an die Macht gebracht, vollkommen geistlos und aus purer Langeweile! Sie nehmen ihre Töpfe und gehen auf die Straße für einen Scheißhaufen von Idealen.

Meine Freunde nahmen ihre Gitarren und ihren guten Wein, und ich hörte die Gesetzeshüter sagen: "Das Fest ist beendet, meine Herren, machen Sie Platz für die anderen Passagiere." Diese Mistkerle waren in der Lage, das letzte bisschen Glauben, das einem geblieben war, auch noch zu töten. Mein Zorn war grenzenlos. Meine Gedanken jagten hin und her.

Ich erinnerte mich an das unschuldige Abenteuer mit den Beamten an der Schweizer Grenze, als ich den Wagen zerstreut anhielt im Glauben, es handle sich um eine Tankstelle, und ich dem Verantwortlichen die Schlüssel gab und darum bat, den Tank zu füllen. Eine komische Situation ohne weitere Konsequenzen außer dem Gekicher meiner Kinder und dem Schmunzeln des verantwortlichen Zollbeamten. Oder eines Nachts hatte ich meinen Wagen an der Champs-Élysées geparkt. Am nächsten Morgen war alles mit Ketten abgesperrt, und eine Menschenmenge wartete auf Präsident de Gaulle. Ich wagte es, die Kette zu lösen. Damit stand das Auto genau auf der Straße, wo der Aufmarsch stattfinden sollte. Die Polizei kam, natürlich mehr als nur belästigt durch die Dummheit des Fahrzeuglenkers, angerannt. Meine Frau stieg aus dem Auto und fragte – und das auch noch auf Englisch! –, ob man uns behilflich sein könne, einen Parkplatz zu finden. Dieser Vorfall wäre in Chile der Beginn eines Krieges mit Argentinien gewesen. Dort aber, in Frankreich, schüttelten die Polizisten nur geduldig den Kopf und gaben den anderen Sicherheitskräften mit einigen Pfiffen zu verstehen, dass sie eine Schneise öffnen und uns passieren lassen sollten. Mehr geschah nicht. Und hier, in meinem Heimatland, nach einer der schönsten Abschiedsszenen, fragte mich die Polizei nach einem Stempel!

In Hamburg fuhr ich einmal in eine Einbahnstraße – natürlich von der falschen Seite. Zwanzig Meter weiter hielt mich ein Verkehrspolizist an: "Halt! Wo kommen Sie denn her, Mann?" Ich antwortete ihm: "Aus Chile." – "Nein, ich will wissen, wie es Ihnen in den Sinn kommt, in diese Straße und dazu noch in die falsche Richtung zu fahren!" Wir lachten gemeinsam. "Wenden Sie langsam Ihren Wagen, dann haben wir das Problem schon gelöst." Ganz ohne Stempel! Man muss über das Leben lachen können. Ich kenne noch mehr solche Anekdoten, das half mir, mich zu beruhigen. Den Freund, der mich mit meinen Koffern zurückbrachte, bat ich, mich zum Reisebüro zu fahren. Diesem Deutschen würde ich den Hals umdrehen! Widerwillig fuhr er mich hin.

Ich trat ein und begann zu schreien wie ein Besessener. Die Sekretärin war überrascht, dass dieser Herr, den sie nur höflich kannte, sich dermaßen schlecht benahm. Der wagnerianische Deutsche erschien. Er begrüßte mich etwas erschrocken und bat mich, mich zu beruhigen. "Ich habe schon gehört, was passiert ist. Sie haben recht. Wir hätten Sie über diesen unvermeidbaren Dienstweg informieren sollen." – "Und was mache ich jetzt?", fragte ich ihn. "Ich buche als Entschädigung einen Flug erster Klasse mit der LAN für Sie." Das sagte er nicht ohne Stolz. "Ich weiß, dass die LAN eine der besten Fluggesellschaften der Welt ist. Aber es gibt etwas, das ich nicht für Sie erledigen kann. Sie müssen selbst zur Zivilregisterbehörde gehen", sagte er und es schien ihm lästig zu sein. Wir verabschiedeten uns wie immer sehr freundschaftlich und wie immer mit einem deutschen "Auf Wiedersehen".

Als ich am nächsten Tag bei der Zivilregisterbehörde eintraf, fand ich eine Warteschlange vor, in der man locker vier Tage anstehen würde. Ich begann wütend zu werden und erneut nach Beleidigungen für die Auserwählten der Hausfrauen zu suchen. In meinem dubiosen Seelenzustand gab ich Letzteren die Schuld an allem ... "Die mit ihren dämlichen Töpfen, welch ein Dreck muss in ihren Küchen zu finden sein!"

Aber ein Engel rettete mich. Einer der Gitarristen tauchte auf. "Armando, ich habe auf dich gewartet. Gib mir deinen Pass und dein Flugticket. Warte hier auf mich, rühr dich nicht von der Stelle." Und er gab mir seine Zeitung. Nach zehn Minuten tauchte er wieder auf und steckte mir den Pass und das Ticket in die Tasche. Er winkte und mit einem "Tschüss!" verabschiedete er sich ...

Am nächsten Tag schon befand ich mich in den Wolken, durch die ich unten die Anden sehen konnte; wir ließen es schnell hinter uns, dieses Gebirge, bläulich bei Tagesanbruch und orangefarben bei Sonnenuntergang und in der Nacht verleiht ihm der Mond einen silbrigen Glanz. Welche Schönheit!

So, wie meine Heimat mit all ihren Menschen, die sie auf ihre ganz eigene Art lieben und für die sie so weit gehen, Fehler zu machen, um sie zu retten.

Mein wunderbarer Garten

Ich habe einen wunderbaren Garten,
der mir seinen Liebreiz schenkt.

Eine Palme lädt mich ein,
ihren Schatten zu genießen,
dort, wo sie einsam steht.

Ein feuchter, kühler Rasen
wartet mit seinem Duft auf,
und seine Umrandung voller Blumen,
besiedelt von nach Nektar dürstenden Insekten,
gibt diesem kleinen Dschungel
so viel Leben und Bewegung.

Einige Mispelbäume, die dort stehen,
tragen erste Früchte,
ein noch wachsendes Birnbäumchen
verspricht viel für die Zukunft.
Orangen- und Zitronenbäume
mit ihren Blüten
lassen mich durch ihren Duft
im Vorübergehen innehalten.
Schatten, Sonne und sanfte Winde
umarmen mich wie wild
und ohne Rücksicht.

Wie könnte ich Nein sagen
zu ihren süßen Angeboten?

Neben mir miaut meine kleine Katze.
Ein paar Hunde
bellen in weiter Ferne.

Es fehlen mir nur von meiner Frau:
ihre Stimme, ihre Anwesenheit
und ihre liebkosenden Hände.

Ach! Winde, Schatten, Sonne,
Düfte, feuchtes Gras,
Bellen und Miauen.
Wisst ihr, wie sehr ich euch liebe?

Ich gehe

Ich gehe, doch ich weiß nicht, warum.
Weil ich gehen muss,
oder weil jemand auf mich wartet
auf der anderen Seite des Berges
am sonnenbeschienenen Hang.

Lasse ich hier meine Ruhe zurück,
meine verlorenen, klingenden,
nicht mit Leben gefüllten Illusionen,
Großteil meiner Seele,
oder nehme ich sie mit?

Doch ich gehe,
wohin ich zurückzukehren habe,
an den Ort, woher ich kam,
in das Land, das mich gebar.
Dort sind noch andere Erlebnisse
des Vergangenen, Entfernten, Vergessenen,
und die alten Erinnerungen
an das verlassene Zuvor.
Ich gehe noch einmal um den Berg,
um am Hang
die Hütte und die Liebe zu finden,
die Lieblingskatze und vielleicht den Hund.

Aber es ist besser, wenn ich gehe.
Am besten gleich und ohne Schluchzen,
ohne Tränen,
ohne dieses verräterische Seufzen.
Sehen, was noch übrig ist
am sonnenbeschienenen Hang des Berges
von meiner verlassenen,
vielleicht verlorenen Welt.

Dank

Wenn ich aufstehe und auf das erste Licht des Tages treffe,
spüre ich, dass jeder Sonnenaufgang
wie eine neue Geburt ist ...

Wenn ich mich in der Nacht
von der Dunkelheit löse,
weiß ich, dass Schlafen
einmal mehr ein kleiner Tod ist ...

Wenn ich vor den ersten,
noch schläfrigen Zeichen
des Frühlings stehe,
sehe ich das sich unermüdlich
wiederholende Leben ...

Und wenn der Winter kommt,
fühle ich, dass das Dasein
in seiner unerlässlichen Verwandlung
eine andere Gestalt annimmt ...
Wenn der Sommer großzügig
meine Haut streichelt,
ist alles einfach und klar,
und ich empfange dankbar dieses kostbare
Geschenk Gottes ...

Doch wenn der Herbst einzieht
mit all seinem Licht und seinen Farben,
dem letzten Grün und
dem zarten Braun und Gelb,
weiß ich nicht mehr, ob ich lebendig bin
oder erneut den Anfang vom Ende träume
oder den Beginn jener Ewigkeit,
die sich wiederholt ...

Wenn ich mich an all das Angenehme erinnere,
das mir das Leben gegeben hat
in diesem endlosen Vorüberziehen
der Jahreszeiten,
danke ich Dir ganz leise,
auf dass mich keiner hört,
denn das ist ein Verstehen
zwischen Dir und mir, mein Gott ...

Über den Autor

Armando Freyhofer wurde 1929 in Chile geboren, wo er von 1946 bis 1960 als Rundfunksprecher bei diversen Sendeanstalten gearbeitet hat. 1961 verließ er sein Heimatland, um Europa zu bereisen; er beschließt, in Deutschland zu bleiben. Sein freiwilliges Exil hatte keinen anderen Grund als Abenteuerlust. In diesem zu seiner zweiten Heimat gewordenen Land hat er vieles gemacht: Schiffe anstreichen auf einer Werft in Eckernförde; Synchronsprecher für das Radio und etliche südamerikanische Filme; Sprachlehrer an einem Spracheninstitut in Hamburg; Verkaufstrainer für ein nordamerikanisches Unternehmen; ein Buch veröffentlicht über Verkaufspsychologie mit dem Titel "Warum nicht Sie?"; Kunstmaler und improvisierender Poet. Seine zweite Publikation "Ich komme aus einem Land" erschien 1990 auf Spanisch und Deutsch. 2007 brachte er sein drittes, ebenfalls zweisprachig angelegtes Buch "Divagaciones" heraus. Seit 1983 ist Armando Freyhofer Inhaber einer Buchhandlung in Hamburg-Schnelsen. Dort gründete er zusammen mit Freunden den Verein *Pro Cultura*, der es sich zur Aufgabe gemacht hat, Musik, Literatur und Malerei, unter anderem aus Chile, zu verbreiten. Parallel dazu entwickelte er, wieder mit der Unterstützung von Freunden, das monatlich erscheinende Kulturmagazin "Edelzwicker", das Werke von Autoren vorstellte, die nie eine Gelegenheit gefunden hatten, über einen Verlag zu veröffentlichen. Wenn man ihn fragt, warum er schreibt und malt, sagt er: "Um ein bisschen von dem zu bewahren, was ich empfinde, wenn ich allein bin."

Ellerbeck, 2011